高名凯译文集 16

幽谷百合

(法)巴尔扎克 著

海峡出版发行集团 THE STRAITS PUBLISHING & DISTRIBUTING GROUP | 海峡文艺出版社 Haixia Literature & Art Publishing House

献　给

王家医学研究评议员拿克加尔先生

亲爱的大夫，文学的大厦是迟缓而费力建筑起来的，这是这文学大厦的第二阶层之中的一块细加磨琢的小石；我在这里刻上您的名字，一方面要感谢曾经救过我的生命的医学家，一方面则要庆贺我的日夕相聚的朋友。

得·巴尔扎克

目　录

给孟乃维尔·拿达里伯爵夫人

我在你的欲望之前放手了。我们爱她更甚于她爱我们，这种女人是有特权的，她可以使我们忘记一切良善的规律。是的，为着避免在您的额头上有皱纹，为着消散您那因为小小的拒绝而愁苦的嘴唇上所有的赌气的表情，我们是不可思议的走遍了天边海角，我们是献出了我们的热血，我们是牺牲了我们的将来。现在，你要知道我的过去，这就是我的过去。不过你要知道，拿达里，为着服从你，我要把一切不可侵犯的逆意踏成粉碎。然而，为什么要怀疑有时候曾满充着幸福的抓住我的那些顿时和长久的梦境呢？为什么因为一个沉寂，你这被热爱的女人就发出你的嗔怒呢？你难道不能够和我那些相反的性格相处而不必问其原因吗？在你的心坎之中，你难道没有一些秘密，为着求得赦免，而需要我心中的秘密吗？好吧，你已经猜着了，拿达里，也许不如说你知道了一切：是的，我的生活是被一个梦幻所统治，这梦幻可以用一个最简单的词语很空泛的描写出来：它常常在我上面煽动。我有许多强烈的回忆埋藏在我的灵魂的深处，就好像那些风平浪静时看得见而被暴风雨支离破碎的飘到沙滩上的海产物一样。虽然为着表达这些意见所必要的工作包含有这些以前的情感，这些情感忽然重现时曾给我不少的痛苦，如果在这封忏悔的信中有一些可以伤害你的芒刺，请你记住：如果我没有听你的话，你是曾经恫吓过我的；所以，请你一点儿也不要责罚我的服从。

如果这忏悔的结果，我发现你的爱情减低了，我之偷生于损失最后的幸福之后，并不比年青人之偷生于毁灭最初的希望之后为甚。可是，我真发了疯了！爱情难道还忧虑犯罪吗？我希望我的亲密能够增加你的温柔。为什么今天我却变成了一个“也许”的牺牲品呢？三十岁的人都是懈怠的，他们不提出条件，他们接受条件。啊！人们只能够在经验过最后的爱情时才知道什么叫做爱情；我们的真正情感是产生于四十岁的时候，在这个年龄，我们知道测量我们的损失，然而年轻的时候，我们却不知道生活上的利益。亲爱的，恕我说了这些话，这些平静了的风涛的最后的咆吼。

晚上见。

菲力士

一八二七年八月八日于巴黎

第一章 两个童年

总有一天我们必得写一首最动人的挽歌，画一幅灵魂中的冷静的悲哀的图像，这灵魂的温柔的根源还只碰到家土中的坚硬的砂石，这灵魂的最初的嫩叶已经被怨恨的手给折毁了，这灵魂的花朵正当它开放的时候就被冰霜冻僵了。然而我们得有哪一种眼泪滋养出来的天才呢？哪一个诗人能够告诉我们儿童的嘴唇吸吃苦奶时的苦痛，他的微笑被严厉的眼睛发出来的吃人的光焰所压制时的悲苦呢？代表这些被四围的人物为着要发展他们的感情而加以压迫的可怜的心田的虚构的图像就是我的童年的真正的历史。我这新生的儿童，我能够伤毁哪一种虚浮呢？我母亲的冷酷所给我的是哪一种的物理的不幸或精神的惨剧呢？我是不是一个欠债的儿童、一个偶然降生的儿童，或一个生下来就被人咒诅的儿童呢？

寄养在乡间，三年的时间被我家庭所忘却，当我回到我父亲的家中时，我在那里所依靠的东西是太少了，我也就在那里受到一般人的怜悯。我不认识有什么情感，我不认识有什么可以帮助我从这最初的失落中自拔出来的偶然的幸福；在我家里，孩子们是无知的，大人们也什么都不知道。我的哥哥和我的两位姐姐不但不能够柔和我的命运，而且是给我许多苦头吃，来寻开心。儿童们用来隐蔽小罪过，而能够教他们知道光荣的儿童的联盟在我是一点儿也没有的；不但是这样，我常常是因为我哥哥的过错而被责罚，然而我却没有反抗过这不公道的权利。这难道是儿童式的谄谀指导了他们如何使我得到苦恼的虐待而保持同样可怕的母亲对于他们的宠爱吗？这难道是他们的摹仿性的一个结果吗？这难道是因为他们有比试力量或缺少同情心的必要吗？也许是这些原因合在一起才夺去了我的同胞的情谊。因为生来就得不到什么温情，我什么也不能爱，然而我却天性是多情的人！一个天使要收集这种不断被拒绝的感情所发来的叹息吗？如果在某些心灵之中，被误会的情感要变成怨恨，可是在我的心灵之中，它们却集结在一起，在那里挖出一道河床，后来就是从那儿涌灌在我的生命之上。随着性格，战栗的习惯松弛了筋肉，产生了恐惧，而恐惧也就迫着屈服。于是脆弱就把人毁了，我也不知道是什么缘故也就给人变成了奴隶。但是这连续不断的苦恼就使我习惯于另外发展一种力量，由于练习而长大起来，并且预先使我的灵魂能够有道德的反抗。正如殉道者等待新的打击一样，我等待着新的痛苦，我的整个灵魂不得不表达出一种忧郁的忍受，儿童的韵致、儿童的活动都因此而窒塞。这种态度就变成白痴的症候，我母亲也就用此来证明她对我的不祥的预卜。这种不公道的真确性在我的灵魂中很早的就激动了我的傲性，这理性的果实无疑的就阻止了一切同样教育环境所鼓励的坏癖性。

虽然我被我的母亲所抛弃，有的时候，我却是她的细心的对象。有的时候她也居然谈到我的教育问题，而表示她对于我的关心；当我想到每天和她接触时所生的扰乱，我就大为战栗。我祈求我的孤单，我觉得最幸福的就是能够在花园里玩石子、观察昆虫、仰视苍天。虽然隔离的生活使我走进了梦境，一次的探险却使我养成了默想的气味，这探险可以给你描绘我的最初的不幸。

人家对我是这样的漠不关心，保姆就常常忘记让我睡觉。一天晚上，静静的躲在无花果树下，我用这种摄获儿童的奇异的感觉来观察一颗天星，我的早熟的悲哀又给这种感觉加上了一种神经质的知识。我的姐姐们都在嬉戏，叫唤；我听着她们的深远的喧噪就好像是我的思想的伴奏一样。声音停止了，黑夜降临了。偶然间，我的母亲发觉我不在。我们的保姆，这位可怕的卡落林小姐，为着避免责骂起见，就利用了我母亲的错误的观念说是我对家庭有一种厌惧的心理，说是如果不是她非常注意的看着我，我早就已经逃走了；说我非但不是傻子，而且是阴险的人；她所看护过的孩子就没有碰到有我这样坏脾气的。她装着来找我，她叫我；我回答；她知道我在那儿，就来到无花果树下。

“你在那儿干吗？”她对我说。

“我看一颗星。”

“你不是看星，”在阳台上面听着我们说话的母亲说，“你这年纪懂得天文吗？”

“啊！太太！”卡落林叫着说，“他放开了蓄水池的龙头，花园都成了水灾了。”

这是一般的怨声。我的姐姐们把龙头放开玩，来看看水是怎么样的流，可是，因为被突如其来的一道喷水淋了一身，她们吓坏了，没有来得及关好龙头就逃走了。硬说是我发明了这个轻佻的举动，当我否认我的罪过时，我又被人家责备为撒谎，因此也就受到了极乎严厉的责罚。这却是最可怕的刑罚！人家嘲笑我对于天星有爱情，我母亲也就禁止我晚上停留在花园里。暴虐的禁止刺激儿童的感情是比大人的感情更为厉害的；儿童比大人更死想着被禁止的东西，这东西后来也就给他一个不可抵抗的诱惑性。所以我也常常鞭策着我的天星。因为不能信托任何的人，我就用这愉快的内心的呀声对它诉说了我的悲痛，儿童用这种呀声来糊涂的表达他的思想就好像他新近用呀声来说话一样。十二岁的时候，在学堂里，我还用不可言喻的欢心来默想天星，生命开头时所接受的印象就给心田留下了深刻的痕迹。

查礼比我大五岁，他那时候是个美丽的儿童，就好像他现在是个美丽的大人一样。他是我父亲的宠爱，我母亲的心肝，家庭的希望，所以是家庭的君王。他是很壮健的，他有一个教师。我是瘦弱而多病的，五岁的时候我就被人家送到城里的一个宿舍里当通学，由我父亲的随身侍仆早上带去、晚上带回。我去的时候带着一个没有多少东西的饭篮，而我的同学们却带着非常丰富的食品。这贫富的比较给我产生了成千的苦痛。著名的杜尔的切块猪肉和小块猪肉，就形成了早晨的早点和晚上我们退班回家时家中所吃的晚饭之间的中饭的主要成分。这种烹调的办法是一些好吃的人所喜欢的，然而却少见于杜尔权贵家庭的饭桌上；如果我在送到宿舍之前听到人家说到它，我一定不会见到在面包上能够给我搽上这棕色的果子酱就认为是幸福；然而它并不是宿舍中所常有的，我的羡望也并不是不强烈，因为它变成了一种固定的意念，好像是门房所烹调而能够满足她的酱肉给巴黎的一位公爵夫人所产生的欲望一样。儿童们可以从眼光中猜出人家的羡慕，就好像你从那里读出爱情一样；我因此也就变成了人家开玩笑的材料了。我的同学差不多都是属于资产阶级的，他们就来给我排场他们的优美的切块猪肉，问我知道不知道怎么制造，知道不知道在哪儿卖，为什么我没有。他们舐着嘴唇来夸耀他们的小块猪肉，这用脂油煎爆，类似煮过的香菇的猪肉碎块；他们检查我的饭篮，只找到一些奥里微干酪，或者一些干果子，他们就用这句话来刺杀我："你什么也没有吗?"这使我懂得如何去比较我的哥哥和我之间的待遇的不同。

我之被人抛弃，和他人的幸福，这两者之间的对比玷污了我的童年之花，萎谢了我的青鲜的少年时代。第一次受了虚伪的善意的欺骗，我伸出手来接受用伪君子的神气给我送来的糖果，骗我的人就在预见这结局的同学的笑声中缩回了他的果子饼。如果最特出的精神都可以接近于虚荣，一个眼看着被人嘲笑，被人侮慢而痛哭的儿童怎么能够避免它呢？在这样的开玩笑之下，多少的儿童是变成了好吃、摇尾乞怜而怠惰的！为着免除虐待，我奋斗着。失望以后所有的勇气使我变成一个劲敌，然而我是怨恨的对象，而我也始终没有反抗背逆行为的资料。一天晚上，当我回家的时候，我在背上受到了一个满包着石子的手巾的打击。当侍仆很严厉的要给我报复，把这桩事告诉我母亲的时候，她却叫起来说：

“这该死的孩子只给我们苦恼！”

在那里，我也找到和家中一样的摈弃，于是我也就对我自己起了疑惧之心。在那里就像在家中一样，我也退缩。这第二次的下雪使我灵魂中的种子不能及时长大开花。我眼看得被人疼爱的都是一些放逸的狡童，我的骄傲也就根基在这个观察之上；我单独的生活着。因此，我就继续着不能倾吐我这粗大的可怜的心田的情感。眼看着我自己总是忧郁的、被人怨恨的、孤独的，我的先生就证明了我的家庭认为我的性格恶劣这个错误的疑惑。在我知道写字和读书之后，我的母亲就把我送到彭特利瓦去；彭特利瓦是一些辩论家所指导的学校，他们招收和我同等年龄的儿童，编在名叫做“不文”的一班中，在这班中还有一些较迟开发知识甚至于不能学习最初步的教育的学生。

我在那里住了八年，一个人也见不到，过着褫去公权的人的生活。这是怎么样生活的呢？为什么这样生活的呢？我每月只有三佛郎的消闲费，这数目仅仅够得购买我所必要的笔、刀子、按尺、墨水和纸张。所以既不能购置高跷，也不能购置跳绳或其他任何学校中所必须的娱乐玩具；我是离开了一切的游戏；为着能够参加玩耍，我不得不趋奉富裕的同学，不得不阿谀同班的强有力的。儿童最容易做的最小的卑劣行为都使我的心脏跳悸。我逗留在一棵树下，迷留在惨痛的梦境之中，我在那里阅读每月图书馆员给我们分发的书。在这怪异的孤独生活的深处隐存有多少的悲痛啊！我的被摈弃给我产生了怎么样的忧郁啊！想一想当第一次发奖而我得到论文奖金和翻译奖金的时候，我那温柔的灵魂是如何的感受！当我在欢呼和乐声的中间走到讲台上来接受这奖金的时候，我既没有父亲，也没有母亲来庆贺我，然而台下却填满了全体同学的家长。按照惯例，我应当接吻颁发奖金的人，然而我却急速的跑到他的怀中，沉埋在眼泪之中。那天晚上，我把我的奖状扔在火炉里边烧。那些家长在发奖之前练习仪式的一星期中就住在城里，而我的同学们那天早上也很快乐的搬走了，然而我的父母都离开我很远，我却和海外的人留在庭院中，所谓海外的人是对那些家在岛上或外国的学生们而言。晚上在祈祷的时候，这些野蛮人就在我们面前吹嘘和他们的父母在一起所吃的大宴。你可以看得出来我的不幸是如何的在我的社会环境中增大了起来。

我难道没有力量去消除那罚我一个人生活的禁锢吗？好久以来，和千般的灵魂的兴奋一同怀在心中的有多少的希望，然而却于一天之中整个的毁灭了！为着要使我的父母来到学校里，我曾给他们写过满充着情感的信，也许是特别重情的表达我的思念，然而这些信难道没有让我得到我母亲的责备吗？她用嘲笑的态度来咒骂我的文体。我并没有气馁，我给我父亲和我母亲提出条件，只希望他们能够来；我恳求我的两个姐姐陪着他们来，我乘着她们的节期和生日，用可怜的被弃的儿童的严肃和失望的坚忍的态度来给她们写信。将近颁发奖金的日子，我双倍表达了我的祈求，我谈到我所预料到的胜利。失望的听不到我父母的消息，我用激发的心来等待他们，我对我的同学们预告他们的来临；家长们来的时候，当叫唤学生的门房的脚步回响在庭院的时候，我的心脏就像病人一样的跳动着。然而这位老头儿就永远没有叫唤我的名字。

当我自责于我那被人咒诅的存在的日子，听我忏悔的教士就给我指示了那灿烂的照耀着救主的快乐所允许的光荣的上天。当我第一次领圣体的时候，我就投身于神秘的祈祷的深渊中，使年青人精神愉快的宗教思想、所有的道德的幻想在引导着我。被信仰所激动，我祈求上帝为我重新演出我在《殉道者名录》中所读到的动人的神迹。五岁的时候，我飞往天星之中；十二岁的时候，我去敲打教堂的门。我的默坐使我在心中孵化出不可言状的思念，填满了我的想象，丰富了我的柔情，增强了我的思想机能。我常常认为这些超卓的景象是来修整我的灵魂，使它走到神圣的命运的天使所有的：这些景象使我的眼睛能够看出事物的真切的精神；它们把我的心转向到那些给不幸的诗人（当这诗人天生赋有比较现实和想象的能力时）做出他所得不到的特异的事物的巫术；它们在我的脑筋中给我写下了一本书，我可以在那里读我所要表达的思想；它们给我的嘴唇放上了能够出口成章的源泉。

我的父亲对于辩论者的教育有些怀疑，他来把我从彭特里瓦召回，把我送到巴黎一个大沼旁边的学校。考察我的能力之后，也就证明了彭特里瓦的修辞学家是第三流的人物了。小学和中学的痛苦又在新的形式之下重现于我在黎毕德家中的寄宿生活中。我的父亲不给我钱。当我的父母知道我有的吃、有的穿，能够生吞拉丁、活剥希腊的时候，他们就认为一切都解决了。在我的中学生活当中，我认识了差不多一千的同学，然而我就没有碰过一个例子，是和我同样被人所漠视的。过度的忠心于布尔崩王朝，黎毕德先生曾经在保王党想要从古寺劫走马利·安多恩尼特王后时和我父亲发生了一些关系；他们现在又认起了交情，黎毕德先生自信有补偿我父亲的遗忘的必要，然而他每月所给我的数目是太少了，因为他不知道我家里人的意向。

寄宿舍是设立在古老的安乐大楼中，在那儿就好像在一切的古代贵族住宅一样，也有一间瑞士房。当“走仆”带我们到查礼曼中学去之前，大家休息的时候，豪富的同学们就跑到我们的门房多瓦西房子里去吃点心。黎毕德先生在不知不觉之中忍受了多瓦西的买卖，他是真正的走私贩，是学生们有兴趣爱护的：他是邪道的秘密的保姆，是迟晚回舍的人的心腹，是租阅禁书的人的中间人。吃一杯奶油咖啡是贵族的滋味，因为在拿破仑的统治之下，殖民地的食品的价格是过度的昂贵的。如果在父母家中用一些糖和一些咖啡就算是奢侈的话，在我们之中他却有一种虚荣的优势，让我们产生了嗜欲，如果摹仿的倾向，如果饕餮的食欲，如果时髦的传染并不够满足的话。多瓦西让我们记账，他给我们提议向姐姐们、姑姨们去要钱，她们要证明学生们的名誉，一定会还付欠债的。很久的时间之内，我都反抗着小食堂的诱惑。如果我的审判官知道诱惑的力量，知道引导我的灵魂倾向于苦行主义的那些英勇的心愿，知道在我长时期的反抗中所有的剧痛的话，他一定要拭干我的眼泪而不会使我啼泣。然而，我是一个孩子，我能够有这样的伟大的灵魂，来轻视他人对我的轻视吗？也许我也能够感觉出我已经被许多的社会罪恶所波及，这些罪恶的力量已经因为我的羡欲而加强了。

第二年将要结束的时候，我的父亲和我的母亲来到巴黎。是我的哥哥告诉我他们的到来的日子：我的哥哥早就住在巴黎，然而却一次也没有来看我。我的两位姐姐也来旅行，我们要一同参观巴黎。头一天，我们跑到王宫去吃饭，为着能够很方便的到法兰西剧院去。虽然这出乎意料之外的节日使我沉醉了，我的快乐却被一阵风波打散了，这风波是这样快的给惯于不幸生活的人一个印象的。多瓦西恫吓我，说要自己到我父母面前去要债，所以我不得不向我父母要求以偿还我短他的一百佛郎的债。我想出一个方法：叫我哥哥来当多瓦西的翻译官，来传达我的追悔，来做我的求恕的中人。我的父亲有赦免我的意向。但是我的母亲是无情的，她那深蓝色的眼珠使我惊呆，她用可怕的预言来叱咤我。

如果十七岁以后，我还是这么样的鲁莽，我将来要变成什么样子？我真的是她的儿子吗？我要去毁坏我的家庭吗？我是不是要一个人单独的留在家中？我哥哥查礼所企图的事业不是需要一个独立的资产吗？这资产不是已经由于他对家庭的光耀而给他留下，而我不是家庭的耻辱吗？我的两个姐姐没有嫁妆可以出嫁吗？我难道就不知道金钱的价值和我所花费的数目吗？糖和咖啡在教育之中有什么用处呢？这样的行为，不是要学会一切的罪恶吗？

马拉和我比，简直是一个天使。当我受到这给我的灵魂带来成千的恐惧的激流的打击时，我的哥哥把我送回我的寄宿舍；我丢了普罗风兄弟菜馆的一顿饭，失了观看达尔马演《不列颠人》的机会。这就是十二年久别之后我和母亲会见的情形。

当我修完人文的课程之后，我的父亲把我留在黎毕德先生家中，受黎毕德先生的保护；我得学习超验的数理，念第一年的法律功课，开始我的高深的研究。寄宿在人家的房子里，不必到班上课，我相信我和悲惨是休战了。然而虽然我是十九岁的人了，我的父亲还继续着当时送我到学校去的办法，不给我零钱花，而使多瓦西做了我的债权人。我没有多少的钱，在巴黎没有钱能做些什么呢？况且我的自由是很巧妙的被人压制了。黎毕德先生叫一个宿舍走仆陪着我到法学院去，把我交给教授手中，然后又来接我走。巴黎很自然的恐吓了我的父母。小学生们总是秘密的在他们的寄宿舍中关心着小姐们所关怀的事儿；不管做什么，小姐们总是谈到情郎，而男学生们也总是谈到女人。可是在巴黎，这时代同学们之中的谈话都是涉及王宫所表现的东方式和苏丹式的世界。王宫是一个爱情的金屋，在那里每天晚上流转着铸好的金币。在那里最纯洁的怀疑停止存在了，在那里也可以停止我们所燃烧着的好奇心！王宫和我，我们是两条互向的渐近线，然而却不能够相遇。这是命运如何使我的诱惑失败的情形。

我的父亲把我介绍给一位住在圣路易岛上的舅母，我每星期四和星期日都得到那里去吃饭，都是黎毕德夫人或黎毕德先生带我去的，他们每星期这两天都出门，晚上回来的时候就来舅母家带我回去。这是最简单的休息！李斯杜麦侯爵夫人是一位有地位的贵夫人，她向来就没有想到给我送一个厄古钱来。像大教堂那样的老迈，她装饰得和纤丽物一样。穿得非常的华奢，她住在她的大楼中，就好像路易十五世还没有死去一样，她只看见年老的妇人和一些绅士，过时的社会，在那里，我总以为是在墓园的当中。没有一个人跟我说话，我也没有感觉到有首先开口的力量。敌忾或冷酷的视线使我对于我的少年时代起了耻辱之心，这年青人在一切的人看来都好像是很讨厌的。我之所以能够逃之夭夭也就是因为了这种被人漠视的情况，我自己饭一吃完就巧妙的飞逃到木廊里去。只要我一参加打魏斯特纸牌，我的舅母就不再注意我了。她的随身侍仆约翰并不大在乎黎毕德先生；然而这讨厌的宴席总是因为颚骨的老朽和假齿的破损而不幸的延长着。最终，一天晚上，在八九点钟之间，我已经爬上了扶梯，心脏和毕安卡·卡白露逃走时一样的跳动着；然而当瑞士卫士给我拉绳子的时候，我看见街中有黎毕德先生所雇用的马车，听见了这位好好先生用那急喘的声音来问我。三次了，偶然的巧遇都不可避免的插进了王宫的地狱和我的少年时代的天堂之间。当我觉得二十岁尚是无知而决定冒着一切的险去消除我的无知的那一天，当我失陪黎毕德先生上车的时候——这在他是个不容易的动作，因为他是和路易十八世一样的肥胖的，他的脚是弯曲的——好，我的母亲坐着邮轿来了！我被她的眼光看得愣住了，而呆呆的停留着，就好像站在长蛇前面的小鸟一样。怎么这样巧碰着她呢？没有比这更自然的事。

拿破仑发动了他最后的机谋。预料布尔崩王族复位的父亲就来教导我的哥哥，那时候我的哥哥已经被聘在皇家外交界中任职；我的父亲和我的母亲一同离开了杜尔。我的母亲负责来带我回到那边去，因为可以免得我有被认为机巧跟随敌人步伐的危险，这危险是威吓全京城的。

几分钟之内，我就被人从巴黎架走，这正是我的巴黎生活将要告终的时刻。压制的欲望所激发出来的不断的幻想所生的愁苦和恒定的缺乏所苦恼的生活的烦扰就迫着我投身于学问的研究，就好像前时厌倦于命运的人们隐遁到修道院里去一样。在我看来，研究学问就变成了一种羡欲，这种嗜欲能够使我变成定命的，在年青人应当从事于青春的性情所接近的蛊惑的活动里把我自己禁锢了起来。

这年青时代的小图形可以使您想到多少的挽歌，为着解释年青时代对于我的将来的影响，这小图形是必要的。受了这么多病态的事件的影响，过了二十岁，我还是很小、很瘦、很苍白的。我那满充着欲求的灵魂总是和外表很脆弱的身体斗争着。不过这身体，根据杜尔一位老医生所说的话，最后却和铁一般的气质相混合了。儿童的躯壳，老年的思想，我念了这么多年的书，我做了这么多的冥想，我居然能够以玄学的态度来观察人生，在我看见人生隘道中的崎岖和人生的沙砾的平原时来观察人生的高处。在这宝贵的时期之中，我也有不少的偶然的烦恼，这时期发生了许多初次扰乱灵魂的事故，它们唤醒灵魂趋向于肉欲，一切都是有味的、新鲜的。我是站在因为工作而延长了的丁年和过晚发生绿枝的壮年之间的。任何的年青人都比不了我，准备好去感觉、去爱恋。为着了解明白这段故事起见，您无妨追思一下那可爱的年龄，那时代口舌还不会扯谎，那时代目光是诚实的，虽然有逆意的含羞的眉毛蒙罩着，那时代精神并不从伪善的世界中退缩回来，那时代心脏的懦怯和初步动作的豪放是一样的强烈的。

我还没有告诉您和我母亲一同从巴黎到杜尔的旅行。她那冷酷的态度使我无从发展我的温存。离开每一站的时候，我都想说话，然而一道目光、一句话就吓退了我所小小心心想好的开场白。在奥里昂，正在她卧睡的时刻，我母亲却大骂我的缄默。我投跪在她的脚前，抱住她的膝头，用我的热泪痛哭，我把我那满充着热感的心开放给她；我用那求爱的流利的雄辩来感动她，我的声调可以摇动一位继母的五脏。可是我的母亲却回答我说我是在扮演一幕喜剧。我自怜我的被摈弃，她管我叫做败坏的儿子。我的心是这么样的紧缩着，到了布罗瓦，我就跑到一只桥上，想要跳进罗瓦尔河。我的自杀没有成功，因为被御墙所妨碍了。

到达的时候，我那两位一点也不认识我的姐姐对我表现出无限的惊讶，更甚于她们的温情；可是，再后一会儿，她们却比较上对我谁有相当的友爱。我被人派着住在第四层楼的一间房子里。我告诉您我的母亲只给我这个二十岁了的青年人留下我在寄宿舍中所穿的学生行装，除了我在巴黎所有的衣裳之外，不给我任何其他的衣服。您听到这句话时，就可以想到我的悲哀是怎么样的程度的。如果我从客厅的一角飞着跑到另外一角，给她去捡手帕的话，她只对我说了一声冷冷淡淡的“谢谢”，就好像一位夫人对她的侍仆所说的一样。我不得不观察她，看看在她的心坎中有没有柔软的地方，可以让我插进几条感情的树枝，我看出她是一个干燥、衰瘦、游闲、自私、无礼的贵夫人，和一切李斯杜麦家族的人一样，无礼是她的嫁妆的一种。她在生活之中只看到他人对她应当履行的责任，我所遇到的一切冷酷的女人都和她一样只相信一个责任的宗教。她接受我们的尊敬就好像牧师接受弥撒的香火一样，我的哥哥似乎也只受到她心中所有的母爱的一部分。她不断的用一种咬人的嘲笑来刺激我们，这种嘲笑是一般没有心肝的人所用的武器，她就用它来对付我们，我们却一点儿也不敢回答。虽然有这些荆棘的障碍，本能的情感还留有它的根芽，使人大失所望的母亲所激动的宗教的恐惧还保守着许多的联结，使我们盲目的情义继续存在到年纪大了的时候对她作下最后的判断时为止。从这一天起，孩子们开始了他们的报复；过去的欺侮所产生的不关痛养的态度，由它们的集结而堆成大泥块一般的不关痛痒的态度一直伸展到她的坟墓上面。

这可怕的虐政驱走了我发疯想要在杜尔来满足肉欲的观念。我很失望的埋头在我父亲的书房中，在那里我阅读了一切没有念过的书。长时间的工作使我节省了一切和我母亲的接触，然而她却使我的道德心愈加严重化了。有的时候，嫁给我们的表哥李斯杜麦侯爵的姐姐也想方法来安慰我，然而却不能够平静那吞蚀我全身的愤怒。我只想死。

那时候和我没有关系的大事件正在谋划着。安古莲公爵离开保尔都到巴黎去会合路易十八，当他路上经过一个城市的时候，他受了因为布尔崩王家复位而起的老法兰西全国的同情心所预备的欢迎。为着正统的王子而惊愕的杜尔兰省，到处流布谣言的城市，高悬旗帜的窗户，满充着星期日情调的居民，节日的筹备，布满着空气而使人沉醉，这一切都使我有参加庆祝王子的跳舞会的欲望。当我硬着头皮告诉我母亲这个愿望时，那时候她正好病了，不能参加庆祝会，她就大发雷霆。我难道是刚果来的人，应当什么也不会吗？我怎么能够想象出我们的家庭并没有代表参加这跳舞会？父亲和哥哥不在的时候，难道不是轮到我去吗？我难道没有母亲吗？她难道想不到她的孩子们的幸福吗？顷刻之间，这半被否认的儿子却变成了一个人物哩。

我被我的重要性所惊惶失措，正如我被那些使我母亲应许我的要求的滑稽的推理所惊愕一样。我问了我的两位姐姐，我知道我那喜欢要把戏的母亲非常关心的在给我预备我的装饰。非常奇怪我的母亲的强求，杜尔的裁缝都不能够负责来给我预备服装。我的母亲只好召来她的零雇的女工，根据外省的习惯，这种零雇的女工懂得缝制一切种类的服装。一件深蓝色的礼服不论好坏总算是秘密的给我制好了。丝制的袜子和崭新的薄底鞋很容易的就找到了；男人们所穿的背心是很短的，我可以穿我父亲的一件背心；生平第一次我有一件有襟饰的衬衫，衬衫的褶管在我的胸前凸凸的肿起，而细扎在我的领带的结纽中。当我打扮好了的时候，我已经不像从前的我了，我的姐姐就用称颂来给我加上勇气去出现在全杜尔兰的人面前。这是一个深奥的事业！这个庆祝会有太多被召而来的人，因为希望有很多被选的人。谢谢我那狭小的身材，我潜进了巴比昂大楼的花园中所搭的帷幕下，我来到了王子所坐的大靠椅的附近。顷刻的时间，我被热气窒息了，我被灯光、被红色的帷帐、被金色的修饰、被我所出席的第一次公共庆祝会的服装和金钢钻弄得眼晕目眩了。我被一群互相蹴踏、互相在飞尘中冲突的男男女女推挤着。响亮的铜制风琴和布尔崩军乐的高腔都在“安古莲公爵万岁！国王万岁！布尔崩王朝万岁！”的欢呼中听不见了。这个庆祝会是一个同情心的狂流，每一个人都在强烈的殷勤中争先恐后的奔着布尔崩的新出的太阳，这是真正的自私主义，使我寒冷，使我卑小，使我向后退缩。

好像是一根草梗在旋风中飘荡一样，我却有一个幼稚的欲望，想要变成安古莲公爵，和王子们混在一起，在大吃一惊的群众面前耀武扬威。这种杜尔—杜尔兰人的幼稚的欲望使我生出了一个雄心，是我的性格和我的环境将来要使其尊贵的。哪一个人没有妒忌过几月以后全巴黎争先恐后迎接自爱尔伯岛回来的皇上时所盛大重复的这种被人崇拜的情况呢？这种施行在流注一切的情感和生命于一个单独的心灵的群众上面的帝王之尊，使我醉心于光荣，现在杀害法兰西人的女巫就和以前牺牲高尔人的女祝一样。然后，忽然之间，我遇到了要不断激动我的野心而把我送到王家宫庭去的女人。

我胆子小不敢请女人跳舞，同时又怕人家的不高兴的脸色，我很自然的变成非常忧郁的，不知道如何是好。当我被群众所践踏而觉得不安的时候，一个军官踩着我那被皮鞋和热气压肿的脚。这最后的扰乱使我脑筋里觉得非常的讨厌。出是出不去的，我就躲在一个角落里，站在一张没有人坐的凳子的一头，呆呆的瞪着眼睛，一动也不动的赌着气。

看错了我那弱瘦的外貌，一位女人以为我是一个快要睡觉而等待着母亲的爱抚的孩子，她就用着在巢中鼓着翅膀的小鸟那样的动作靠近了我。我立刻闻到女人的香味，这香味沁透了我的灵魂，就好像东方的诗章沁透我的灵魂一样。我看着我的邻人，我被她所晕眩是比庆祝会还要厉害的；她变成了我的整个的庆祝会。如果您懂得我此前的生活，您就可以猜想到涌荡在我心中的情调。我的眼睛被两个丰满而雪白的肩膀所夺去，我真想在这肩膀上面辗转，这是略带玫瑰色，好像第一次露光而发红的肩膀；这是有灵魂的贞洁的肩膀，它那润滑的皮肤在灯光之下发亮，就好像是一块丝绸一样。这两个肩膀是两个划分线所隔开的，沿着这条线就流盼着我的目光，这目光是比我的手更大胆的。我带着跳动的心仰起头来看着她的上衣，整个的被那贞洁的盖上丝织品的胸脯迷眩了，不过这丝织品的蓝色的圆球却是柔和的隐在花边的波纹

当我确保没有人看见之后，我遍吻着这两个肩膀。

之中。这头部中最微小的部分都是可以唤起我无穷的喜乐的饵物：少女的天鹅绒一般的颈上所有的光滑的头发的亮泽，梳子所画下的白色的线道，我的幻想在那里奔跑，就好像是在新鲜的道路上奔跑一样，这一切都使我销魂。当我确保没有人看见之后，我就沉埋在这肩背之上，好像一个孩子投进母亲的怀抱一样，我遍吻着这两个肩膀，在那里辗转着我的头。

这个女人大叫一声，然而音乐使人听不见这声音。她转过头来，看着我，对我说：

"先生！……"

啊！如果她说："我的小好人，您怎么啦？"也许我已杀死了她；然而听到了这个"先生!"，热泪就从我的眼中涌夺而出。我被神圣的怒气所酿成的一道眼光惊呆了，我被灰色的头发像王冠一样盖住的头部，和这可爱的背部相调和的头部愣住了。因为贞洁被侵犯而产生出来的绯红的颜色光耀在她的脸上，她的宽恕已经解除了脸部的怒色，因为她知道以她为目标的狂热；她猜出这追悔的眼泪中所有的无限的崇拜的热诚。她用王后一般的动作走开了。我感到我的地位的可笑，后来我才知道我一身穿得和沙微瓦人的猴子一样。我对此感觉到耻辱。我继续发傻，玩味着刚刚偷吃过的苹果，咀啜着保留在我嘴唇上面的从血流中吸引出来的热气，用眼睛跟随着这从九天下降的仙女。

当了第一次心中的强烈的肉欲的俘虏，我就在这变成荒凉的跳舞会中踱来踱去，然而却再也找不到我这不知名的女郎。我又回复到了我的变态的蛰伏：一个新的灵魂，一个有五颜六色的翅膀的灵魂破坏了它的幼虫。我那亲爱的天星算是从那蓝色的气层中降落了下来，变成了一个女人，而还保留着它的明亮、它的闪光、它的鲜艳。我忽然爱恋，然而却不知道什么叫做爱情。这第一次突如其来的人类的最热烈的情绪难道不是一件奇异的东西吗？

我在我舅母的客厅中已经遇过一些好看的女人，然而没有一个能够给我留下最小的印象。有没有一个时刻、与一个行星的交会、一个特殊环境的结合，刚刚好一切女人中的某一个就特别来决定一个专一的渴望，当这渴望是包括着整个的性欲的时候呢？想到我所选择的女郎是住在杜尔兰，我就快乐的吸着空气，我发现一时青天上有一种颜色，是我到处所看不到的。如果在精神上我是非常愉快的，但是我的外表却现出重病的样子，我的母亲非常替我恐惧，渗着疚心。和预觉灾祸到来的动物一样，我跑去蹲踞在花园的一个角落里，在那里去梦想着我所偷窃过的接吻。

在这可纪念的跳舞会之后几天，我的母亲责备我放弃了我的工作，我对于她那逼人的眼光的漠视，我对于她的讥讽的满不在乎，我对于自然界的声音的忧闷的态度，这是在我这个年龄的年青人所应有的态度。田野，这医学中所不认识的疗治病痛的良药，就被认为是使我脱离迟钝症的最好的办法。我的母亲决定叫我到佛拉柏斯罗去，在她的一位朋友家里去过几天。佛拉柏斯罗是在芒巴桑和阿沙伊勒里杜之间，安德河畔的一个别宫。当然我的母亲一定是给了她的朋友许多秘密的指示。我得自由的日子，我是这样快活的游泳在我已渡过的爱海之中。我不知道这位不相识的女郎的姓名，我要怎么样的叫她呢？我要到哪儿去找她呢？而且，我要跟谁谈到她呢？我那畏缩的性格更增加了侵犯初恋的年青人心坎的不可解释的恐惧；开始的时候，我所有的悲哀是以失望的情调来结束的。我没有别的可问，只是在田野中走来走去，一味的跑。我有儿童的勇气，什么也不怀疑，有点武士道的精神，我就对自己提议步行去遍搜杜尔兰的一切别宫，而对每一个美丽的别宫的护楼说：“是这个！”

于是，一个星期四的清晨，我由圣埃罗瓦关口出了杜尔，走过圣苏维桥，到了彭赤，仰着鼻孔看每一间房屋，而踏上了支农大道。平生第一次，我能够自由在树下休息，要走快，就走快，要走慢，就走慢，都随我的便，没有人来干涉我。在一个被各种重压青年的专权所制伏的可怜的人类看来，第一次的自主，就是找不对实施自主权的对象，也给我带来不知道多少的开心。很多的理由可以让我认定这一天是满充着快乐的节日。在我童年的时期，我从没有散步到离开城市一法里远的地方。彭特利瓦周围的奔跑，巴黎城中的狂走，这些也没有让我享受自然田野的美景。不过，回忆到我幼时的生活，我也还有一些美丽的感觉，可以在杜尔的野景中呼吸出来，这野景是我所熟识的。虽然写景的诗章对我是新的事物，我却强索我对于诗章的无知的枯肠，就好像不知道施行一种艺术的人先想象这艺术的理想的部分一样。

步行或骑马到佛拉柏斯罗别宫去的人都取了一条捷径，他们穿过了所谓的查礼曼野地，这是许多荒芜的土地，位在隔断齐尔盆地和安德盆地的高原之上，那里有一条横路可以通到仓比。这些平坦而多沙的野地可以使您苦痛的走了一法里路，经过一座森林，就可以接到沙妻大道，沙妻就是佛拉柏斯罗所属的县名。这条通到支农大道的道路是在巴兰那一边相当远的地方，沿着一个没有什么特点可述的高低起伏的平原一直到达阿尔丹地方。在那里有一道山谷，从芒巴桑起，到罗瓦尔河岸为止；好像是从两边山岭上所有的别宫下面跳出来的，好像是一个伟大的玉杯，其中弯曲的蛇行着安德河的河流。看了这种景色之后，我就忽然感觉到一种放逸的惊愕，是野地的烦扰和道路的疲乏所给我预备的。

“如果这位女郎，如果这位女中的花王是住在世界中的一个地方的话，这地方一定就是这儿。”

起了这个思念的时候，我正靠在一棵胡桃树下。从这一天起，当我再来到这可爱的山谷时，我每次都是休息在这棵胡桃树的下面。这棵树是我的思念的知己，在这棵树下，我常常问我自己自从我出来的那一天起在我身上所发生的是些什么变化。她就住在那里，我的心并没有欺骗我：那山坡上的第一个小别宫就是她的住处。当我坐在我的胡桃树下面的时候，中午的太阳闪烁着她的屋顶上的青石砖和她的窗牖上的花玻璃。她那光滑的白布衫就好像是我在一棵桃树下的葡萄上面所看到的白点一样。您已经知道，她是“这山谷中的百合花”，虽然还不晓得她在什么地方巡弋天空，散布她的香气。无穷的爱情并没有其他的粮食，只有这个隐隐约约的东西，占满了我的灵魂，我发现这爱情是由碧绿的两岸之中太阳光下长流着的一带水，是由那些摇动的花边来装饰这可爱的山谷的几行白杨树，是由那些伸入河水所围抱的山坡的葡萄园之中的橡树林，是由那些互相背驰的刷画的地平线来表现的。如果您要看一看和一个未婚妻一样美丽、一样贞洁的自然界的话，请您在一个春天的日子到那里去；如果您要安慰您的忧伤，请您在晚秋的最后的日子再到那儿来；春天的时候，爱情在天空中鼓着它的翅膀；秋天的时候，人家可以在那里回想已经不存在的东西。病弱的肺脏可以在那里呼吸清鲜的良好的空气，眼睛可以在那里安歇在柔和灵魂的金色的丛草上。这个时候，安德河的瀑布旁边的磨坊给这震动了的山谷发出音响，白杨飘来飘去的狂笑着，天上没有一丝的云彩，群鸟讴歌，众蝉鸣叫，一切都是音乐。不要再问我为什么我爱杜尔兰，我不是像人家爱摇篮那样的爱它，也不是像人家爱沙漠中的茂林那样的爱它。我是像艺术家爱艺术一样的爱它，我爱它并不是像我爱您那样的强烈，然而没有杜尔兰，也许我就活不了。不知道什么缘故，我的眼睛又回转来看那白点，来看那光耀这大花园的女郎，她就像闪烁在新生的绿丛当中的旋花一样，如果碰着它，花瓣就凋谢了。

我带着被感触的灵魂走了下来，走到这个花篮的深底；不久我就看见了一个乡村，我心中的富裕的诗意使我觉得这是一个天下无双的乡村。请您想象三个位在小岛中间的磨坊，这些小岛是非常幽雅而隔离着的，几畦水草场当中盖上了几束青树；这些水产的植物是这么的活泼、这么样的鲜艳，像地毡一样盖住河水，显露出水上，和河水一同的波动，随着它的私情漂流着，随着磨坊的车轮所激动的风涛而退缩。除了“水草场”之外，我们还能够给它什么其他的名字呢？这里一堆细石，那里一堆细石，上面溅着水花，结成许多流苏，映着太阳的光辉。水仙花、莲花、水百合、灯心草、花葱和地毡一样装饰着河的两岸。一个腐烂的小梁造成的颤动的桥脚埋在花里，桥栏满生着新鲜的细草和天鹅绒一般的青苔，这个桥倾斜在河上，然而却一点儿也不会堕落；破旧的小舟、渔夫的渔网、一个牧童的单调的歌声、几个在岛屿之间游来游去或在罗瓦尔河流积的沙滩上抖净羽毛的雄鸭、耳朵上包着头巾而在看管骡子的磨坊工人，每一件事物都使这景象变成奇异的天真。请您想象看桥那边的两三块田园、一个鸽笼、一些斑鸠、三十个左右被花园和忍冬树的园篱隔开的破屋、一些茉莉花和牡丹蔓，然后想象一下每家门前的灿烂的家畜蒿床、道路上的母鸡和雄鸡：这就是彭德虑安村，一个美丽的乡村，上面制御着一个满充着特色的老教堂，是画家们到处寻觅的十字军时代所遗留下来的教堂。请您把那些古胡桃树、那些带有黄白色树叶的白杨树圈围在一起，请您把那些在热气腾腾的天空下看不到尽头的长草场的中间放下几个幽雅的制造场，您就可以在这美丽的国度里所有的成千的观点中得到其中的一个观念。

我在河的左岸沿着沙妻大路走，一边端详着填满对岸的山岭。然后，我走到了一个装饰有百年老树的公园，这告诉我佛拉柏斯罗别宫就在这里。我到的时候，刚刚好时钟打着吃午饭的时刻。吃过了饭，没有想到我是从杜尔步行来的，我的主人让我走遍了四周，在那里可以从各方面来观看这山谷的各种形势：这里看到它的一个片断，那里看到它的全部；我的眼睛常常被罗瓦尔河的金波吸引到地平线上面去；那儿，在波流的当中，帆船点画了奇异的图像，乘风飞驶而去。在攀登一个山岭的时候，我第一次叹赏着阿沙伊别宫，这别宫好像是切小的金刚钻，由安德河给它嵌上的，这别宫耸立在满布着鲜花的木桩的上面。然后我在一个深远的角落里看见了沙妻别宫的许多浪漫派的房子，这是一个满充着和谐的悲哀的生活，在肤浅的人看来是很惨淡的，但在伤心的诗人看来却是非常可亲的。所以，后来，我就喜欢它的寂寞，那些没有枝叶的枯树，和散布在它那孤单的小山谷中的不知道什么神秘的东西。但是，每次当我第一眼在那边山坡上重新看到那小巧玲珑的别宫时，我的眼光就默默的停留在那里。

“呃！”当我的主人从我的眼睛里读出像我这样的年龄非常天真的表达出来的光灼的欲望时，就对我说，“你远远的闻着一位女郎，就好像一条狗嗅知它的猎获物一样。”

我不喜欢这最后一个名词，然而我却问他这座别宫的名称和房主的姓氏。

“这是克罗慈古尔特别宫，”他对我说，“莫尔梭夫伯爵的美妙的房子，伯爵是杜尔兰一个有历史地位的家庭的代表人，这家庭是从路易十一时代起就走了红运的，这家庭的名字可以使人想到他所做过的探险、他的勋章和他的名望。他是一个从刑具下留存下来的人的后嗣。所以，莫尔梭夫家里的人都带着黄金造的徽章，其中有棕黑的十字架，用正反的丁字形配合而成的，十字架的正中有一朵金色的百合花，花蒂很肥大，上面题着‘上帝保卫我们的国王！’几个字。伯爵是从革命时代放逐在外面回来后才来到这里住下的。这产业是属于他的夫人的，他的夫人是勒农古尔—吉夫利家新近去世的勒农古尔公爵的小姐：莫尔梭夫夫人是一位独生女。这家庭的产业是很有限的，刚刚好和它的名望成为反比，也许是因为骄傲，也许是因为环境所逼，他们总是躲在克罗慈古尔特，什么人也不见。到现在为止，他们对于布尔崩王朝的忠诚可以解释他们的孤独；可是我不相信国王的复位能够改变他们的生活方式。去年当我来这儿住家的时候，我曾拜访过他们一次，他们也来回拜过，而且还请过我们去吃饭；冬天把我们隔开了好几个月；后来政治的局面迟误了我们的归期，因为我在佛拉柏斯罗的时间很短。莫尔梭夫夫人是一个到处都能够占第一位的女人。”

“她常来杜尔吗?”

“她从来没有到那儿去。但是，”他又接着说，“最后当安古莲公爵经过杜尔时，她才去了。公爵对于莫尔梭夫先生是非常要好的。”

“就是她!”我自己叫了起来。

“她，谁?”

“一位有美丽肩膀的女人。”

“您可以在杜尔兰碰到很多的女人，都有美丽的肩膀的。”他笑着说。“但是，如果您不累的话，我们可以过河，走上克罗慈古尔特，那儿您可以亲眼认识您的肩膀。”

我接受这提议，我的脸并不是没有因为快乐和羞臊而发红。将近四点钟的时候，我们走到了曾经我的眼睛长时期抚摸过的小别宫。这个给这山景产生出一个好影响的住宅事实上是很平常的。前面有五个窗户，在正面向南的屋墙尽头的那些窗户都向前凸出约有四米突，是建筑术的一种技巧，要假造出两个亭阁，使住宅更加好看；中间的一个窗户当做门用；人们可以从门前的双石阶下来，走到一层一层的花园中，这层级一直接连到安德河沿岸的一条狭小的草场为止。虽然有一条路把这草场和一行豆球花树所盖蔽日本漆所涂抹的最后的平顶屋分开，然而这草场似乎还是这些花园的一部分，因为这条路是空的，一边被平顶屋夹住，一边靠着诺尔曼边篱。修好的斜坡给住处和河水间留下相当的距离，可以免除河水所产生的许多不方便，然而却没有动摇河水的悦人的地方。房子下面有车行，有厩室，有仓库，有厨房，它们的不同的孔洞就画成了穹窿。屋顶是巧妙的围绕着角端，装饰有十字形栏杆的屋顶窗，而在屋髟的尖端上则有铅制的花草。屋顶上的材料，无疑的是因为革命时被人所忽略了，生出了朝南的房子所常生的平直的红色苔草，就好像生锈一般。那石阶上的窗门上面盖有一个钟楼，那里留有布拉孟—楚夫利的徽章，徽章的形状是：上面分为相等的四块，全是红地的；每块都分为三个直行道，中间的一道是白蓝交错的正反钟形的徽纹，两边的两道都有一支金色的手掌和一支黑色的长矛，长矛尖上有绳带交叉着。上面所题的“眼观手不动”这句格言最强烈的打击我。一个半鹰半狮的怪物和一个有金嘴的龙就形成了这徽章的架子，是一个美丽的雕刻物。革命伤毁了公爵冠和鸡冠饰，这是带有金果的一棵青色棕榈树构成的。救国委员会的秘书西那尔在一七八一年之前曾经当过沙妻的法官，这可以解释为什么有这种的破坏。

这些结构给这别宫产生了一个娴雅的姿态，好像是一朵不离地的花。从山谷中看去，地面楼就好像是第二层楼，但是从庭院中看去，它却是一块平坦的地，有一条宽阔的沙径通到有许多花丛的园中的草地。左边和右边都有许多葡萄园、许多果子园，几块种植胡桃树的耕地斜斜的往下伸展，他们的丛林包围着房子，一直伸展到安德河岸，这一带的河岸装饰有许多的树丛，他们的绿色是大自然自身给他配合的。走上沿克罗慈古尔特的道路时，我叹赏着这些排布得这么好的树丛，我在那里吸到幸福的空气。精神界是不是和自然界一样，也有它的电感和气候的快速的变迁呢？我的心脏因为接近这些将要永远改变它的秘密的事态而跳动着，好像动物预知好天气时的鼓舞一样。在我生命中值得注意的这一天没有缺乏任何可以纪念的环境。自然界装饰得和要幽会情郎的女人一样，我的灵魂第一次听到自然界的语言，我的眼睛就叹赏着它，觉得它和我在学校时所梦幻的都是一样的丰富、一样的变异的。我已经用过笨拙的语言对您解释过在我的学校生活中它曾给我什么影响，因为它们好像是一段听不懂的话，预先的征兆着我的生活：每一个幸运或不幸的事态都很奇怪的集中在那里，只有灵魂才可以看出它们之间的联系。我们穿过了第一个被农村的开垦所必要的建筑物围绕着的院子，这些建筑物是一个仓库、一个压榨器、一些畜栅、一些厩室。被警狗的吠声告知我们的来临，一位仆人就出来迎接我们，告诉我们伯爵先生早晨出门，晚上一定要回来，伯爵夫人还留在家中。我的主人看了我一眼。我战栗着，只怕他因为伯爵不在家不愿意看莫尔梭夫夫人，然而他却告诉仆人给我们传话。我被幼稚的贪婪逼迫着，就很快的跑进了一个长贯全房的接待室中。

“诸位先生，请进来罢!”一个黄金一般的声音就这样的说。

虽然莫尔梭夫夫人在跳舞会中没有说过一句话，我却认识她的声音，这声音透进了我的灵魂，填满了我的灵魂，好像太阳的光芒填满了一个囚犯的监狱一样。想到她会记起我的面貌，我真想逃走；然而时间来不及了，她在门限上出现了，我们的眼光彼此逢遇着。我不知道是她还是我脸上发红得更厉害。相当的惊惶失措，她说不出话来，当仆人搬来两张靠椅的时候，她就回去坐在织毡机前面的原位中。她拿起针来，挑了几针，来遮掩她的寂寞，数了几点又仰起温柔而傲慢的头来，朝着齐塞尔先生，对他说他的访问是给她怎么样的快乐。虽然她很好奇，要知道我的出现是否真确，她却不看我们，她的眼睛呆呆的注视着河流；然而由于她倾听的态度，您也许要说她是用盲人的态度，来知道看不见的话语的音调所表现的灵魂的跳动。这而且是千真万确的。

齐塞尔先生说了我的姓名，述了我的传略：我来到杜尔只有几个月，因为巴黎有战事的威吓，我的父母把我带到杜尔来的。我是不认识杜尔兰的杜尔兰人，他告诉她我是因为过度的工作而消瘦了的年青人，我是送到佛拉柏斯罗来休养的，他又指示出我第一次到来的他的土地。一直到丘陵的底下我才告诉他我是从杜尔步行到佛拉柏斯罗的，他因为怕我的身体不好，才叫我到克罗慈古尔特来，因为他想她一定可以允许我在这里休息休息。

齐塞尔先生所说的都是实话，然而这样的凑巧却使莫尔梭夫夫人有点疑惑；她给我投来冷酷而严厉的目光，使我不得不低下我的眉睫，一来是因为我也不知道是什么屈服的感觉，一来是要遮蔽忍在睫毛中间的眼泪。威严的伯爵夫人看着我的额头出汗；也许她也猜出我的眼泪，因为她给我一个善意的安慰，对我说了话，是我所觉得需要的。我和一个有过失的少女一样的红了脸，我用老人一般的颤动的声音来回答她我的消极的谢意。

“我所愿望的，”我对她说，一面仰起我的眼睛看着她的眼睛，这是第二次我们的眼睛互相逢遇着，但是这逢遇却是和闪电一样的快速的，“就是不要再把我从这里送回去；我太累了，我走不动。”

“你为什么怀疑我们这个好地方对于您的款待？——您一定要给我们一个面子在克罗慈古尔特吃晚饭？”她转过身来，朝着她的邻人，加上这一句。

我给我的保护人丢去眼色，深切的恳求他要接受这个建议，虽然这建议是要一个拒绝的回答方式的。

如果世界上的习惯允许齐塞尔先生去分别这些细腻的地方，一个没有经验的年青人却确切的相信一位美丽的女人所说的话和他的思想是一致的，所以，当晚上回来，我的主人对我说“我留在那里，因为您羡慕极了；但是，如果您不把事情修补妥当，我也许要跟我的邻人吵起架来”的时候，我是大大的惊愕了。这“如果您不把事情修补妥当”使我作了长时间的梦想。如果我叫莫尔梭夫夫人喜欢的话，她就不能够要使介绍我到她家里的人喜欢。齐塞尔先生给我想出使她发生兴趣的力量，难道不就是把这力量交给我了吗？这种解释可以证实我需要援助时所有的希望。

“这在我似乎有些困难，”他回答，“齐塞尔夫人等着我们。”

“她每天都有您，”伯爵夫人接着说，“况且我们也可以通知她。她是一个人吗？”

“还有桂鲁教士。”

“好，”她说着，站起来预备按铃，“你们和我们一块儿吃晚饭。”

这一次齐塞尔先生相信她是诚意的，他就给我投来赞美的眼色。当我确信能够在这屋顶之下停留一个晚上之后，我就好像是得了永生了。在多数的不幸的人看来，“明天”是一个毫无意义的空字，我就是那些对于第二天没有任何信仰的人之中的一个；如果我有几小时自由的时间，我就要整个的花在放逸的生活中。莫尔梭夫夫人谈到乡土，谈到收获，谈到葡萄，谈了许多我所不了解的话。在一位家庭女主人方面，这种举动证明她的缺乏教育或她对于言外的人的轻蔑；然而这是伯爵夫人的架子。如果最初我相信她把我当做小孩子看待的话，如果我嫉妒像齐塞尔先生这样三十岁的人有权利和他的女邻谈些我所不懂的严重的题目的话，如果我愤怒认为这一些都是为着他的话，几个月之后，我却知道了一位女人的沉默是怎么样的有意义，遮盖在一个混乱的谈话中是有多少的思想。

最初，我想法子使我安逸的坐在我的靠椅中；然后，我发觉让我自由的快乐的倾听伯爵夫人的声音是怎么样的有好处。从她的灵魂吐出来的呼气开展在音缀的褶裥里，好像一管箫的孔洞下所分段的声音一样，他就像是波浪一样的在耳边动灭，使血液的动作更加剧烈。她发尾音 i 的神气使人相信是飞鸟的歌声，她所发出的 s 音就好像是一个抚摸，她发出 t 的声音就像是责罚心坎的专制。她就这样的张开语词的意义而不自觉，这样的把您的灵魂带到一个超人类的世界去。多少次我没有让我可以结束的谈论继续下去呢？多少次我没不是不正当的叱责来听这人类声音的音乐，来吸入由她嘴唇中吐出来的灵魂的呼气，来紧凑说到这样热烈的希望，这可以拉紧伯爵夫人靠在我的怀中的热烈呢！当她能够发笑的时候，这是怎么样的快乐的燕子的歌声啊！然而，当她说到她的悲哀的时候，这又是那一种天鹅呼唤同伴的声音啊！伯爵夫人对我的不注意，使我能够细细的考察她。我的目光饱尝眼福，向这滔滔不绝的美丽的女人瞟去，迫着她的身材，吻着她的双足，而在她的发卷中游戏着。可是我却被一种恐惧所袭击，这是那些曾经因为真正的欲望在生活中努力过无限快乐的人所懂得的。我只怕她会惊愕发现我的眼睛钉住她的肩膀中那块被我狠命吻过的地方。这种恐惧却使我的诱惑反而炽盛，我就陷在这诱惑之中，我就看着这两个肩膀！我的眼睛穿破了布纱，我又看见那染色的斑点，这斑点正正好标明了分断背部的雅致的划线的起点，好像是黑色的苍蝇掉在雪白的牛奶里一样；自从那次跳舞会以来，这块斑点每天晚上都在黑暗的环境中发出光焰，这环境流注着无数富有幻想的、生活贞洁的青年的梦寐。

我可以给您描绘那些一看就可以唤起注意的伯爵夫人的主要的线条，但是最完善的图像、最浓烈的颜色都还不能够把她表现出来。她的面貌可以激动一个天下无双的艺术家，这艺术家知道用手来绘画内心反射出来的热火，知道表出科学所否认的这个光明的热气，这个不能用语言来传达、只能由情人的眼睛来察看的热气。她那细柔而卷曲的头发常常烦扰她，无疑的，这是因为热血突然流到脑筋的反作用的结果。她那圆圆而隆凸的额头就好像是约岗德肖像的额头，似乎充满有许多没有表达出来的思念，含蓄的情感，沉在苦海之中的花朵。她那绿色而带有棕斑的眼睛总是惨淡的；但是如果是碰到她的孩子，如果她遇到隐居的女人生活中所鲜有的强烈的快乐或深切的悲哀，她的眼睛就放出一道微光，好像要燃烧生命的源泉而要使其干涸；就是这道微光，当她用极度的轻蔑来瞟视我的时候，使我涌出眼泪，使最大胆的人低下眼睫。一个好像菲地亚斯所描绘的希腊的鼻子由两条弓形的纹路接连着波状的雅致的嘴唇，使她那椭圆形的脸孔变成神化。这脸孔的颜色可以和白山茶色的布匹相比拟，而在两边颊部上发出美丽的红玫瑰的色调。她的肥胖并不破坏她的身材的雅致，也不破坏她那美丽的圆形的体态，虽然是太发达了一些。如果您知道使我晕眩的迷人的宝库和下膊相接的地方似乎并没有造成任何的皱纹时，您就可以立刻懂得这种美的完全。头的下面并没有那些女人所有的类似树干一般的颈窝，她的肌肉并不在那里留下任何绳形的痕迹，到处都是围绕着曲线，是用眼看或用笔画的人所无法描绘的。初生的髯毛沿着她的两颊，渐渐的消失在她的颈部的两边，在那里保留着织毛的光亮。她那细少而歪斜的耳朵，据她自己说，是奴隶和母亲的耳朵。后来，当我钻进她心坎中的时候，她却对我说："莫尔梭夫先生来了！"这而且是有道理的；然而我，我这占有广大幅员的听觉的人却一点儿也还没有听见。她的手臂非常的美丽，她那带有屈曲指头的手是很长的，并且就像古代的塑像一样，皮肉超盖了她那纤嫩的指甲。我告诉您扁平的身材是比圆短的身材好看，如果您不是例外的话，您听了一定要不高兴的。圆短的身材是力的表征，然而这样结构的女人是高傲的、有毅力的、富于肉欲而缺少温柔的。反之，扁平身材的女人是忠实的、细腻的、容易伤感的；她和前一种女人比，是更好的。扁平的身材是柔软的，圆短的身材是僵硬的、富于嫉妒的。现在您知道她是怎么样的一个女人了。她有女人所应有的那一种脚，这脚走不了多少路立刻就疲乏了，当这脚露出袍外的时候，它可以使人一见就快乐。虽然她已经是两位孩子的母亲，我就没有在女人中遇到比她还年青的少女。她的神气表现出一种温柔，再加上我不知道是哪一种的拘泥和沉思的神色，这神气所给她带来的就好像画家用他的天才想给他所画的面貌所带来的情感世界的表征一样。她的外观只能够用比较的方法来说明。请您回想一下我们从地奥达底别墅回来时所采集的灌木的野花的清香，我们常常称颂这花的黑色和它的玫瑰色：您可以想象得出这位女人虽是远离尘世，也会风流，也会在她的表情中显出自然的娇态，也会在她的事物中显得非常的珍贵，她同时是玫瑰色的，又是黑色的。她的身体有我们所叹慕的新生的树叶的绿色；她的精神有野陋的高度的简洁；在感情方面，她是一个儿童，痛苦使她忧郁，她是贵妇，同时又是少女。所以她的归坐的姿势、站立的姿势、缄默的姿势，或说一句话的姿势都是很合式的，并不是矫揉造作的。总是和一位救援一切的人、侦察罪恶行为的哨兵那样的深沉、那样的注精会神，有的时候她也居然发出笑声，使她变成了一个因为生活的激动而隐蔽在严肃的风采之下的自然的善笑者。她的媚态已经变成了神秘，能够使人梦幻，而不是像许多女人的煽惑一样能够引起人们的风流的注意；它能够让人看到她那最初的鲜明的爱火和她那最初的蓝色的梦幻，就好像人们看着没有云彩的青天一样。这种无意的启示可以使那些被欲火烧干内心眼泪的人们发傻沉思。这些稀少的态度，特别是稀少的眼神，当她用女人的尊严被证人所挖破时那种神气来行动、来说话的时候，可以给她的行为、她的言语一种想象不到的定式。那一天，莫尔梭夫夫人穿着一件有成千花纹的玫瑰色的长袍，带着一条有大花边的颈圈，一条黑色的腰带，一双和这一样颜色的半节靴。她的头发简简单单的卷在她的头上，由一把玳瑁制的梳子夹住。这是我所能画的一个不完全的轮廓。然而她那随时对自己发扬的灵魂，她那和太阳的光波一样散发的丰盛的神气，她的本性，她那安静时的态度，她那忧愁时的退缩，这一切生活的旋转可以表现出她的性格是如何的随着天意自然而然的发展在突如其来匆匆而去的环境中，这些环境只有在归根结底上才有彼此相类似的地方。它们的圆形必得混合在这篇故事中所叙述的事态中。这故事是真正的一篇家庭记事诗，在圣人看来，这篇诗章的伟大就和观众眼里的悲剧的伟大一样，您可以由我本人所做的事中和大部分女人的同类命运中熟识这故事。

克罗慈古尔特的一切都带有真正的英国的特色。伯爵夫人所住的客厅是整个用木头盖成的，涂上深浅的灰色漆。壁炉上饰有一个摆钟，装在桃花心木的匣子里，上面放着一个杯子，另外又有两个白瓷花瓶，上面带有金线条；就在这两个花瓶上面养着一些好望角出产的灌木花。壁架上面有一盏灯。壁炉对面有一个赌具。两条宽大的棉悬带兜住了白棉布制成的没有流苏的帘幕。灰色绿边的套布套在椅子的上面，伯爵夫人的编织机上所装饰的地毯可以说明为什么家具是这样的隐蔽。这种简陋是伟大的。在我后来所看见的寓所之中，我就没有遇到能够给我这样丰富的印象的。我在这克罗慈古尔特的客厅中所得的印象很富裕，这是和伯爵夫人一样的沉静、一样的幽隐的客厅，在那里，人们可以猜想到她平日的事务的规则性。我的思想，甚至于在科学上或政治上所有的最大胆的思想大部分都是在这里产生的，就像香气是从花中产生出来一样；但是最重要的是：那里有一棵碧绿的树木给我的灵魂散来它的花粉，那里有太阳的热光在发展着我的善良品质而晒干了我的恶劣性根。

从窗口外望，可以看到整个的山谷，从展开彭德卢安的山丘起，一直可以跟着看见对面的佛拉柏斯罗的护楼、教堂、市镇，古老的沙妻大田宅，整个的统制着草地，一直到阿沙伊别宫为止。这些地方是和没有其他家庭情感以外的烦扰的幽静的生活相调和的，可以使灵魂平静。如果我第一次是在那里，在伯爵和她的儿女之间遇见她，而不是碰到她穿上华丽的跳舞衣的话，我绝不至于疯狂的吻着她，而使我悔恨这接吻会破坏我的将来的爱情！不，在不幸所给我的这些黑暗的环境中，我宁可屈了膝盖，吻着她的半节靴，在那里留下一些眼泪，而跑到外面去投身于安德河中。

但是，曾经擦过她的皮肤上面的新鲜的茉莉香之后，曾经喝过爱杯的乳汁之后，我却在灵魂中有人欲的兴味和愿望；我要活着，我要等着快乐的时刻，就像野蛮人侦察着报仇的时刻一样。我要爬在树上，躲在葡萄园里，伏在安德河中；我要深夜的冷静、生活的倦怠、太阳的光热来帮忙我，使我能够吃完我所已咬过的甘美的苹果。如果她要向我索取能够唱歌的花或是摩尔岗大王的同伴所埋藏的财宝，我也愿意给她找来，因而能够获得我所愿望的实在的财宝和没有声音的花朵。

当我停止了我那长埋在痴呆的默想之中的梦幻的时候，一位仆人来给她说话的时候，我听见他们谈到伯爵。我就想到一位妻子必得属于她的丈夫。这种思想使我错乱。然后，我又有一种暴怒而黯淡的好奇心，想要看看这宝物的所有者。两种情感统制着我：怨恨和恐惧。怨恨使我不知道有任何的阻碍，使我能够毫无惧怖的约束阻碍。我是很空泛的恐惧，然而是实在的恐惧，恐惧争斗，恐惧争斗的结果，特别恐惧她。困在不可以言传的预见之中，我畏惧那不大体面的拳头，我早已逆料到这些撞碰粗暴的意志，这些消磨意志的弹性的困难；我害怕这种从富有感情的人所追求的结局里除去现实的社会生活的惰性的力量。

“莫尔梭夫先生来了。”她说。

我收缩着我的两只腿，就好像一匹被恫吓的马一样。虽然这动作瞒不过齐塞尔先生，也瞒不过伯爵夫人，然而我却并没有做了默然观察的对象，因为他们的视线都转移到一位少女的身上。这少女我看过去大约有六岁。她跑进来说：

“父亲在那儿。”

“好罢，马德莲？”她的母亲说。

孩子给齐塞尔先生伸过手，而在给我致了一个小小的惊愕的敬礼之后，非常注意的看着我。

“您满意她的健康吗？”齐塞尔先生对伯爵夫人说。

“她好了一点。”她答着，抚摸着已经躲在她腿上的小女儿的头发。

齐塞尔先生的问话让我知道马德莲已经有九岁的年纪；我表现出一些惊愕，对于我的错误的看法的惊愕，而我的愕然也使这位母亲的额头起了皱纹。我的对话者给我投来一道含有深意的目光，世界上的人有的时候也就是用这种目光来给我们实施第二次的教育的。无疑的，这是做母亲的人的一种创伤，这种创伤所用的绷带是应当尊敬的。

这瘦弱的孩子的眼睛是惨白的，她的皮肤和阳光所照耀的瓷器一样的发白。很显然的，马德莲并不是在城市的环境中生长的。乡间的空气、她的母亲的爱护（她好像就是这母亲诞生的）使这躯壳中的生命保持着一种脆弱的性质，就好像一棵在异地的寒冷气候中移到暖室里生长的花木一样。虽然她一点儿也不像她的母亲，但是马德莲好像有她母亲的同样的灵魂，就是这个灵魂支持着她。她那稀少而漆黑的头发，她那深陷的眼睛，她那凹形的双颊，她那枯瘦的手臂，她那狭小的胸脯，这一切都暗示着生命和死亡的斗争；这是一种不能和解的决斗，不过到此为止，伯爵夫人是胜利的。她装着活泼的样子，无疑的是为着避免她母亲的忧愁；因为当她不在意的时候，她就取了一个垂柳一般的态度。您也许要说她是一个挨饿的小流浪者，从她的故乡求乞而来消尽了一切的力量，然而却在她的观众之前装出勇敢而夸耀的神气。

“你把约克丢在哪儿?”她的母亲一边问她，一边吻着她那把头发分成两个类似乌鸦翅膀的发束的白道划线。

“他跟父亲一块儿来。”

正在这个时候，伯爵进来了，跟着是他手中牵着的他的儿子。和他的妹妹一模一样的，约克也有同样的虚弱的症候。看到这样美丽的女人两边的这样虚弱的两个孩子，使人不能不猜想到伯爵夫人所以时时悲痛的原因，所以没有其他的思念，只认上帝为知己，而给她额头上产生出无数可怕的记号的原因。

莫尔梭夫先生给我致了敬，他给我投来一道眼光，并没有一个不习惯于分析的人所忧虑的那样的富于注意力。他的妻子跟他说到我，报了我的名字之后，她就把座位让给他，离开了我们。两个孩子的眼睛呆呆的盯住母亲的眼睛，好像要从那里吸出光线一样；他们愿意跟着她去，可是她却对他们说：“别走，宝宝!”又把指头压在嘴唇上边。他们服从了，但是他们却彼此互相瞪视着。啊！听到了这“宝宝”一句话，什么事业做不来呢？就好像是这两个孩子一样，当她不在那里的时候，我就觉得比较的没有那么热了。

我的姓名使伯爵对我改变了态度。最初是冷淡而傲慢的，现在却改变了，如果不是很亲热，至少也是很客气的。他似乎也还看得起我，似乎还高兴来接待我。以前，我的父亲曾经为着我们的主人献身在一种伟大然而却是黯淡的事态中；这事是危险的，然而却有了效果。当一切的一切都因为拿破仑的登极而损失了，和许多秘密谋反的人一样，他也就躲在外省的温柔和隐居的生活中，受到和没有功绩的人一样甘苦的责罚。这是那些曾经操过大权，当政治枢轴之后而失败了的人的不可避免的报酬。我一点儿也不知道家运，一点儿也不知道家庭的过去和将来，我也不知道莫尔梭夫伯爵所回忆的这种失去了的幸运。然而，如果姓名的古雅，在他眼光里最值得珍贵的人性能够用来解释他所给我而使我昏乱的欢迎的话，我却只能在后来懂得他的真正的理由。暂时的说，这个突然的态度转变却使我觉得安舒一点。两位孩子看见我们三个人又开始继续谈话，马德莲就从他父亲的手中脱出她的头，看着开着的门，好像一条鳗鱼一样的溜了出去，约克也跟着她去。两个人都跑去找他们的母亲，因为我听见他们的声音和动作，好像是远远的听到蜜蜂绕着它们所爱的巢窝而发出的鼓舞翅膀的声音一样。

我默默的端详着伯爵，想要揣测他的性格；我对于他的几条重要的轮廓觉得很有兴趣，也就停止在那里，算是我对于他的姿态的肤浅的观察。他只有四十五岁的年龄，但他好像是将近六十的人，是十八世纪末年的大难给他摧成苍老的。半剃去的道士式的头发围绕着他那没有头发的头部的后面，一直垂到耳边，用灰色而带黑色的鬓毛靠贴着他的鬓角。他的脸部有点像嘴上有红血色的白狼的脸部，因为他的鼻子是火赤得和一个时时变更生活原则、胃口虚弱、幽默的态度被老病所消磨殆尽的人的鼻子一样。他的额头很扁平，在他那尖脸孔之中，实在是太阔了的，有许多不平等的皱纹，这可以表现出他那生活在大空之中的习惯，而不是精神上的疲劳，表现出不幸的恒久的重压，而不是要克服这些不幸的努力。他那突起的面颊是很隆肿而棕黑的，竖在他那月白色的颜脸之中，给我们指明一个可以使他长命的骨架。他那明亮而黄锐的眼睛就好像是冬天的太阳光一样的落在我的身上，光亮而没有热气、忧虑而没有思想、疑惑而没有对象。他的嘴是粗暴而高傲的，他的额是平直而细长的。高高瘦瘦的身材，他有一种绅士的态度，这种态度的价值是习俗所给他的，是由法律的权利而居在他人之上，而事实上是居在他人之下的。田野间的自由的行走使他忽略了外观。他穿的是农夫和邻居们只承认其土地的财富的乡下人的衣服。他那棕黑而颤栗的手证明他除了骑马或到礼拜堂去做弥撒以外就没有带过手套。他的鞋是很粗糙的。虽然十年的放逐生活、十年的农村生活曾影响到他的身体，在他的身上还保存有一些贵族的痕迹。最富有恨心的自由主义者（这是没有人用过的字眼）可以很容易的在他身上认识武士道的忠诚，《每日新闻》的读者所没有看到的不可磨灭的信念。他崇拜热心宗教的人，他受宗教的感动，他很爽直的反对政治，不能够给他的政党贡献出什么服务，反之，却很容易在政治圈中失败，他不熟识法兰西的事儿。伯爵实在是一个不顺从任何的东西、固执的阻碍一切、忠心于职务的人，然而却是吝啬、宁可先牺牲生命再牺牲金钱的人。晚餐的时候，我在他那深凹的瘦瘠的两颊和他偷视他的儿女的眼色中看出一些讨厌的思想痕迹，这些思想在表面上是看不见的。然而细看他的人，哪一个不懂得他呢？谁不会责骂他给他儿女传来那些没有生气的体格呢？如果他自己曾经责备过自己的话，他也不让别人批评他。像一个自知过失的权贵那样的苦闷，然而却没有相当补偿悲痛的毅力和法宝，他的内心的生活一定有许多他那富于棱角形的面纹和他那不断的不安的眼光所表露出来的粗糙的性格。

当他的妻子两边带着两位孩子回来的时候，我揣测到一种不幸，就好像脚根走在穴洞的穹窿上会感觉到穴洞的深度一样。当我看这四个人在一起的时候，当我用我的眼光来一个一个的研究他们的姿态、他们的举止的时候，渗润有悲哀的思想就降落在我的心坎之中，就好像一阵恼人的细雨在太阳灿烂普照之后使一个美丽的日子变成黯淡一样。当没有其他的题材来讨论的时候，伯爵不顾齐塞尔先生，又谈到我，告诉他的妻子许多我所不知道的关于我的家庭的事。他问我的岁数。当我告诉了他时，伯爵夫人就还给我一种我对她的女儿的年龄所生的同样的惊愕的动作。也许她以为我只有十四岁。从此我知道这是把她这样强烈的归附于我的第二个联系。我读出她的灵魂。她的母性摇动着，被一道给她投来希望的晚期的阳光所照耀着。当她看着我这曾经过二十寒暑，这样瘠瘦，这样脆弱，却这样富于神经质的人时，也许她要叫了一声："他们还活得了！"她很好奇的瞧着我，我觉得这时刻在我们之间有无数的冰块溶解着。她好像有成千的问题要问我，然而却一句也没有问出。

"如果您的用功把您弄病了，"她说，"我们的山谷的空气可以使您复原。"

"近代的教育是孩子们的惨剧。"伯爵接着说。"我们给他们装满了数学，我们用科学来杀害他们，我们早就把他们的生命磨光了。您应当在这里休息休息，"他对我说，"您是被那些和崩塌的雪块一样向您滚来的观念所压碎了。如果人们不使公民教育和宗教合作连在一起来预防罪恶的话，这种要教导一切学问的教育将来要给我们预备了一个什么样的时代啊！"

这些话正好披露了有一天他拒绝在普选中给一位能够为保王党效劳的能员投票时所说的意思："我总不信任所谓有头脑的人。"这句话是他回答一位拉选举票的人说的。他给我们建议到他的花园中去散步，就站了起来。

"先生……"伯爵夫人对他说。

"怎么啦，亲爱的？……"他用傲慢的突如其来的态度转过身来回答她。这表明出他是如何的想要在家中专横，然而又是如何的不大容易办得到。

“先生是从杜尔步行来的，齐塞尔先生一点儿也不知道，让他在佛拉柏斯罗跑了一顿。”

“您做了一件不小心的事啦，”他对我说，“虽然在您的年纪……”

然后他仰起头来，表示他的遗憾。

谈话又开始继续下去。我马上就看到他的保王主义是如何的顽固，他得用多少的慎重才不至于丢在水里。忽然穿上制服的仆人宣告了开饭的时刻。齐塞尔先生给莫尔梭夫夫人伸出了他的手臂，伯爵很高兴的拉住我的手臂，请大家到饭厅里去，这饭厅是布置在地面楼中，形成了客厅的一部。

用杜尔兰制的白色石片铺成的，用木头装成栏杆那么高的壁板，这个饭厅是用染色纸装饰的，画成了许多框有花果的大雕板；窗户有红色花边的棉布的帘幕；食棹是布尔的古家具，盖有手制的毛毡的椅子是雕刻的橡木造成的。饭菜非常的丰富，然而棹上却看不出什么奢侈的东西：家中所有的银具，然而却没有一致的形状；萨克逊的瓷器，然而却还没有到达时髦的花样；八角形的水晶瓶；玛瑙柄的刀子；还有在酒瓶底下托着的中国的漆盘；还有饰有狼牙的漆桶中间所放的鲜花。我喜欢这些古色古香的东西，我找到了圣诞节午夜餐牌的纸张和它那满充着优美花朵的边饰。快乐塞满了我的一切的面帕之中，它使我看不见因为这样相符的孤单和乡野的生活而放在她和我之间的不可清理的困难。我就坐在她的附近，坐在她的右边，我给她斟酒。是的，这是没有预想到的幸福！我微触着她的长袍，我吃着她的面包。三点钟过去了，我的生命和她的生命混在一起！最后，我们是由那可怕的接吻连在一起，这接吻是一种秘密，可以使我们互相觉得羞臊。

我做了一些光荣的卑鄙行为：我想方法使伯爵高兴，这伯爵听凭我的一切阿谀；我抚摸着狗，我逢迎孩子们的最小的意思；我给他们带来游玩的木圈和玛瑙球；我让他们骑在我的背上，我抱怨他们不把我占有而认为是属于他们的一件东西。爱情有它的直觉，好像天才有他的直觉一样，我胡里胡涂的看出粗暴、惹厌、敌忾都可以毁坏我的希望。

晚餐在我内心的极度的快乐中进行着。眼看着我自己是在她的家中，我不能够想到她的实在的冷淡，也不能够想到伯爵的礼貌下所盖的漠视。就好像是生命一样，爱情也有它的成年，在这阶段之中，它是自足的。我说了一些和那些秘密的情欲的烦扰正相配合的左道的回答，然而却没有人能够猜透它，甚至于连“她”自己也不懂得，因为她还不知道什么叫做爱情。剩下的时间就好像是做梦一样。当我在一个香热的夜晚所有的月光之下，从装饰草场、河岸、山岭的那些白色的幻境之中渡过安德河的时候，这梦境才算是停止了；自从这一天之后，当我听见一个雨蛙（我不知道雨蛙的科学的名称）不断的放射出来的满充着悲哀的单调的清亮的歌声的时候，我总是无限快乐的倾听着。

我很晚才在那里认识了这个和云母石一样的没有感觉的品性，这正是我消磨我的感情的地方。我曾自问到底是不是永远如此，我相信是在一个不幸的势力之下，过去的悲惨的事件和我所尝过的个人的快乐总是互相的斗争着。在没有回到佛拉柏斯罗之前，我瞧着克罗慈古尔特，看见在下面有一个小舟，杜尔兰人管它叫做“曳船”，羁在一棵榛树上，在水中漾荡。这是属于莫尔梭夫先生的，是他用来打渔的曳船。

“好罢，”当我们觉得没有被人听见的危险时，齐塞尔先生对我说，“我也用不着问您是不是又找到了您的美丽的肩膀，我应当庆祝您莫尔梭夫先生对您所有的欢迎。天老爷，您一下子就打中了。”

这句话之后跟着就是我告诉您的那句话，它使我死去了的心又复生了起来。离开了克罗慈古尔特之后，我一句话也没有说，齐塞尔先生认为我的静默是幸福的结果。

“这怎么讲呢?”我用嘲笑的口吻回答，这口吻也可能是内心的情欲所表发出来的。

“他向来就没有这样接待过人，不管是谁。”

“我告诉您，连我自己也都觉得奇怪会这样的受接待。”我对他说，觉得当我说这最后的一句话时，有一种内心的苦楚。

虽然我不大懂世故，不大了解齐塞尔先生所以有这种感觉的原因，但是我却被他所泄露的表情感动了。

我的主人有一种毛病，就是不愿意叫做杜郎，故意不用他父亲的姓氏。他是一个著名的制造家，在革命时代曾经发过大财。他的妻子是齐塞尔家族的独生的承继人，齐塞尔是一个老议员的家族，在亨利四世时候是中产阶级，好像大部分巴黎的官吏一样。

齐塞尔先生要毁灭他的最初的杜郎，想要得到他所梦想的命运。他最初自称为齐塞尔·杜郎，后来就简称为齐塞尔·杜；最后就简简单单的称为齐塞尔。在复辟时代，他是领有伯爵衔头的一个贵族，是路易十八的诏书所特赐的。他的儿子们坐享其成而不知道他的伟大的地方。一位王子的一句讽刺的话常常压在他的脑筋中：“齐塞尔先生大体说起来不大像杜郎家里的人。”这句话曾经长时间的在杜尔兰中讽刺的传诵着。

暴发的人都有点像变戏法的猴子，人们看见他们在高处，人们羡佩他们的攀登的敏捷；但是，到了最顶峰的时候，人们却只看到他们的红屁股。我的主人的内心是由嫉妒而没有出息的性格做成的。贵族和他，这是两条到现在为止还连不上的接线。有一种自负不凡的心情而强为解释，这是暴力的无礼的行为；然而总是停留在所希求的不凡的下面而成了一个永远的笑柄，是没有出息的人们所自娱的。然而齐塞尔先生并没有强硬的人的正直的步伐：他当了两次议员，两次落了选；昨天他是总长，今天却什么也没有，连知府都做不到；他的成功和他的失败使他的性格变成腐化，使他那残废的野心变成酸涩。虽然是一个有风采的人，有精神而能够干大事的人，隐居杜尔兰的愿望（这地方的自然环境可以使人羡慕）也许使他在高等社会中变成了一个伤心的人，因为在这社会里很少有这种因别人的成功而卷缩的脸孔，这种抗拒称颂、容易讽刺的赌气的嘴唇。也许他不愿意多，也许却反而多得；但是，不幸得很，他也有相当的优点，就是能够老是要挺着走路。

这时刻正是齐塞尔先生的野心没落的时代，保王党在冷笑着他。也许他是装做大模大样的态度，但是在我方面他却是完全的。而且他之所以使我高兴，理由很简单，因为我第一次在他家里得到休息。他对我的兴趣虽然是很薄弱的，可是在我看来，在我这不幸的令人讨厌的孩子看来，这却是父爱的图像。他对于我的爱护和到此为止我所得到的漠不关心的待遇相比，使我不能不感谢他能够使我得到自由而被爱抚的生活着。所以佛拉柏斯罗的主人们是和我的幸福的曙光相结合的，我的思想也常常把我对于他们的回忆和我喜欢复生的回忆渗杂在一起。后来，在领取执照的事体中，我也很高兴给我的主人帮过一点儿忙。齐塞尔先生的生活是很享受的，这也是一部分邻居所以攻击他的地方：他可以随时更换新的骏马和雅致的车子，他的妻子的装饰是很珍贵的，他的收入很丰富，他的仆人是本地的习惯所不允许的那么多……他俨然是一个王子。佛拉柏斯罗的土地是很广阔的。莫尔梭夫伯爵在他的邻居这种奢侈的生活之前却只能用家中的双轮轻马车，这在杜尔兰是一种居于劣车和邮轿之间的东西。小康的家道逼着他去利用克罗慈古尔特，所以只好做一个杜尔—杜尔兰人，一直等到王家的恩典有一天出于意料之外的降落到他的家中为止。他对于这位十字军时代就得有勋章的败落了的家庭的后辈所加的欢迎可以帮助他来鄙视邻人的财富，缩小邻人的树林、邻人的田园和邻人的草地，因为这位邻人并不是绅士。齐塞尔先生很懂得伯爵的意思。所以，他们见面的时候总是很客气的，然而却没有任何的日常的接触，而在克罗慈古尔特和佛拉柏斯罗这两个被安德河分开的地区之间，却产生不出和睦的亲切的友谊，虽然这两个地区的贵妇们都可以在窗口彼此相招呼。

嫉妒并不是莫尔梭夫伯爵所以有孤单的生活的惟一的原因。他的初级教育是和一些大家庭的孩子们所受的教育一样的，是一种不完全而肤浅的教育，再加上世事的教导、宫廷的习惯、重要的官场的礼节。莫尔梭夫先生正好在他接受中等教育的时候被放逐了，他没有受到这教育。他是那些相信可以忽然复兴法兰西的君主的人之中的一个；在这种信念之中，他的被放逐就变成了最可怜的空闲的生活。当刚地的军队败散的时候，他是那些最忠心的勇敢的人的一个，他总等着不久再来到白色的旗帜之下，并不像其他的被放逐的贵族一样只想法子去开创工业的生活。也许这是因为他没有勇气来放弃他的姓名，去用苦力和血汗来争取面包。他的希望，他的光荣，总是属于明日的，这希望阻止他去给外国的势力服务。痛苦减低了他的勇气。两条腿的长跑、营养的缺乏、希望的不实现，这些都使他的健康变化、他的灵魂气馁。渐渐的，他的缺乏变成了极端的。如果在许多方面，悲惨是一种补剂的话，在一部分人方面，它却是一种溶解剂，伯爵就是属于这后者。

当我想到这可怜的杜尔兰绅士在匈牙利道上行走睡觉，从爱斯忒哈西王子的牧羊人处分来了一块牧羊的场所的时候（旅行人常常向这些牧羊人讨过面包，然而这位绅士却不肯从主人处接受那面包；好多次了，他总是拒绝从法兰西的敌人手中接过面包），我就不能够在我心中感觉到对于这些被放逐的贵族有什么怨恨，甚至于当我看见他很滑稽的胜利时，也是如此。莫尔梭夫先生的白头发给我说出了他的严重的痛苦，我对于这些被放逐的贵族太同情了，我不能够批评他们。

法兰西人和杜尔—杜尔兰人的快乐的情绪都不存在于伯爵的身上；他变成善愁的、多病的，而在我不知道哪一个德国的救济医院中受到了义务的看护。他的病是一种肠间膜炎，常常可以致命的病症，治愈之后却可以改变幽默，使人患了忧郁症。深埋在他灵魂之中的爱情，只被我一个人所单独发现的爱情，是下层的爱情，不但打击了他的生活，同时也毁坏了他的前途。经过十二年的悲惨生活之后，他转过他的眼睛来看法兰西，因为那里有拿破仑的法典允许他回国。当他渡过了莱茵河，在一个美丽的黄昏中看到斯特拉斯堡的钟楼时，他这位苦痛的步行人就昏晕了。

“法兰西！法兰西！我叫着：‘法兰西到了！’就好像小孩子受伤的时候大叫‘妈妈！’一样。”他对我这样说。

生前富贵，生后贫穷。他本来是生来为着带领国家的一个军队的，然而却没有权威、没有前途；生来的时候，是健壮的、粗大的，然而却变成残废的、消瘦的。在一个没有任何力量可以阻止人和物的生长的国家里，他却没有得到教育，而且眼看着他的一切都被剥削，甚至于他的体力和他的德性。财富的缺乏使他的姓名变成重滞的。他那不可动摇的意见，他在刚地军队中所经历过的事儿，他的悲哀，他的回忆，他那失去了的健康，这一切都给他养成一种不可避免的性格，不容易生活在法兰西这喜欢戏谑的国度里。

带着半死的身躯，他来到了麦茵，凑巧在那里也许是因为内战的关系，革命政府忘记了公卖一块相当广大的田地，而给他保守这田地的佃户也认为他是这块田地的主人。住在这田地附近吉夫利别宫的勒农古尔家知道莫尔梭夫伯爵来，勒农古尔公爵就请他暂时住在吉夫利，用相当的必要的时间来布置他的住处。勒农古尔家对于伯爵非常的客气，伯爵在那里补养了好几月，用了极大的力量在他的第一个憩息中来隐蔽他的苦恼。勒农古尔家曾经损失了他们的庞大的产业。因为他的姓名，莫尔梭夫先生就变成了他们的女儿的适当的佳偶。勒农古尔小姐一点儿也没有反对和这个老病的三十四岁的人结婚，而且觉得很快乐。结婚可以使她得到和她的舅母维尔纳伊公爵夫人同住的权利，这舅母是布拉孟—楚夫利亲王的妹妹，同时也就是她的干娘。

维尔纳伊夫人是布尔崩公爵夫人的密友，她是一个圣洁会社的一分子，这会社是以圣马丁先生为中心的。圣马丁先生是生在杜尔兰的人，被人绰号为“隐名的哲学家”。这哲学的信徒是依照神秘的启示来施行他们的道德举动的。这个神道是通神的锁钥，解释世人是如何的蜕化而到达高贵的命运，劝人从官场中隐退出来，实行拯救痛苦的人生的不可改变的道士的温存，叫人漠视痛苦而于天上得到我不知道怎么说法的天使的爱慰。这是有前途的苦行主义。敬虔的祷告和纯洁的爱情是这种信仰的两个要素，这信仰是从罗马派的基督教解脱出来而走进原始的基督教教义之中的。不过勒农古尔小姐还是停留在福音教会的怀抱之中，而她的舅母也还是这教会的忠实的信徒。受着革命的惨痛，维尔纳伊公爵夫人在她的最后的日子里有了一种怜悯的脸色，这脸色在她亲爱的孩子心中灌注了圣马丁自己所说的“上天的爱情的光芒和内心的快乐的油膏”。在她舅母死了之后，伯爵夫人好几次在克罗慈古尔特接待这位和蔼而廉洁的人，这位常常到她舅母家中去的人。圣马丁在克罗慈古尔特监督着杜尔勒吐蜜书局对于他的最后的著述的印行。

受了历尽人生风涛的年老妇人的贤慧的感悟，维尔纳伊夫人就把克罗慈古尔特送给新结婚的甥女，给她做住家。公爵夫人有老年人的完全的宽恩，她把一切都送给她的甥女，只给她自己留下她从前所住而现在被伯爵夫人所占据的房子上面的一间房子。她的死差不多是突如其来的，给这结褵的快乐投来了黑色的纱布，在克罗慈古尔特和新婚的甥女的迷信的灵魂上印下了不可磨灭的悲惨。居住在杜尔兰的最初几天是伯爵夫人惟一的不快乐的时刻，然而却是无忧无虑的生活。

在外国奔走之后，莫尔梭夫先生很满意能够瞥见一个仁慈的将来、灵魂上的痊愈；他在这山谷中呼吸着繁盛的、希望的、醉人的香气。被迫着去计划他的财富，他就投身于农业工程的准备，而开始觉得有些愉快的兴味。然而约克的诞生却是一个半天霹雳，毁坏了他的现在和他的将来；医生宣告了这新生婴儿的缺憾。伯爵很小心的隐瞒着这个断案，没有告诉婴儿的母亲；然后他自己找医生去请求疗治，然而他却得到绝望的答复，再由马德莲的诞生来给他证实了。这两件事是一种罪恶断决书的内在的证明，使被放逐的人更加多病。他的姓名是永远响亮的，在他的身边有一个年青的、贞洁的、不能责骂的、不幸的妻子；这妻子有做母亲的人的忧虑，然而却没有做母亲的人的快乐。他在旧日生活的腐蚀土上又种下了新的伤痛，而降落在他的心坎之中，完成了他的毁灭。伯爵夫人由现在猜想到过去，预见到将来。虽然使一个自觉过错的人快乐是最不容易的事，伯爵夫人也尽量的尝试过这种称得上贤慧的努力。只在一天之中，他变成了苦行主义者。自从她掉在还可以看到天堂的地狱之中以后，她就为着这一个人而献身于修道女所从事的任务，而且为着跟他和好起见，她宽恕了他不能自己宽恕的。伯爵变成了一个吝啬的人；她接受了他的强制剥夺，他怕受骗，好像那些只认识生命中的逆意的人一样：她只好生活在孤寂之中，一句怨言也不敢出的在他的疑惑之前退缩；

她用了妇人的法术来使他知道好事的价值，他于是就相信一些观念，玩味在他家中所得到的任何地方所得不到的快乐。后来，在深入结婚的生活之后，她决定永远不离开克罗慈古尔特，因为她认识在伯爵身中有一个患歇斯底里病的灵魂，这病发作的时候，在满充着戏弄和流言的国度里，可以损害她的儿女。然而没有人怀疑到莫尔梭夫先生的实在的无能，因为她曾给他的毛病盖上了一层极厚的长春藤的大衣。伯爵的易变的性格（不是不满意，而是容易怪意），却在他的妻子身上碰到了一块柔软而容易的土地，让他自由伸展，而感觉到他的秘密的伤痛是被新鲜的药膏软化了。

这种经过是齐塞尔先生忧愤时所说出来的最简单的形容。他对于世事的熟识使他瞥眼能够看出一些埋藏在克罗慈古尔特里边的神秘。但是，如果莫尔梭夫夫人能够用她那高贵的态度来欺骗世界，她总不能够欺骗爱情的智慧的感觉。当我留在我的小房子中的时候，我对于事实的预知使我只管在床上跳；当我看得见她的房子的窗户时，我实在忍不住再住在佛拉柏斯罗；我穿起衣服，用豺狼一般的脚步走下了楼，由螺旋形状梯附近的一个护楼的门走出了别宫。深夜的冷风使我精神清朗。我从红色磨坊渡过安德河，我走到了克罗慈古尔特对面的那只多福的曳船，克罗慈古尔特朝着阿沙伊那一边的窗户发出一道明亮的光线。我又找到了我对于景物的默赏，然而这是平和的，杂有可爱的夜晚从天上降落下来的圣曲，杂有水莺的单调的歌声。我唤起了许多思念，这些思念就像神怪一样的在脑中滑来滑去，除去了到现在为止一直遮掩着我的美丽的将来的黑纱。灵魂和感觉都一样的愉悦。我的欲望一直朝向着她走，这是多么的快速啊！多少次了，我和狂人一样的重复着对我自己说："我能够得到她吗？"如果在此前的几天之中，在我看来，宇宙是长大了，只在这一夜之内，它就有了一个中心。我的欲望，我的志愿都是基于她的，我愿望能够整个的为她修补她那破碎了的心。在她的窗口之下，在磨坊的水门所漏流出来的水声不时的渗杂着沙妻的钟楼的报时的钟声之中，这个夜晚是如何的美丽啊！在这浸沉在光色之中的夜里，这星花照耀了我的生活，我的灵魂就用我们在塞万提斯书中所嘲笑的加斯特的可怜的骑士所有的信心来和她结褵；我们的爱情也由此开了端了。天上发出第一道曙光、飞鸟发出第一声啼叫的时候，我就躲回佛拉柏斯罗的花园；没有一个乡间的人看到我，没有人疑惑到我的逃赖，我就睡到时钟打着吃中饭的时刻为止。

吃完饭后，管不得热气，我就跑到草地上去再看一看安德河和河中的小岛、山谷和谷里的丘陵，我是这些东西的一个多情的欣赏家。我还用了奔马一样的快速的脚步去寻找我的曳船，我的垂柳和克罗慈古尔特。那里的一切都是冷静的、滚沸的，确是乡村的中午。凝定的树叶清清楚楚的在蓝色的天角上划下了一个界线：生活在阳光中的昆虫，绿色的蜻蜓和芫菁，在榛树和芦苇中飞来飞去；牲畜在树荫下反刍，红色的葡萄地发烧着，水蛇沿着斜坡滑了过去。

这样新鲜、这样娇媚的山景在我睡觉之前是如何的变迁着啊！我忽然的跳出了船，走上了大道，在克罗慈古尔特周围环绕，我相信我看见伯爵出门。我一点儿也没有错，他沿着一条园篱走，的的确确走到了一个通到沿河的阿沙伊大道的篱门。

“今天早上您好吗，伯爵先生？”

他很高兴的看着我，他不常听见人家这样的称呼他。

“很好，”他说，“这么热，您在这儿散步，您很喜欢乡下罢？”

“人家不就是把我送来这儿生活在大空之中吗？”

“好罢，您要不要来瞧我割裸麦？”

“欢迎极了，”我对他说，“我告诉您我是太无知识了。我不知道裸麦和小麦有什么分别，我也不知道白杨和柳树有什么不同；

我对于稼穑一点儿也不知道，我也不知道各种不同的耕地的方法。”

“那末请您来罢，”他很快乐的说，又开始走路。“请您从上边的门进来。”

他又沿着园篱的里边走，我在篱外走。

“您在齐塞尔先生家里什么也学不到，”他对我说，“他是大的地主，除了接收他的管家给他送来的账目以外，他管不了其他的闲事。”

然后，他就指着他的土地、他的房产、他的花园、他的果园、他的菜园给我看。最后，他就领我到一条沿着河畔种植洋槐树和日本的漆树的小径，在那里我看见莫尔梭夫夫人带着她的两个孩子在另外一头玩。在这些幼嫩的、颤动而被切断的叶子底下，一位女郎是如何的美丽啊！也许她也惊异我的的幼稚的热心，她并没有走开。她清楚知道我们是要到她那里去的。伯爵使我叹赏山谷的景象，从那里看过去，山谷的景致和我们所走过的高处的景致是大不相同的。您也许要说那里是瑞士的一角。草地中间有许多小溪穿流着，这些小溪最后都注入安德河中。这草地很长的伸展着，消失在远处的烟霞的中间。从芒巴桑那边，眼睛可以看到一块庞大的绿地，在其他的地点，眼睛就被山岭、树木、岩石所滞住了。我们伸长步伐去给莫尔梭夫夫人致敬。莫尔梭夫夫人忽然放下马德莲所读的书，把大发痉挛症的约克抱在膝上。

“怎么啦？”脸色变成灰白的伯爵叫着说。

“他嗓子痛。”这位母亲回答说。她装做没有看见我的样子，然而却不是这么回事。

她同时抱着他的头，又抱着他的背，她的眼睛发出两道光芒，好像要给这可怜的生物灌入生命一样。

“您太不小心了！”伯爵愤慨的接着说，“您把他放在河边寒冷的地方，又让他坐在石凳子上。”

“可是，父亲，凳子都烧热了。”马德莲叫着说。

“上边闷死了。”伯爵夫人说。

“女人总是有道理的!”他瞧着我说。

为着避免用眼睛来表示我的赞同或不赞同，我就默默的瞧着约克。约克埋怨嗓子痛，他的母亲就把他抱走。在她离开我们之前，她总听得见她的丈夫所说的话：

“生了这样脆弱的孩子，就应当知道如何看护他们!”他说。

这是非常不公道的话，然而他的父爱却逼着他来牺牲他的妻子，而求自解。伯爵夫人飞也似的跑上了斜坡和石阶。我看她在窗门上消失了。莫尔梭夫先生坐在凳子上，斜着头沉思。我的地位太为难了，他既不看我，也不跟我说话。我以为可以借此把我放在她的精神之中，这种散步算是“再见”了罢。我回想不出是否曾经渡过和这一样可怕的一刻钟的时间。我流出了粗大的汗珠，一边对我自己说：“我是走呢，还是不走呢?”在他的脑筋之中有多少悲痛的思念要使他忘记约克的健康?他突然的站了起来，走近我的身边。我们一块儿走回来，去观看含笑的山谷。

“过些时候我们再来散步罢，伯爵先生。”我就苦痛的对他说。

“我们出去罢!”他回答说，“不幸我是惯于看见这些纠纷的，我只要能够保存这个孩子的生命，就是死也不足惜。”

“约克好了些了，他睡了，朋友。”一个黄金一般的声音说。

莫尔梭夫夫人忽然跑到小径的尽头来，没有怨色，也没有愁容，她给我致了一个敬礼。

“我很高兴，”她对我说，“您喜欢克罗慈古尔特。”

“亲爱的，您愿意我骑马去找德斯兰特先生吗?”他对她这样说，表示他要请求她宽恕他的不对。

“不要发愁，”她说。“约克夜里没有睡觉，没有别的事。这孩子神经太敏，他做了一个恶梦，我整夜给他讲故事，要哄他再睡。他的咳嗽完全是神经的作用，我给他一颗药丸吃，他就困了。”

“可怜的妻子！”他抓着她的手，把它夹在自己的手中，又给她送去一个潮湿了的眼光，一面对她这样说：“我糊涂了。”

“一点儿事也没有，空焦急有什么好处？去割您的裸麦去罢。您知道，如果您不在那里，佃户们要在麦束取去之前让镇里那些拾散穗的人跑进园子来。”

“我要去学我的第一个农业的课程，太太。”我对她说。

“您是进了一个好学堂了。”她回答说，一面指着伯爵。伯爵合上嘴唇，露出一种满意的微笑，这就是一般家里人所谓的“会心的微笑”。

两个月之后，我才知道那天夜里她是万分的忧虑，她骇怕她的儿子得了喉头炎。我呢，我就坐在那只船里，被温软的相思笼罩着，幻想着她可以从她的窗口照耀她那惊惶的额头的烛光中看见我。喉头炎传遍全杜尔，而且是极可怕的扰乱着。

当我们到了门口的时候，伯爵很感动的对我说：

“莫尔梭夫夫人是一个天使！”

这句话使我踌躇起来。我对于这个家庭还只有一个肤浅的认识，在这同样环境下抓住年青人的灵魂的自然的痛悔就对我喊叫了起来：“你有什么权利来捣乱这家庭的和平？”

伯爵很高兴能够碰到一个容易克服的年青的听众，他就对我说到布尔崩王朝回来后法兰西的前途。我们有了一个空洞的谈话，在谈话之中，我听到了许多让我大为惊讶的幼稚的意见。他不知道千真万确的事实；他骇怕受过教育的人；他否认人家的优点；他嘲笑进步，这也许是有道理的；结果我看出在他身上有许多悲痛的纤维，使我不得不特别的小心，只怕会伤害了他，而后来的谈话也就变成了一种精神的工作。当我触碰到他的错处时，我就用伯爵夫人安抚他的那种谨慎退缩了回来。如果是在我生活中的另一个时代的话，我一定要冷了下来，然而和儿童一样的胆小，自己相信什么也不知道，相信大人什么都知道，我却叹赏着这个忍耐的农夫在克罗慈古尔特所教给我的伟大的学识。我用钦佩的心肠来细听他的计划。总之，无意中的阿谀使我重视这位老绅士的好意，我羡慕这块美妙的土地，它的地位，这个地上的天堂，觉得它是远在佛拉柏斯罗之上。

“佛拉柏斯罗是一大块银器，”我对他说，“但是克罗慈古尔特却是一个宝石箱。”

这是作者常常重复引用的一个句子。

“好，在我们没有来到那里之前，这却是一个悲哀。”他说。

我倾听着，他对我说到他的播种、他的插秧。田野的工作对我是新鲜的，我就对他发出了一大堆的问题，问他事物的价格、开垦的方法，他似乎也很快乐的告诉了我一切的细节。

“人家到底教了您些什么呢?”他很惊讶的问我。

在这第一天之后，伯爵回来时总对他的妻子说：

“菲力士是一个可爱的青年。”

晚上，我给我母亲写信，叫她给我寄衣服被窝等来，我告诉她我要留在佛拉柏斯罗。一点儿也不知道当时的大革命，一点儿也不懂得这革命对于我的命运的影响，我还想回到巴黎去研究法学，而法学院也只于十一月初旬才开课；所以，我还有两个月又半个月的时间。

在我居留的初期当中，我努力去亲切的结交莫尔棱夫先生；这是带有残忍印象的时期。我发现这个人有无故发怒的癖性，有在一个无望的情景中行动急躁的脾气，这两种性格使我骇怕。在他身上可以遇到许多在刚地的军队中这样出色的绅士的癖气的复原，可以遇到这些意志的一些抛物线的光芒，这些意志在严重的时期之中能够用炸药一般的方法来挖开政治的孔洞，能够用正直和勇敢的气焰来使一个被禁在小住宅中居住的绅士变成一个戴尔柏、一个彭苍、一个查礼爱特。在一部分的设想之前，他的鼻子就揪了起来，他的额头就发起亮来，他的眼睛就发出一道立刻软化的闪电。我只怕在莫尔梭夫先生发现我眼中的言语时，要不假思索的杀死我。在这个时期之中，我是绝对温和的。大大改变人性的意志开始在我的身上萌芽了。我的过度的欲望给我带来了这些感觉的快速的摇动，就好像是恐惧的动乱一样。斗争并没有使我战栗，但我不愿意牺牲性命而没有分尝到爱情的幸福。困难和我的欲望在两条平行的线上发展着。我要如何说到我的情绪呢？我是困在伤心的不知所措的环境之中。我等待着一个偶然的机会，我观察着，我找机会和两个孩子混熟，要使我喜欢他们，我想方法把我变成他们家里的事物。

不知不觉之中，伯爵渐渐的跟我疏远。我看出他的气质的突然的变迁，他那没有原因的深切的伤痛，他那突如其来的愤怒，他那苦恼而碎心的怨叹，他那苦恨的冷酷，他那被压制的疯狂的举动，他那小孩气的呻吟，他那失望的喊叫，他那预想不到的暴怒。道德的性质和物理的性质，这两者之间的分别就是：在道德方面并没有所谓绝对的是非。效果的密度是以性格为标准的，或者是以我们对于事实所有的意见为准绳的。我在克罗慈古尔特的态度，我的生命的将来，都是依靠着这个奇异的意志。我不能够给您表示出我的灵魂是如何的受着忧愁的压迫，我的灵魂是如何的容易于消磨、容易退缩，当我回来对我自己说一句“他要怎么样接待我呢?”的时候。突然的，在我这积雪的额头之上卷起了风波，我的心是被怎么样的一种焦虑给打粉碎了的呀！这是不断的经意的事情。我算是卧倒在这个人的专横之下了。

我的痛苦使我猜想到莫尔梭夫夫人的悲伤。我们开始彼此交换智慧的眼色，有的时候，当她忍住眼泪的时候，我的眼泪就滚了下来。伯爵夫人和我，我们因此就感受到痛苦。在这满充着真正的苦恼、隐蔽的快乐、忽现忽沉的希望的最初四十日之中，我是做过了多少次的发现啊！一天晚上，我看见她在西沉的落日之前痴想着，这太阳是这么样纵逸的照红了山峰，让人们看出山谷就好像一张床一样，使人不能不倾听着这诗歌中的永远的诗歌的声音，大自然就是用这声音来引诱人类走近爱情的。年轻的少女难道不重新想到那些飞逝去了的幻梦吗？女人难道不由于秘密的比较而感到痛苦吗？我相信在她的地位之中看出了她的被弃。这被弃对于最初的证人是有益处的。我就对她说：

“这是不好过的日子啊！”

“您读出了我的灵魂，”她对我说，“但是，怎么样呢？”

“在很多的地方，我们都是相同的！”我回答。“我们不是属于那小部分特别为痛苦和快乐而生的人类吗？这些人类的感觉性都是为着结禤而颤动的，产生出许多内心的大回响，而其过敏的神经是和事物的原则永远相调和的。把他们放在一切都不和谐的地方，这些人一定要大感苦痛，就好像当他们遇到同情的思想、同情的情感、同情的人物的时候，他们的快乐要到达最高的峰顶一样。然而在我们方面，却是第三种的情形，我们的不幸只能由灵魂上患有同一毛病的时候才看得出来，而且这两个灵魂是于彼此互相了解之中才能够碰着的。也许我们能够做到给人不好也不坏的印象。一个动乱的风琴就在空中给我们奏乐，它没有目的的感动着，它发出声音而没有乐调，它吐出音调而消失在寂寞之中；这是一个反抗空虚的无用的灵魂的一种可怕的矛盾；这是些烦闷的嬉戏，在这嬉戏之中，我们的力量整个的逃走了而没有供养，就好像是从一个不知道的伤痕流出的血一样。感觉就和洪水一样的流出，结果是可怕的虚弱，说不出的悲哀，是忏悔师所不愿意听的。我不是把我们的共同的苦闷都表达出来了吗?”

她颤栗着，不断的看着落日，她回答我说：

“您这么年轻，怎么知道这些事儿呢?您是不是做过女人?”

“啊!”我用感动了的声音回答她，“我的童年是一个长期的疾病。”

“我听见马德莲咳嗽。”她说着，迅速的离开了我。

伯爵夫人看见我很殷勤的在她家里，没有对我有什么猜疑。这有两个原因：第一，她是和儿童一样的贞洁，她的思想并没有走入任何的歧路；第二，我能够使伯爵高兴，我是这样无爪无须的狮子的一个饲料。我最后找到了一个来这里串门的理由，是大家都赞同的。我不会耍骰子赌钱，莫尔梭夫先生提议教我，我接受这提案。正当我们同意这个合同的时候，伯爵夫人不能不给我投来一个恻隐的眼光，好像要告诉我：“可是，您是投进了虎口了啦!”如果当时我不知道的话，第三天之后我就懂得为什么人家要我学这个。我的童年所给我养成的不倦的忍耐就在这艰难的时期成熟了。当我没有履行伯爵刚教给我的原理和规则的时候，我是给伯爵送来了能够发挥残忍的嘲笑的幸福；如果我用脑筋来想一想的话，他就埋怨我玩得太慢；如果我快一点儿玩的话，他就生气说是我催他；如果我请教他的话，他就乘机对我说太急。这是村学究的暴虐，是打手心板的专横，我只能用比较的方法来告诉您，这就像是爱毕特堤落在一个凶恶的孩子的压迫之下一样。当我们赌钱的时候，他总是赢的，这赢并且给他带来许多不大体面的卑劣的快乐。他的妻子的一句话可以安慰我的一切，可以使他感到礼貌和仪式。不久，我就堕在一个没有预先想到的刑罚的炭火之中。在这把戏之中，我的钱都跑光了。虽然伯爵总是在他的妻子和我之间停留着，一直到我走了时刻为止，有的时候非常的晚，我也总希望着能够有一刻的时间让我溜进她的心中；但是，为着用猎夫一般的忍耐来获得这个期待的快乐，难道不是要继续着这破碎我的灵魂、取走我的金钱的恶作剧吗？已经有多少次了，我们默默的看着太阳照耀草地，看着灰色天空之中的云霞，看着烟雾朦胧的山岭，或在河中石礁上面漾荡着的月光，只说出一句话：

“这夜景太美了！”

“这夜景就是美人，太太。”

“多清静啊！”

“是的，这里不至于完全的不幸。”

她答了之后，就回去织她的地毡。我甚至于听见她内心因为受了感触而生的颤动的声音。没有钱，只好和夜会说声再见。我给我母亲写信叫她给我寄点钱来；我的母亲骂了我一顿，一星期的钱一个也没有给我。那末，得问谁呢？这而且是死活的问题！所以在我的第一个大幸福之中，我又找到了到处攻击我的痛苦；然而，在巴黎，在学校里，在宿舍中，我曾经用断食来避免，我的不幸是消极的；在佛拉柏斯罗，它却变成积极的；我于是知道偷窃的需要，我于是认识了这些梦想的罪恶，这些破坏灵魂的疯狂，这些是我们所得制止的，因为它们可以给我们损失尊严的责罚。残忍的默想的回忆，我母亲所迫我的吝啬的忧虑，使我对于那些没有错误而走到地狱边缘，好像要去测量它的深度一样的年青人加以神圣的宽恕。虽然这些时刻，当生命半开而让人看出生命河床中的干枯的细石时，我的廉洁是强化了，然而每次当人类社会的可怕的公道拔出利剑架在一个人的咽喉时，我总是这样的对我自己说：“刑事法律是那些不认识‘不幸’的人所造出来的。”

在我走到末路的时候，我在齐塞尔先生的图书室中发现了一本讨论用骰子赌博的书，我研究这本书；我的主人后来也愿意教我几个功课。没有那样苛酷的教我，我也居然进步了，我能够应用我所背诵的规则和算法。几天之中，我居然能够制驭我的老师；然而当我赢的时候，他的气质却变成非常讨厌的，他的眼睛和虎眼一般的发亮，他的脸孔痉缩着，他的眉毛舞动着，我就没有看见过任何人的眉毛这样的舞动过。他的怨骂，就和一个腐败的孩子的怨骂一样。有的时候，他投下骰子，很奋激的顿足，咬着他的筒子，说了许多侮辱我的话。这些暴躁也有一个界限。当我学会占上风的赌博时，我就可以任意领导这战争；我想方法要到最后的时候，两边差不多成为和局，我让他前半场赢，后半场输，使之平均。全世界的意向都要惊异伯爵学生的快速的青出于蓝，然而他却永远不承认有这回事。我们的赌钱结局是他的精神所贯注的一种新的饲料。

“断定的说，”他说，“我的破脑筋疲倦了。您总是下半场快结束的时候赢，因为后来我已经没有脑筋了。”

懂得这赌博的伯爵夫人第一次就看出了我的策略，她猜中了我的深大的感情。这些细节只有那些懂得掷骰子的困难的人才能了解的。千万不要说这是一件小玩艺儿！但是，爱情就和包胥埃的上帝一样，它把穷人的那一杯水、无名阵亡将士的努力放在最高的胜利之上。伯爵夫人给我投来一个破碎青年心肠的无声感谢，她给我送来她给儿女所留下的眼色！自从这个快乐的夜会之后，她跟我说话的时候总是看着我。

我没有法子告诉您我离开她的时候心中是怎么样的情形。我的灵魂整个的吞了我的躯壳，我一点儿也没有重量，我一点儿也不走路，我是飞着。我在心中感觉到这个眼色，这个给我充溢光芒的眼色，就好像她的“再见，先生！”和耶稣复活节时所唱的“噢，儿子们；噢，女儿们！”一样调和的反响在我的灵魂之中。我有了一个新的生命。我已经在她眼中是件东西了。当我的眼睛在黑暗中巡视的时候，有些光焰在我的眼睛之前发亮，就好像烧完的纸灰上面一个接一个的跑着的星火一样。在我的梦中，她的声音，我不知道是怎么的明显，就变成一个用光亮和香气来围绕我的空气、一个抚摸我精神的乐调。

第二天，她的欢迎表示出她的完全的允许，自此之后，我也懂得了她的秘密的声音。这一天应当是我生命中一个值得注意的日子。晚饭之后，我们在山丘上散步，我们走到没有人能够走到的一块荒野，土地是多石的、干涸的、不能种植的；不过那里还找得到一些橡树，一些满充着山查子的荆棘；没有青草，而有褐色的卷皱的苔草，在沉落的太阳光下闪灼着。脚就在这苔草上面滑着走。我拉着马德莲的手，扶住她；莫尔梭夫夫人给约克伸过手臂。走在前头的伯爵转过身来，用手杖敲地下，用可怕的音调对我说：

“这就是我的命！——噢！但是在我们互相认识之前。”他接着说，对他的妻子投去一道歉意的眼光。

伯爵夫人不知道怎么好，她的脸发白。哪一个女人得到同样的打击时不是这样的手足无措呢？

“多么香啊！多么好看的光彩啊！”我自言自语的叫了起来说，“我很想自己有这么一块野地，也许我可以在这地下找到宝贝；但是最富的是您家附近的地。而且，哪一个人不会牺牲一切来饱尝这样调和的眼景，来欣赏这条把灵魂浸沉在橡树和榛树之间的逶迤的江景呢？请您看一看各人兴味的不同！在您看来，这是一块荒地，在我看来，这是天堂。”

她用一道眼色给我致谢。

“这是一首牧歌！”他苦痛的说，“这不是有您这样姓名的人的生活。”

然后他停顿了，后来又说：

“您们听见阿沙伊的钟声吗？我的的确确听见钟声响。”

莫尔梭夫夫人用恐惧的神色来看我，马德莲拉紧我的手。

“您要不要我们回去玩玩骰子?”我对他说，“骰子的声音可以阻止您听见钟声。”

我们回到克罗慈古尔特，路上间断的谈了几次话。伯爵怨叹说他很悲痛，但却说不上是什么悲痛。当我们在客厅里的时候，我们大家都觉得有说不出的不安。伯爵埋在靠椅中，沉溺在一个默想之中，这默想是他的妻子所敬重的，因为她知道伯爵的症候，能够预先看出病势的发作。我也跟着静默。如果她不请我走的话，这也许是因为她相信掷骰子可以使伯爵快乐，可以消散这不幸的富于神经质的易感性，这感受性的发作可以吓死她。

伯爵平常对于骰子戏是有极大的嗜好的，然而这一次却比什么都难请他来玩。好像是一个小主妇，他要大家求他、逼他，而不要做出被迫的样子，虽然事实上是如此。如果在一个有兴趣的谈话之后，我一时忘记了我的恭维的话，他就变成不高兴的、酸涩的、伤感的，而出口不逊，反驳一切。觉到了他的坏脾气，我提议玩骰子；他就撒娇的说：“先说，现在太晚了；再说，我也不想玩。”后来，就装腔作势的胡闹一阵，好像女人的腔势让人不知道她们的真意一样。我退让了，我哀求他使我能够保持我所学到没有练习就那样容易忘记的学科。这一次，我却需要一个疯狂的快乐，非要他玩骰子不可。他说他发眩不能够算计，他的脑壳好像压住压榨器里头一样的紧束，他听见有许多的哨声；他吐纳着极大的叹息。最后，他算是同意坐上牌棹了。莫尔梭夫夫人离开我们去哄孩子睡，同时又给全家祈祷。当她不在的时候，一切都很平静无事，我有意的让他赢我，他的胜利也就使他忽然笑逐颜开。这经过是很悲惨的，这悲惨把他这疯人从他对于自己的惨痛的预言中拯拔出来给他带来快乐，带来毫无理性的狂笑。这悲惨使我不安，使我寒冷。我从没有看见过他这样坦白的显露过他的病态。我们的深交得到他的结果了，他对我不再拘束了。他每天想法子要把我服在他的暴虐之下，要把我造成他发脾气的对象，因为有精神毛病的人是有他们的食欲，他们的本能，而要扩张他们的领土，就好像地主要扩张他们的土地一样。

伯爵夫人下来了，她走近牌桌想要看清楚她的绣工，然而她的工作显然露出不安的神色。一个致命伤，我也无法防止，就更变了伯爵的脸孔；本来是快乐的，现在变成悲苦的了；本来是紫色的，现在变成黄色的了，他的眼睛闪烁着。然后，就发生了最后的不幸，是我所预想不到的，是我所无法补救的；莫尔梭夫先生给他自己投下一个出奇的骰子，决定了他的败绩。他立刻就站了起来，拿起桌子往我身上掷来，把灯都摔在地上，他用拳头敲着壁架，在客厅中跳来跳去（我实在不能说他是走路）。一大阵的辱骂、咒诅、质问和不一致的语句都从他的口中出来，使人以为是在古远的时代，例如中世纪。请您想象一下我的态度！

“请您到花园去。”她用手推着我，对我说。

我出去了，伯爵没有觉到我的失踪。我慢步走到土台，从那里我听见他的叫声和他的叹息，由他的房子出来，一直传到饭厅。在这风波之中，我也听见天使的声音，好像雨水将要停息的时候黄莺的间断的歌声一样。我就在这八月末的良夜里散步在洋槐树下，等候着伯爵夫人来会我。她要来，因为她的态度这样的允许我。

没有几天，我们都觉得有彼此解释的必要。这解释好像要从将要使我们的灵魂的太多的源泉喷出第一句话中爆发出来。把我们的完全的和解延迟，这是多么抱歉的事呢！也许她也和我一样的喜欢这种类似恐怖情感的战栗，这种当人类悬崖勒马的时候，当人类受着女郎在所爱的丈夫面前显示之前所有的贞洁的情绪的管束而犹豫剖开内心的时候破碎感觉的战栗。在我们所堆积的思想之中，我们已经长大了这个变成必要品的初次的机密。一个钟头过去了。我坐在砖砌的栏杆上，而她那杂着长袍漾荡的声音的脚步的回响正震动了晚间的平静的空气。这是不能用心灵来满足的感觉。

“莫尔梭夫先生睡着了。”她对我说。“当他这样的时候，我就给他一杯水，冲着几颗莺粟，这毛病就可以好，这药很有效。——先生，”她忽然改变了声调，用最曲折的声音对我说，“这个偶然的不幸给您揭开了一直保守到现在为止的秘密，让我把这一幕的记忆埋藏在您的心中罢。接受我的要求罢，我求您。我并不要求您发誓，只要给我说一声有名望的人所说的‘是’，我也就高兴了。”

“难道我还须要说这一声‘是’吗？”我对她说。“难道我们还不互相了解吗？”

“请您不要认为莫尔梭夫先生不好，您看见他被放逐的生活所得到的长期的病苦所给他生下的结果。”她接着说。“明日他就记不起他所说的话，您又可以看出他还是很好、很多情的。”

“太太，”我对她说，“不要再给伯爵辩护了，您要我怎么，我就怎么。如果跳河可以使莫尔梭夫先生更新，可以使您快乐的话，我也愿意马上跳进安德河。我所不能改造的唯一的事就是我的意见，在我方面，没有东西比这个更固执。我可以给您我的生命，但是不能够给您我的信仰。我可以不听，但是，我怎么能够不说话呢？然而，依我的意见，莫尔梭夫先生是……”

“我听您，”她突然的打断了我，对我说，“您说得有道理。伯爵神经过敏，有点像小主妇。”她接着说，用温和的语调来柔和思想，“但是，他也不过是偶然这样而已，每年最多也不过一次，都是天气最热的时候。放逐有多少的害处啊！多少的生命都损失去了啊！我相信他曾经做过战场的英雄。他是国家的光荣。”

莫尔梭夫先生给他自己投下了一个出奇的骰子，决定了他的败绩。他立刻就站起来，拿起桌子往我身上掷来……

“我知道，”我对她说，也打断她的话，要使她懂得用不着来骗我。

她停止了，用一只手摸着我的额头，对我说：

“谁在您心内给您养成这样的？上帝是不是要给我送来一个救援，一个扶持我的强烈的友谊？”她接着说，用力的把她的手放在我的手上，“因为您真好，真温和……”

她仰起眼睛望着天空，好像要请求一个见证来给她证明她的秘密的希望，再把这希望带给我。这一仰望给我的灵魂投来了另外一个灵魂；受了这一电击，我也就如世间法学所说的缺乏了机智；但是，在一部分的人的心灵中，难道这不常常是在危险之前所有的勇敢的急智，要预先看到打击、恐惧不幸的来临的急智吗？这难道不更是对着一个心所发出的问话，要知道它是不是协和的共鸣吗？我的心中涌出了许多的思想，就像是许多微光一样，我又劝告自己当我预告看出一个完全的发动的时候，应当洗雪污秽我的诚实的污点。

“在更向前走之前，”我对她说，我的声音被心脏的跳悸变哑了，这心跳可以容易的在寂寞之中听得见。“可以让我给您洗雪一个过去的记忆吗？”

“不要说啦！”她对我说，很强烈的用手指压着我的嘴唇，然后又拿开。

她很骄傲的看我，好像一个地位太高，可以让人辱骂的妇人一样，她又用战抖的声音对我说：

“我知道您要说什么。这是我所受到的第一次，又是最后一次的惟一的凌辱。绝不要讲到那跳舞会。如果以基督徒的资格，我已经宽恕了您的话，以女人的资格，我还在痛苦这件事。”

“不要比上帝还要来得严刻。”我对她说，把涌出的眼泪忍在我的睫毛之间。

“我应当是更严厉的，但是我是太弱了。”她回答。

“但是，”我用小孩的反叛的态度接着说，“这既然只是您一生之中的第一次、最后一次、惟一的一次，您就听我说罢。”

“好罢，您就说罢！不然的话，您还以为我怕听您说哩。”

感觉到这是我们生活中惟一的时刻，我就用惹人注意的声调对她说跳舞会中的女人们都引不起我的注意，就像一直到那时候为止其他一切的女人一样；但是当我看到她的时候，我这个生性如此好学、灵魂如此懦怯的人，我就被疯狂所克服了，这疯狂只能被那些没有发过疯的人所责骂的，这疯狂充满着一个人的心所没有充满过的欲望，是这个人类所无法抵抗的，这疯狂使人征服一切，甚至于死……

“那末，轻蔑呢?”她说着，打断了我的话。

“这么说，您还轻蔑过我吗?”我问她。

“我们不要再谈这些事儿啦。”她说。

“说，怎么不说!”我被一种超人的苦痛所激发，这样的回答她。“这是我的一切，我的没有被人认识的生命，一个您应当知道的秘密；不然的话，我就要死在失望之中！您不也就是这样吗?您是手中拿着允许给竞争得胜者的冠冕的圣母，然而自己还不知道。”

我告诉她我的童年和我的少年时代，并不是像在远处判断自己这样的对您说，而是用一个伤痕还没有痊愈的青年人的热烈的语言来对她说的。我的声音就好像是樵夫在树林中砍柴的斧声一样的回响着。过去的岁月，给这岁月竖立无叶的树枝的长根，很大声的吐落在她的面前。我用火炽的语言给她描写一大堆可怕的枝节，这些事曾经得到您的宽恕。我展开我的明亮的愿望的宝库，我的欲望的完璞的黄金，我那整个埋藏在冬天的亚尔柏山的积雪下的燃烧着的心田。当我用伊寨伊的煤炭那样热烈的情绪来重述我的痛苦而受这痛苦的强压的时候，我听见这位低下头听我说话的女郎的一句话，她只用一个眼色来光照黑暗，她只用一句话来生动人间和神圣的世界。

“我们有同样的童年!”她对我说，脸上现出殉道者所有的顶上圆光。

我们的灵魂都在想着同一的安慰的思念：“我并不是单独一个人受苦!”停顿在这思念之后，伯爵夫人就用她那特别保留着给小宝贝说话的声音来对我说：当她的弟兄死了的时候，她生为女儿是怎么样的大错。她对我解释她的情形，她那时候被母亲袭击而在痛苦之中生活的情景是如何的和一个丢弃在学校之中的孩子不同。和她的灵魂不断的被压在磨石之下的情形来比较，我的孤独简直是天堂。一直等到她真正的母亲，她的舅母，把她拯救出来，给她解除了痛苦的日子，她才从这磨石的压迫下解放了出来。她告诉我这些痛苦的时候还引起了她的伤心。这是不可解释的争辩，是不怕拳头宁可死在达摩克礼斯剑下的神经质的人所不能忍受的：有的时候是温和的发展而被冰冷的命令阻止着，有的时候是一个冷淡接受的接吻，一个不得不已的静默，轮流的受人的谩骂；停留在心中的吞没下去的眼泪；最后是女学堂的成千的虐待，表面上看来是万分的慈爱，而实际上是外间人所不知道的苛虐。她的母亲从她身上得到显耀，也曾拿她来夸耀；但是第二天她却得用极大的代价来献媚女教员。当她在强迫的服从、强迫的温柔之下相信征服了她母亲的心，或当她把心剖开给她母亲看的时候，这暴君就以这些机密为武器而重新出现。一个侦探也不至于这样的懈怠，这样的背信。她所有的少女的快乐、少女的节庆都是很大的出卖出去了，因为人家骂她太快乐，就好像骂她做了错事一样。她所得到的贵族的教育向来就不是用和爱的态度来教导给她的，而是用一种刺人的讽讥来传授给她的。她并不想从母亲处要到什么东西，她只自叹从母亲处感觉出较多的恐惧、较少的爱抚。这个天使自己想：也许这些苛刻是必要的，他们不是给她预备了现在的生活吗？

听着她述说的时候，我觉得是我曾经粗略协调过而现在是由基督徒的手指来弹拨的约伯的竖琴在回答着，在唱着圣母在十字架前的祷文。

“我们没有在这里遇见的时候，原来我们是在同一的球上活着，您是从东边来的，我是从西边来的。”

她失望的摇着头：

“您是从东方来的！我是从西方来的！”她说。“您要快乐的活着，我要痛苦的死去！男人们能够自己做出生活中的事态，但是我的生活却是永远注定了的。任何的力量都不能够打破金戒指所给女人套上的重链，这是夫妇贞洁的符号。”

于是，我们就觉得是同一母怀的双胞胎。她一点儿也不觉得在同一来源的弟兄之间只有一半的亲密。当我们的心彼此放开的时候，在洁白的心坎中吐出自然的叹息之后，她就告诉我她才结婚时最初几天的情形，认为是最初的失望，不幸的重演。和我一样，她也懂得小小的事故，依那些经过小小的打击就整个摇动了的清澈的灵魂看来，是非常的重大的，就好像是一块小石子投入湖中的时候也同样的荡漾了湖面和湖水的深底一样。结婚的时候，她还有她的积蓄，这一点点代表快乐、代表青年时代成千的欲望的黄金；一个苦闷的日子，她就把它很客气的送给了她的丈夫，没有告诉他这是纪念品，而不是金子；然而她的丈夫从没有把它算在账中，他不知道他是负债人！用这个沉在茫茫大海中的宝贝，她却换不到这个可以清偿一切而在温存的灵魂中可以在困难的日子发亮的永远的珍饰的润湿的眼睛。她是这样的从一个痛苦走到另外的痛苦上啊！莫尔梭夫先生忘记了给她家用的必要的金钱；

当她克服了一切女人的懦怯而向他要求的时候，他才从梦中醒来；然而他从来没有让她避免这残忍的心田的紧缩！当这个毁了的人揭开了他那病态的性格的时候，她是受到哪一种恐惧的威吓啊！他的第一个疯怒的发作就把她毁坏了。在她想把她的丈夫，这个统制女人存在的强调的脸孔，看成空物之前，多少的思考没有经过她的脑海之中！她的两次分娩跟着来的是怎样的可怕的困难！看见两个生来半死的孩子，她是受着怎么样的打击呢？她是用怎么样的勇气来说："我给他们吹入生命！我每天重新给他们分娩！"她是怎么样失望的感觉到妻子们所能得到救援的心中和手中的阻碍！她看着这庞大的不幸在每一个克服的困难中转动着它那多刺的野草。在每一个岩石的上端，她又看到新的荒地，要她穿过，一直等到她认识清楚她的丈夫，认识清楚她的儿女的康健，认识清楚她所生活的地方的那一天为止，一直等到她和被拿破仑从温柔的家庭中夺去的孩子一样，习惯于把脚践在烂泥中，在雪中行走，习惯于把额头挡住枪弹，实行了整个被动的军士的服从的那一天为止。

这些只是我的概略的叙述。她那时候是对我讲到了这些事的黑暗的边际，讲到了它们的附属的忧苦的事实，讲到了失败的夫妇之间的争斗，讲到了没有结果的尝试。

"总之，"她最后对我说，"您应当住这里几个月，来看一看克罗慈古尔特的改良给我费去了多少的苦恼，看一看我是花了多少辛苦的阿谀来使他懂得于他最有用处的东西。当我所劝告的没有一下子就成功的时候，他是怎么样的和小孩子一样的怀恨！他是怎么样高兴的说到自己的好处！当我牺牲自己给他消磨时间，给他的空气加上香味，给他所放过石头的道路加上细沙、加上花草的时候，我得需要多少的忍耐来倾听他的埋怨啊！我所得到的报酬就是这句可怕的重复的话：'我要死了，生活逼我！'如果有客人来他家里的话，一切都勾消了，他就变成温和而多礼的。为什么对他的家庭就不这样呢？我不知道如何来解释这个有时真是骑士一般的人为什么会缺乏忠实的性格。他能够加鞭疾驰的偷偷的跑到巴黎去给我找一个装饰品来，就像上一次为城里的跳舞会而给我做的一样。在家用方面他是吝啬的，但是如果我愿意的话，他却可以为我浪费。不过，应当是和这相反才对的：我什么也不需要，而他的家庭却是很沉闷的。我总是希望使他的生活快乐，没有顾到我是要做母亲的人，也许是我使他习惯拿我来做牺牲品；如果我能够屈身来耍不道德的把戏的话，我可以用几个媚谀把他和孩子一样的指挥着！可是为着家庭的利益，我却不得不安静着，像一个公理的碑坊一样，不然，就是我，我也有一个汛溢的温柔的灵魂！”

“为什么，”我对她说，“您不利用这种影响来使您变成他的主人，来管治他呢？”

“如果这只是关于我一个人的问题，我也不知道如何去克服他那整时间大辩论之后的钝笨的静默，也不知道如何去回答这缺乏逻辑的辩难，这真正的儿童的推理。我没有勇气来反抗虚弱，也没有勇气来反抗稚气。虚弱和稚气能够打击我，我却无法还手。也许我可以用暴力来抵抗暴力，然而我却没有气力来反抗我所埋怨的。如果得强制马德莲一些东西来拯救她，我就得跟她一块儿死去。怜悯之心松弛了我的一切纤维，改变了我的神经。所以十年来剧烈的动摇把我打毁了；现在我这常被打击的感觉有的时候是很不一致的，什么东西也不能够使它苏生，我就缺乏支持我去应付风波的气力。是的，有的时候，我是被克服了。缺乏休息，缺乏磨练肌肉的海水浴，我是要死的。莫尔梭夫先生要杀死我，在我死了之后，他也要跟着死。”

“您为什么不离开克罗慈古尔特几个月？您为什么不带孩子到

海边去?”

“先说，如果我走开的话，莫尔梭夫先生就要觉得失魄。虽然他不相信他自己的情景，但是在他的意识中却有这感觉。在他身上是有两重人格的，一个男人和一个病夫，这两个不同的矛盾的性质可以解释那些奇怪的举动。其次，他也有战斗的理由。这里一切都要走到坏的路上去。您也许已经看出我是忙着保卫孩子们的母亲，不要让鸢鸟来俯瞰他们。碎身的工作，再加上莫尔梭夫先生所迫我的看护；他总要问：‘太太在哪儿?’这还不算什么。我又是约克的教师，又是马德莲的保姆。这还不算什么。我是干事和管家。总有一天，当您知道稼穑的工作是一切工业中最辛苦的工作时，您就懂得我所说的话的价值了。我们的金钱的收入很少，我们的田园只有一半是耕种的，这工作要不断的监视着。我们得自己售卖谷实，售卖牲畜，售卖一切种类的收获。我们的竞争者就是我们自己的佃农，他们在酒馆里和消费者很有联络，卖去了第一批货物之后就连着讨论物价。如果我给您解释我们农业的成千的难处的话，您一定要觉得很讨厌。无论我是怎么样的尽力，我都不能够监视我们的耕垦者不让他们把我们的肥料施放在他们自己的土地上；我也不能够走去看看我们的收获，工人是不是和他们伙在一起来瓜分我们的收获，我也不知道什么时候应当售卖。如果您来想一想莫尔梭夫先生记忆力的薄弱，想一想我是怎么样费劲的逼着他去管他的事，您就可以懂得我的负担的沉重了，懂得我是一刻也不能够把这重担放下的。如果我离开家里的话，我们就要整个的毁灭。没有一个人听他的话；多半的时间，他的命令是自相矛盾的；并且，没有一个人喜欢他，他是太好叱责的，他是太专横的；还有，就像一切虚弱的人一样，他的耳朵太软，太容易听下人的话，使他感动而扶持他们的家庭。如果我走了的话，一星期之内，一个仆人也不会留在这里。您清楚我和克罗慈古尔特的关系就和铅版和屋顶的关系一样。我是很坦白的告诉您，先生。这地方的一切的人都不知道克罗慈古尔特的秘密，然而现在您却知道了。不要告诉别人别的，只要说好的、亲切的话，这样的话，我就尊敬您、感激您。”她用柔软的声调加上这一句话。“能够这样的话，您就可以随时来克罗慈古尔特，您就可以在这里找到好朋友。”

“但是，”我说，“我，我从来没有痛苦过！您一个人……”

“不，”她接着说，发出一个可以裂破铁石心肠的忍耐的妇女的微笑，“不要奇怪这个机密的谈话，它可以指示您生活的真面目并不是您所希望、您所想象的那个样子。我们大家都有坏处和好处。如果我嫁给一个浪子，我早就毁灭了。如果我嫁给一位热情而放逸的年青人，他可以得到成功，然而也许因为我不知道如何保守他，说不定他就抛弃了我，而我也要妒忌而死。我是很富妒忌心的！”她用半天霹雳一般的声音说，“好罢，莫尔梭夫先生已经照他的可能来爱我了，他心里所闭塞的一切的情感他都抛吐在我的脚前，好像圣马德莲把她所剩下的一切香油都倒在救主的脚前一样。相信罢！爱情的生活是世界律则以外的不幸的例子，一切的花都要凋谢，如果快乐有明日的话，这明日一定是很坏的。实际的生活是忧虑的生活；它就好像这棵苧麻一样，它轻轻的来到土台的脚边，就是没有太阳，它的茎叶也是青绿的。这里就好像北国一样，这里有天上的微笑，当然这微笑是很稀贵的，但是它的代价却是重大的苦楚。特别做母亲的女人，她们不是牺牲多于快乐吗？这里，我把将要打击人们和我的孩子的风波拉引到我的身上来，当我搬转它的方向时，我是尽量的发挥我的情感的，这是什么情感我也不知道，但它却给我一种秘密的力量。前夜的退缩总是预备着第二天的退缩。上帝也一点儿不让我失望。如果最初我的儿女的康健使我失望的话，现在，当他们越走进生活之中的时候，他们的身体却越来越强健了。总之，我们的生活是改变好了，我们的幸福是可以等待得到的。谁知道莫尔梭夫先生的老年不是我的幸福呢？相信这个罢！一个手中拿着一棵青色的棕树走到大审判官面前的人，给他带来许多被他所安慰的曾经咒诅生活的人，这个人曾使痛苦改变为快乐。如果我的痛苦能够使家庭幸福，这还算是痛苦吗？”

“是的，”我对她说，“但是，这些痛苦是必要的，就好像我的痛苦能够使我欣赏在我们的岩石上成熟的果子的甜味一样；现在，也许我们可以共同尝这滋味，也许我们可以一块儿惊叹它的奇迹，这汎溢灵魂的感情的狂流，这使黄叶复苏的树液。然后生活就不会压迫我们，因为它已经不是我们的生活了。——天哪，您不听我说吗？”我接着用大家都习惯的宗教教育所给我们教导的神秘的语言来说，“请您看一看我们是从什么道路上能够两个人走到碰头的地方；那一个磁石把我们吸引到苦海之上，朝着淡水的源泉走来，这源泉是从山脚之下流到铺上一层青草的沙地上，夹在两个青绿的、满开着花朵的岸中。我们不是像三位东方的君王一样跟着这颗天星来的吗？我们现在就是在这马槽之前，这里醒觉着一个神圣的婴孩，这婴孩将要放出他的箭矢来射击空叶的树木，用他那快乐的叫唤来给世界一个生气，用不断的喜悦给生活一个趣味，夜里使世人安睡，白天使世人欢愉。到底是谁每年都在我们之中束紧这个结带呢？我们难道不是比兄弟姐妹还要亲切吗？不要解开上天所结合的。您所说的痛苦就是施种人手中所散播的谷子，要去孵化已经由最美丽的太阳所照耀的收获。您看！您看！我们不要一块儿去一苗一苗的整个的采集吗？我敢跟您说这个，我心中有的是怎么样的力量啊！请您答复我罢！不然的话，我就要再渡过安德河。”

“您乱用‘爱情’这个字，”她用严厉的声音打断我说，“然而您却是用我所不认识的、用人家所不允许我的情感来说话。您是一个孩子，我还宽恕您，但是这是最后一次的宽恕。您应当知道，先生，我的心是受着母爱的迷醉！我所以喜欢莫尔梭夫先生，这并不是因为有社会的责任，也不是因为要获得永远的鸿福，而是因为一个把他系在我心脏的一切纤维的不可抵抗的情感。我是不是被迫而结婚呢？我是因为我的同情而决定献身给不幸的人的。改革时代的灾害，安慰奔命战场而受伤回来的人，这不是女人的责任吗？我要跟您说些什么呢？当我看见您使他快乐的时候，我感觉到一种我也不知道什么自私的高兴：这难道不是纯粹的母爱吗？我的忏悔不是告诉您我有三个孩子，我不能使他们残废，我应当给他们灌溉滋养的露水，用我的灵魂来照耀他们，不要使他们发生极小的变动吗？不要使一个母亲的乳汁发酸！虽然，我做妻子的身份是不能伤害的，您也不要对我说这些话。如果您不尊重这简单的防卫，我要预先告诉您，您就永远进不了这家的门。我相信纯粹的友情，自动的兄弟的道谊，比较强制的兄弟道谊还要真确。错了！我要一个不是审判官的朋友，一个倾听虚弱的时候所发的狂吼的声音的朋友，一个不必骇怕的神圣的朋友。青春时代是高贵的，没有扯谎，准备着牺牲，不势利：看着您的固执，我相信，我认为是一种天上的图像；我相信我有一个独占的灵魂，好像牧师是一切人的灵魂一样。我有一颗心，可以让我痛苦太多的时候倾吐痛苦，不能抵抗我要继续自制而闭塞我的叫唤的时候尽情的叫唤。所以，我的存在是孩子们的宝贝，我能够存在到约克成为大人的那一天为止。然而这不是太自私吗？柏特拉克所咏的关于罗尔的诗史难道要重复吗？我错了，上帝并不要这样。我得死于我的职守，就像没有朋友的兵士一样。我的忏悔师是严厉的、艰涩的；而且……我的舅母已经不存在了。”

两颗粗大的泪珠在月光的映耀之下涌出了她的眼睛，流下她的两颊，一直到达了她的头下；然后我就伸出手来，刚刚好去接捧这泪珠，用至诚的贪婪来吞饮这眼泪，这贪婪是十年的秘密的眼泪，十年的消费了的感觉，十年的恒定的看护，十年的经常的警戒，女性中最高尚的英雄主义所表达出来的语言给我激引起来的！她用温和而痴呆的神色来看我。

“这是爱情的第一次的神圣的交通。”我先开口对她说，“是的，我是来分担您的苦痛的，我是来和您的灵魂相结合的，就好像我们饮着圣血而在基督之前互相联结一样。爱慕而没有希望，依然是一种幸福。啊！在这世界之上，哪一个女人能够给我和这位流涌这些泪珠的女郎一样大的快乐呢？我接受了这个只有使我烦恼的契约。我无条件的交给您，我要做成您所要我做的那一种人。”

她用一种姿势来阻止我，用深沉的声音对我说：

“我同意这盟约，如果您要永远不收缩结合我们的连锁的话。”

“是的，”我对她说，“但是，您愈不大答应我，我就愈有把握占住。”

“您一来就是一个不信任。”她回答说，表示怀疑的腔调。

“不，而且来一个纯粹的高兴。听罢！我要您一个名字，是别人所不知道的，就好像我们应当有一个我们所专心的情感一样。”

“这已是很多了，”她说，“但是我并不是您所想象的那样的小。莫尔梭夫先生叫我做白姑娘。世界上惟一的人，我所最爱的人，我所敬慕的舅母叫我做小亨利妹。所以在您面前，我也要回到小亨利妹上头来。”

我拉着她的手，吻着它。她把这手放弃给我，因为她有信任，这信任可以使女郎高超过我们，这信任可以压迫我们。她靠在砖栏杆上，看着安德河。

“朋友，”她说，“您顷刻之间就走到事情的终点，这不是错了吗？您第一口就把诚实所贡献给您的杯子一饮而尽。但是真正的情感是不能分开的，它必得是整个的，不然就不存在。——莫尔梭夫先生，”她停止了一会儿，又对我说，“无论如何是忠实的、骄傲的。也许为着我的缘故，您要想方法忘记他所说的话，如果他什么都不知道的话，我，明天，我要教导他去。请您暂时不要来克罗慈古尔特，他一定要更加看重您。下星期日，走出礼拜堂的时候，他一定要自己跑去找您；我知道，他要洗雪他的错处，他要喜欢您把他当做一个对于言行负责的人来看待。”

“五天不看您，五天不听您说话！”

“跟我说话时，不要这样的热烈。”她说。

我们在土台上静静的绕了两圈。然后她就用命令的口气来跟我说话，这证明她已经占据了我的灵魂。她说：

“晚了，我们散了罢。”

我要吻她的手，她踌躇着，终于伸过手来，而用祈求的口气对我说：

“除我给您以外，不要拿我的手。让我有些自由；不然的话，我就是您的一件东西，这却是不应当的。”

“再见。”我对她说。

我从下面的小门出去，这门是她给我开的。当她去关门的时候，她又重新把它开起来，给我伸过她的手，对我说：

“真的，今天晚上您是太好了，您安慰了我整个的将来；拿着吧，朋友，拿着吧！”

我吻了好几遍她的手；当我仰起我的眼睛时，我看见她的眼睛中涌着泪珠。她又走上了土台，而且又看我一会儿穿过草地。当我在佛拉柏斯罗大路上的时候，我还看见她的白色的袍子在月光之下发亮；然后，一会儿，她的房子也就亮起来了。

“噢！我的小亨利妹！”我对自己说，“世界上从没有这样光耀过的最纯洁的爱情是属于你的！”

我回到佛拉柏斯罗，每步一回顾。我觉得在我心中有一种说不出形容不出的快乐。一个光明的事业是开向于一切年青人所富有的热诚的，然而这热诚却在我心中很久都只是一种死的力量！好像一步踏进新生活之中的牧师一样，我是献了我的心了，专了我的心了。简简单单的一声“是的，太太！”就在我的心中许下一个愿望，要保守一个不可抵抗的爱情，不要滥用友谊，来一步一步的引诱这个女人到爱情上面来。一切所唤醒的高贵的情感都在我心中错杂的叫响着。在回到别宫，来到我那狭小的房子之前，我真想停留在满布星斗的蓝天之下，再来听听我心中这受伤的野鸽的歌唱，这天真的默契的简单的音调，来搜集散发在空中的灵魂，使其来到我的身上。这位女人深切的忘记了自我，她要安慰受伤、虚弱或受苦的人类，她热心于减轻法律的锁链，在我看来，她是如何的伟大啊！她是在那里快爽的站在圣徒和殉道者所受的火刑场之上！我爱慕她的脸孔，当我忽然相信能够猜透她所说的话的意义，神秘而超越的意义的时候，这脸孔就好像是发现在黑暗的中间一样。也许她是要我给她实行她给她的小世界所实行的事；也许她要从我身上吸引出她的力量和安慰，把我放在她的范围之中，和她在同一的水线或在这水线之上。正如一些大胆的成家立业的人所说的一样，天星可以交通运动和光亮。这思想忽然把我举起到太空的高处。我又回到我前时所想象的天空，我就用我所浮游的广大的幸福来解释我的童年的苦楚。

消灭在眼泪之中的天才，被人误会的有心人，被人忘却的女圣，被人非难的儿童，被人驱逐的人，无罪的人，你们这一切走进生命的沙漠之中的人们，你们这到处碰到冷酷的脸孔、关闭的心、掩紧的耳朵的人们，你们千万不要怨叹啊！只有你们，当一个心在你们面前放开，一个耳朵听你们说话，一个眼色回答你们的时候，才能够认识无穷的快乐。一个好日子可以取消一切的坏日子。过去的苦痛，过去的默思，过去的失望，过去的悲哀，只要没有忘记，总是把灵魂联结在另一个亲密的灵魂之上的连锁。在我们被抑制的欲望看来，女人是美丽的，然而她却传留了叹息和失去了的爱情；她给我们恢复了一切长大了的被骗的情感；她解释以前的悲愁，认为是灵魂结合所赐予的永远的庆祝时命运所激引起的补助。只有天使们才能够讲到这新的名字，我们应当给这神圣的爱情加上一个名字，就好像只有你们这些亲爱的殉道者能够知道清楚莫尔梭夫夫人在我看来所以忽然变成可怜、变成孤单的缘故！

第二章　初　恋

这是星期二所发生的一幕戏，一直等到星期日我在散步的时候都没有走过安德河。在这五天之中，克罗慈古尔特却发生了大事变。伯爵从省防军司令官处收到一张诏书、一个圣路易十字勋章和四千佛郎的恤金。勒农古尔—吉夫利公爵得到法兰西世卿的衔头，恢复了两个森林和他在宫中的职务，公爵的夫人也恢复了她所有而还没有公卖的产业，这产业曾经被拿破仑没收，属于皇室产业的范围。莫尔梭夫伯爵夫人因此变成了全麦茵最富有的女承继人了。她的母亲来给她带来吉夫利的岁收所得的十万佛郎，这是她母亲还没有给她付过的嫁资的总额，伯爵从来没有讲到这嫁资，虽然他是很窘的。在他生活的外面看来，这个人的行为总是表现出大公无私的样子。加上了这个数目，伯爵就可以在附近买到两块可以收到差不多九千磅地租的土地。因为他的儿子应当承继他祖父的草地，他忽然想要给他预备好一个贵族的世袭的财产，这财产是由两家的地产组合而成的，然而这却并不妨害马德莲，因为勒农古尔公爵喜欢她，他一定能够给她结成一个好婚姻。这些措置、这种幸运，是给这曾被放逐的人的创伤加上了一些药膏。勒农古尔公爵夫人之在克罗慈古尔特是这地方所最注目的。我很苦痛的想象这位妇人一定是一个伟大的贵夫人，我在她女儿的身上看出高贵的精神，在我眼睛上笼罩着她的高贵的情趣。我这可怜的穷光蛋，除了勇气和脑力以外，没有其他的前途，我和她比，到底是什么东西呢？我并不想到复辟对我或对他人所有的结果。

星期日，当我和齐塞尔先生夫妇、桂鲁教士一同上礼拜堂的时候，我在小祈祷室中非常贪婪的看着旁边另外一个祈祷室，那里有公爵夫人、她的女儿、伯爵和他的儿女。隐蔽着我的偶像的草帽一动也不动的，这种对于我的忘却似乎是比一切的过去都更强烈的感动我。这位伟大的勒农古尔的小亨利妹，这位现在属于我的小亨利妹，这位要使我发展生命的小亨利妹，她在热烈的祈祷。信心使她沉滞着、俯伏着，好像一个宗教的塑像一样，透进了我的心坎。

依照乡村的教堂的习惯，在弥撒之后还有相当的时间才念晚祷。出了礼拜堂的时候，齐塞尔夫人很自然的给她的邻居提议在这两个钟头等待的时候到佛拉柏斯罗去玩玩，不必这么热的渡过安德河和草地。这意见是被接受了。齐塞尔先生就给公爵夫人伸过手臂，齐塞尔夫人接受了伯爵的手臂，而我也给伯爵夫人伸过我的手臂，这是第一次我在我的腰间感觉到她那新鲜的美丽的手臂。从礼拜堂走回佛拉柏斯罗的时候，我们穿过了沙妻的森林，那里从枝叶间漏进来而投射在沙径上面的光线发出了和图像中的晚会一样美丽的光辉。我有骄傲的感觉，和一些使我心脏大跳的思念。

“您怎么啦？”在我所不敢扰乱的沉静之中走了几步之后，她对我这样说，“您的心跳得太快了……”

“我听到您的好消息，”我对她说，“就和一些沉溺于爱情的人一样，我有些空泛的惧恐。您的伟大不要伤害我们的友谊罢？”

“我？”她说，“呸！又是这样的念头，我并不轻蔑您，但是，我要永远忘记您。”

我疯狂的看着她，这疯狂应当是能表达意思的。

“我们不过是沾了法律的光而已，这法律并不是我们提议的，也不是我们请求的，然而我们并不是叫化子，也不是贪婪的人；而且，您知道清楚，”她接着说，“不论是我也好，是莫尔梭夫先生也好，我们都不能够离开克罗慈古尔特。他听了我的劝告，已经拒绝可以让他在红宫行走的军职。只要我父亲有差事就得了。我们的不得已的卑陋的生活，”她苦笑的说，“已经给我们的孩子不少的好处。国王，我父亲就是在他身边当差事，国王曾经很大恩惠的说过要给约克许多好处，不过我们不愿意就是了。我们应当想到约克的教养，现在的教养已经是很严重的讨论问题了。他要代表两个家庭，代表勒农古尔家和莫尔梭夫家。我对他不能不有些奢望，这是我所以更加忧虑的原因。约克不但要活着，他还要光耀他的姓名，这是两个矛盾的责任。到现在为止，我都够得依照他的能力教导他，但是，先说，哪里去到合式的先生？再说，往后哪一个朋友能够在巴黎照应他？在巴黎，一切都是灵魂上和身体上的陷阱。朋友，”她很感慨的对我说，“哪一个看见您的额头和您的眼睛不要猜想您是应当栖在高处的一只飞鸟？往前冲进罢，有一天您应当来做我们的孩子的教父。到巴黎去罢；如果您的哥哥和您的父亲不帮您的忙，我们的家庭，特别是我的母亲，我这富于办事经验的母亲，一定是很有势力的；请您利用我们的家望罢！这样一来，您就不会缺乏台柱，也不会缺乏您所选择的事业的支援；用您的剩余的力量去努力您的志气罢。”

“我听您的话，”我打断她的话对她说，“我的志气就是我的主人。我是完全为着您而需要这志气的。不，我并不要用那里的幸运来补偿我在这里的柔顺。我要一个人走，一个人自己长大。我要接受您的一切；别人，我是什么也不接受的。”

“幼稚!”她喃喃的说，但却是露出马脚的忍住一个快乐的微笑。

“而且，我是献了我的心了，”我说。“想到我们的地位时，我希望要用永远打不开的联系把我和您结在一起。”

她轻轻的战栗着，然后停止发抖，来看我。

“您是什么意思?”她说着，让先头的两对人走，而接近她的孩子。

“好，”我回答，“请您告诉我您要我怎么爱您。”

“和我舅母爱我那样的爱我，就是由于她，我才给您权利用她所选择的名字来叫我。”

“那末，我是没有目的的爱，完全忠诚的爱。好罢，是的，我要对待您就和一个人如何对待上帝一样。您不是要我这样吗？我要进初级修道院去，变成一个牧师出来，再来教导约克。您的约克就是第二个的我；我要给他我的一切，政治观念、思想、毅力、忍耐等等。这样一来，我就可以在您的身边，而我的爱情，我那镕化在宗教之中和玻璃器里面的银像一样的爱情，就不会令人有什么猜忌。您也一点不必骇怕曾经把握过男人，而克服过我一次的放肆的狂热。我要消磨在火焰之中，而您要爱慕一个纯洁的爱情。”

她脸上发青，而用急促的话说：

“菲力士，您不要发这些有一天可以妨碍您幸福的盟言。如果我做了这种自杀的原因，我要忧愁而死的。孩子，情场的失意不就是一种神召吗？请您等待着生活的实证来批判生活罢；我要您这样，我命令您这样。您不要和礼拜堂结婚，也不要和女人结婚，不要和任何的东西结婚，我禁止您。保持着您的自由罢。您现在二十一岁。您刚刚开始懂得应当如何的预备将来。天哪！我难道说错了您吗？不过，我相信两个月的时间是够得来认识一些人的灵魂的。”

“您所有的希望是什么呢?”我对她说，我的眼睛给她投去几道闪光。

“朋友，接受我的帮助罢，教养您自己罢，努力您的幸运罢，这样，您就要知道我的希望是什么了。最后一句话，”她似乎是漏泄一种秘密似的说:“绝不要放开您现在所拉的马德莲的手。”

她侧近我的耳朵，说了这些话，这可以证明她是如何的关心我的将来。

“马德莲?”我对她说，“绝不!”

这一句话把我们都投进一个满充着激动的寂寞中。我们的灵魂都被许多凌乱所侵蚀，在那里漾荡着。而留下许多永不磨灭的痕迹。我们看见一个木门，是通进佛拉柏斯罗的花园的，我似乎还看见这木门的两根毁坏了的根柱，上面满盖着攀爬的树木和青苔、细草和荆棘。

忽然的，在我的脑筋中好像射箭一样的浮出了一个思念:就是伯爵的死。我就对她说:

“我懂得您的意思。”

“这就好了，”她回答说，她的声调使我看出我所给她提示的思念是她所没有的。

她的贞洁给我吸出了一颗钦佩的眼泪，是自私的感情使其变成苦楚的。回想到我自己，我觉得她对于我的爱情还不够祝愿她的自由。当爱情在刑律之前退缩的时候，这爱情似乎是有界限的，然而真正的爱情应当是无穷的。我觉得心中有一个可怕的痉挛。

“她并不爱我。”我心里想。

为着不让她看出我内心的思念起见，我就吻着马德莲的头发。

“我怕您的母亲。”我对伯爵夫人这样说，重新继续我们的谈话。

“并且也怕我，”她用满充着稚气的态度回答我，“但是，您千万不要忘记叫她做公爵夫人，用第三身的称呼来跟她说话。现在的年青人都不知道这些礼节；您得重新用这些礼节，为着我而用这些礼节。况且，不论是什么年纪，尊敬妇女、认识清楚社会身份的不同，都是非常有味儿的！您对上层的人所施的敬重不就是可以保证下层的人对您所应施的敬重吗？在社会中，一切都是休戚相关的。罗维尔主教和杜尔宾·拉发埃尔以前是两个同样被人尊敬的有力者。您在中学里吃了一些革命的乳汁，您的政治意见也受了他的影响；但是，当您深入生活的时候，您就知道误解的自由原则对于造福人民是怎么样的不行。用勒农古尔家人的资格来说，在我想到君主制度是什么、应当是什么样子之前，我这乡下女人的感觉就告诉我说：没有阶层的分别，社会就不存在。您正是在生活中应当选择善良的时刻。您应当忠心于您本来的党派，”她笑着加上这一句话，“特别是当这党派胜利的时候。”

我很强烈的被这些话感动了。在这些话之中，政治的高见是隐存在感情的狂热之下的，这感情是给女人们一个强大的诱人的力量的；女人们都知道在最尖锐的推理之中加上感情的成分。当小亨利妹想要给伯爵的行为解释的时候，她似乎已预先见到当我第一次看到这些官场礼节的作用时，在我的灵魂中一定有许多的反射。莫尔梭夫先生是他的别宫中的君主，他有他的光荣的历史，他在我的眼睛里是很伟大的，然而我得承认我是简简单单的惊奇着他和公爵夫人之间的差别，至少是他那阿谀的态度。他是虚荣的奴隶，他只愿意服从最大的暴君；我觉得自己是太谦卑去看使我为爱情而全身发抖的人的低头。这种内心的跳动使我懂得女人所给的刑罚，女人的温柔的灵魂是和一个男人的灵魂相结合的，她们每天在这男人的灵魂中埋下许多的卑劣性质。尊敬是保障大人物和小人物之间的栏栅，在这两边大家都可以面对面的瞧着。

我在公爵夫人面前是很恭敬的，因为我的年纪轻；不过，在那里，其他的人是看出一位公爵夫人，我却只看出我的小亨利妹的母亲，而我的恭敬也是含有一种神圣的性质的。

我们走进了佛拉柏斯罗的大庭院，在那里我们找到了我们的同伴。莫尔梭夫伯爵非常客气的把我介绍给公爵夫人，公爵夫人却很冷淡而拘谨的细看我。勒农古尔夫人那时候是五十六岁的妇人，非常完全的保守着，而有许多大方的举止。当我看着她那深蓝的眼睛，她那螺纹的鬓角，她那瘠瘦而刻苦的脸孔，她那硬直的身材，她那珍贵的动作，她那带有褐色的白皮肤（这颜色是非常明显的表现在她女儿的皮肤上面）时，我就立刻认出了我母亲所由来的冷酷的种族，就好像一位矿物学家发现瑞典的铁一样。她所说的是旧日宫廷中的语言，她把 oit 的音念成 ait，把 froid 念成 frait、porteurs 念成 porteux。我既不是侍臣，也不是高傲的人；我的举动却非常的得体，甚至于当我们到礼拜堂去做晚祷的时候，伯爵夫人不得不朝着我的耳朵对我说：

“您真完全！”

伯爵走到我身边，拉着我的手，对我说：

“我们不是生了气吗？菲力士。如果我动了气，您应当原谅您的老朋友。我们也许留在这儿吃晚饭，星期四，公爵夫人动身的前夜，我们要请您来吃饭。我要到杜尔去办一些事。不要漠视克罗慈古尔特。我的丈母娘是您应当学习的模样。她的客厅有圣日耳曼行宫的客厅的气派。她有大家庭的习俗，她受过极高的教育，她认识全欧洲各等绅士的徽章。”

伯爵的好态度，也许可以说是他办理家事的天才，就在他的胜利的环境之中表现了出来。他既没有傲气，也没有讨厌的礼节，他并没有铺张，公爵夫人也没有臭架子。齐塞尔先生夫妇很感谢的接受了星期四晚饭的约请。我使公爵夫人欢心，她的眼光告诉我她是在细察她女儿对她说过的这么一个人。当我们做晚祷回来的时候，她问到我的家庭，又问我已经在外交界任职的王地尼斯是不是我的亲人。

“他是我的哥哥。”我对她说。

然后，她就对我表现出一半的情热。她告诉我我的舅母老李斯杜麦侯爵夫人是一个葛兰地刘家的小姐。她的态度是很有礼貌的，就好像莫尔梭夫先生第一次看见我时的神气。她的眼色并没有那些地上的君王使您测量出他们和您们之间的距离的那种傲贵的表情。我对于我的家庭差不多是什么也不知道的。公爵夫人告诉我我的一位舅祖，连我都不知道他的姓名的一位老教士，现在当了枢密院的顾问；我的哥哥升了级；还有，依据我还不知道的宪章的条文，我的父亲又恢复了王地尼斯侯爵的爵位。

“我只是一个东西，克罗慈古尔特的侏儒。”我轻声对伯爵夫人说。

复辟的棒喝是非常迅速的完成了，使帝国时代的儿童不禁发了呆。这种改革在我却不算一回事。莫尔梭夫夫人的一句话、她的一个举动，才算是使我觉得重要的事态。我不知道什么叫做枢密院，我一点儿也不知道什么是政治、什么是世事。我只有一个志愿，就是要爱小亨利妹，比柏特拉克爱罗尔还要厉害。这种无忧无虑的心境使公爵夫人把我当做孩子来看待。

佛拉柏斯罗的来客很多，我们一共是三十位来吃晚饭的。一个年青的人看见他所爱的女郎是一切女人中最美丽的一个，变成了许多含情的眼色的对象，同时又知道只有自己才配得来接受这贞洁的眼睛的秋波，相当的认识她的声音的一切音彩，从她那表面上看来是轻佻而调皮的话语中来寻找常定的思想，虽然在心中感觉到一种反抗人世的欢娱的妒嫉，他是怎么样的沉醉啊！伯爵很高兴能够做了许多人的注意的对象，他变得非常的年青；他的妻子希望他改变一些脾气；我呢，我就和马德莲打哈哈，这个和那些身体在灵魂的紧束之下变成虚弱的儿童一样的女孩子，她用一些奇怪的观察、富有没有恶意的诙谐精神的观察来使我发笑，但是这种诙谐却不伤害任何的人。这是一个非常快乐的日子。总而言之，早晨所诞生的希望已经使大自然变成明媚；看着我这样的快乐，小亨利妹也非常的愉快。

“在我灰色而多风波的生命之中居然有了这种幸福，这在他似乎是一桩好事。”第二天她对我说。

第二天，不用说我又到克罗慈古尔特来混了一天；我已经五天没有来了，我的生命是很干渴的。六点钟之后，伯爵就走了，他到杜尔去签订契约。

在母亲和女儿之中发生了一种严重的不同的意见。公爵夫人希望伯爵夫人跟她到巴黎去，在那里，她可以给她在宫中找到一个差事，在那里，伯爵可以恢复他从前所拒绝的，来当高等的官员。变成这么高兴的小亨利妹并不想在任何人面前，甚至于她的母亲面前，揭开她那可怕的苦痛，她也不想漏泄她丈夫的无能的秘密。为着使她的母亲不知道清楚她夫妇间的秘密，她把莫尔梭夫先生送到杜尔去和公证人们去争论。她已经说过，我是惟一知道克罗慈古尔特的秘密的人。因为经验告诉她，这山谷的新鲜的空气、青蓝的天空是如何的平静了精神上的烦扰和疾病的苦楚，克罗慈古尔特的居住对于她的儿女的健康有多大的影响，她就拒绝了公爵夫人所争论的动机，这位公爵夫人是非常尖刻的，她对于女儿的不完满的婚姻所觉到的抱撼是更甚于忧愁的。小亨利妹看出她的母亲不大关心约克和马德莲，这是多么可怕的发现啊！就和一切惯于运用压制婚前的女儿的专横来抑制嫁后的女儿的母亲一样，公爵夫人就施用了许多得不到任何回答的手段；有的时候，她就用富有诱惑性的友情，希望能够得到女儿对于她的见解的赞同；有的时候，她就用一种冷酷的态度，想要用恫吓来获得柔情所得不到的目的；然后，眼看着一切的努力都是无效的，她就展开了和我母亲一样的讽刺的精神。

十天之中，小亨利妹认识了一切争求独立的必要的反抗所给予妇女们的烦扰。您这位有最好的母亲的幸福的女人，您绝对懂不了这些事。为着使您明白在这位干燥、冷酷、有计算、有野心的女人和她那流动而永不干涸的清凉的德性的女儿之间的斗争起见，我得给您提到百合花，我的心曾不断的把她和百合花相比拟，这百合花现在是被那涂油的铜铁所制的机器碾碎了。

这位母亲从来没有和她的女儿同意过，她一点儿也猜想不出迫她女儿不去利用复辟的好处而继续她的孤独生活的真正的困难。她相信在她的女儿和我之间有什么轻浮的爱情。这是她用来表达她的狐疑的字眼，这字眼就在这两位女人之间开辟了永远不能填补的鸿沟。

虽然许多的家庭都是很小心的隐蔽着不可忍耐的纷争，如果您深入在那里的话，您就可以找到差不多一切的深伤都是不可救药的，而且要减低自然的情感；或者是找到由于性格的调协而永远维持着的真实的温和的情绪，这情绪可以使创伤无从灭迹的打击不再存在；或者是找到慢慢的冰冷的心田，永久干涸眼泪的隐存的仇恨。

过去是悲痛的，现在是忧伤的，受过一切的打击，甚至于这个苦楚的天使（他们既不是愿意于忍受不幸，也不是愿意给别人苦头吃）的打击，这个可怜的灵魂怎么能够不喜欢没有打击她的人，要给她围上三重有刺的园篱来阻止风波，阻止一切的接触，和一切的损伤的人呢？如果我对于这些争辩觉得苦痛的话，有时候我却觉得高兴能够感到她是投在我的心中，因为小亨利妹又把她的新苦痛告诉了我。我能够欣赏她在苦恼之中的沉静，和她所伸展的坚忍。我是一天比一天的更懂得清楚她这一句话："您要和我舅母爱我那样的爱我。"

"所以您是什么志愿也没有?"在吃饭的时候，公爵夫人板着脸孔对我说。

"太太，"我给她投去一道非常严肃的眼色，回答她说，"我觉得我有一种克制世界的力量；但是我只有二十一岁，而且我也只有一个人。"

她用惊讶的神色来看她的女儿，她相信把我留在她女儿的身边，她的女儿会消灭我的一切的雄心。勒农古尔公爵夫人在克罗慈古尔特的居留是整个的拘束时代。伯爵夫人劝我应当有礼貌，她很惊愕的听到一种柔和的言语；为着使她快乐起见，就得背负着虚伪的甲胄。伟大的星期四来了，这是一个满充着烦琐的礼节的日子，是习惯于日常的自由的阿谀、习惯于看见他们的坐位没有变动而能够占有家里的主妇的那些情人所讨厌的日子。爱情最讨厌一切不是属于它自己的东西。公爵夫人要去享受宫廷的荣华，而要使克罗慈古尔特的一切都是规规矩矩的。我和伯爵的小龃龉反而使我能够比过去更深入这家庭之中，我可以随便来，而不至于引起最小的疑惑，同时我的过去生活也使我能够和攀爬的植物一样的伸入美丽的灵魂之中，这灵魂是给我揭开了一个满充着共同的情感的迷人的世界。

每一点钟，从一刻到另外一刻，基础于信任之上的我们的友爱的结合是越来越变成和协的；我们每一个人都在我们的地位之中建立了起来：伯爵夫人把我包裹在保姆一般的爱护之中，慈母一般的爱情的白毡之内；而我的爱情，在她面前非常纯洁的爱情，却变成远离了她，涂上颜色，变得和红铁一样。我对于她的爱情是双重的，这爱情接连着射了成千的箭，飞入空中，而消失在穿不透的以太之内。

如果您问我为什么我这样年青而满充着强烈的欲望的人还是妄想着理想的爱情，我可以告诉您我还不够得算是大人来苦恼这位女人，我总是骇怕在她的孩子身上发生什么惨剧，我总是等待着她的丈夫发出一道闪电，一个气质的风波一般的变化；什么时候，受他打击的她不至于为约克或马德莲的疾病所苦恼；什么时候，她的丈夫能够让坐在他们之中的一个床头之上的她得到一点儿的休息。过度剧烈的语声震动了她的存在，一个欲望在攻击着她；她应当有一个遮隐的爱情，杂有柔情的力量，和一切她所要给他人的。还有，我要告诉您，告诉您这么好的一位女人，这情形可以带来快乐的疲劳、神圣的馨香的时刻，和随着不可言喻的杀戮而来的满意。她的良心是传染的，她那得不到世上报酬的忠实是固执的勉励着；这种热烈而隐蔽的信心是其他许多德性的连锁，就像精神上的香气一样的围绕着。而且我年纪很轻，相当的轻，可以让我把我整个的存在集中于她所允许我在她手上所实施的稀少的接吻上，她只愿意让我吻她的手背，从来不肯让我吻她的手心，也许在她看来这是性欲的界限的开端。如果两个灵魂不是更强烈的紧缩着的话，身体也不会更大胆的或更胜利的被制服。后来，我认识了这圆满幸福的原因。依我的年龄，任何的兴味都不能够消遣我的心，任何的志愿都不能够穿过这到处带着波涛的洪水一般的激动的情流。是的，我们后来爱女人只是爱她一个人；然而，在爱第一个女人的时候，我们是爱她的一切的：她的孩子就是我们的孩子，她的家就是我们的家，她的利益就是我们的利益，她的不幸就是我们最大的不幸；我们爱她的衣衫，我们爱她的用具；我们看见她的麦子被风偃倒是比知道自己丢了钱还要生气的；我们是等着要叱骂跟我们捣鬼不让我们在火炉旁边表现好奇心的客人的。这神圣的爱情使我们在另外一个人的身上生活，然而，真可叹息的，我们后来是把别人的生命拉到我们的身上，要女人用她的年青的感情来润湿我们那贫乏的机能。

不久，我就变成了家庭的一份子，我第一次表发了一种无穷的温情，这温情对于伤痛的灵魂就好像沐浴对于疲乏的身躯的作用一样；然后，灵魂的表面是整个的新鲜了，而其最深的皱纹中也受到了抚摸。您是一位女人，您不会懂得我，这是您所赐予而永远没有同样接受到的幸福。一个孤独的人才知道在别人的家庭中占据主妇、占据情感的秘密的中心的快乐；狗再也不在您后面狂吠，仆人和狗一样都认得您所携带的隐蔽的徽号；一点儿也不会虚假的孩子们，他们知道他们的份儿是缺不了的，您对于他们的生命是有恩惠的，他们有一种占卜的精神；他们是您的爱猫；他们占有特别留给他们所钦服或钦服他们的人的善意的苛虐；他们有精神上的谨慎，而且是无罪的同谋者；他们用脚尖走到您的身边，对您微笑，一声不响的走开了您。在您方面，一切都给您出力，一切都喜欢您，一切都给您嘻笑。真正的感情好像是美丽的花朵，产生花朵的土地越是瘦瘠，花朵就越显得好看。

但是，如果我变成这家庭的一份子，我在那里可以随我的心找到我的亲人，而得到愉快的权利的话，我也有我的代价。到此为止，莫尔梭夫先生总是我的障碍物；我只见到他的一大堆的错处，我渐渐的觉到他对于这错处的应用的全面，又觉到伯爵夫人对我描述他的日常的争执是怎么样的高贵而可悯。我认识了这个不能容忍的性格的各方面，我听到这些连续的无谓的吵闹，这些对于看不出任何证候的不幸的埋怨，这凋零生活的天生的不满，这要每年吞噬新的牺牲物的不断的暴虐的需求。当我们黄昏散步的时候，他自己带领着我们；但是，无论如何，他总是觉得很烦躁的；回来的时候，他就把自己的苦闷加在他人的肩上；原因只是因为他的妻子违反他的意思，把他带到她所要走的地方；他忘记了是他自己带领我们来，他就埋怨说他的生活最小的枝节都受到她的管束，埋怨说他自己一点儿自由的意志、自由的思想也没有，埋怨说他在家中是等于零。如果他的刻薄遇到寂静的忍耐的话，他就生气了，觉得这是他的权力的界限；他苦苦的问到底宗教是不是命令妻子去使丈夫欢心，轻蔑孩子们的父亲是不是应该的。他最后总是要在他的妻子身上拨动乐弦，等到他得到回响的时候，他就似乎对于这些空虚的统治权尝到了一种特殊的快乐。有的时候，他就摹拟出一种悲哀的沉默、一种撒娇的颓唐，使他的妻子顿时生惧。于是，他也就得到了他妻子的动情的看护。好像那些顽皮而不顾母亲的警戒的娇惯的孩子一样，他装着和约克跟马德莲一样的自爱，这两位孩子是他所妒忌的。最终，我发现无论是在大事或小事之中，伯爵对于仆人、儿女、妻子的态度都是和他在玩骰子时对我所有的态度一样。这些困难就好像葛一样阻塞而妨止了家庭的动作和呼吸，用细条而复杂的绳子来缚束这家庭的步伐，迟误了家运的兴旺，复杂化了最必要的行为。当我整个的看到这些困难的根源和枝叶的那一天，我有一种统治我的爱情的奇异的叹赏，而把它驱出我的心中。天哪，我是什么呢？我所吞饮的眼泪在我心中产生了狂醉，我觉得和这位女郎的的苦痛相联结是一种幸福。我已经在伯爵的横暴之前退缩，就好像走私的商贩付给赔款一样；从此之后，我自愿接受这霸王的打击，因而能够更接近小亨利妹。伯爵夫人猜透我的意思，她让我坐在她的身边，而允许我分担她的苦痛来补偿我，就好像从前悔改的背道者因为和他的兄弟争偷天上的藏宝而得到死在山谷中的恩赐一样。

“没有您，我就不能生活了。”一天晚上，当伯爵和热天的苍蝇一样的特别刺人、特别酸酷、特别反复无常的时候，小亨利妹这样对我说。

伯爵去睡了。我和小亨利妹，我们两个人在黄昏的一部分时间中停留在我们的槐树下；孩子们在我们的身边游戏，浸浴在落日的光辉之中。我们那稀少而太息的言语给我们表现出我们的共同的思想，这思想是让我们休息在共同的苦楚之中的地方。当语言缺乏的时候，寂寞就忠实的服务我们的灵魂，这灵魂是彼此互相渗透，没有任何的阻碍，用不着接吻来邀请的；两个灵魂都玩味着。一个昏迷的沉思都跑进了同一梦幻的波动中，都浸浴在河水之中，和最羡慕的结合在一起的两个仙女一样的鲜滴的出了河川，然而却并没有任何尘世的连系。我们一同走进无底的深渊，我们又跳出水面上，两手空空，大家都用一道眼色彼此询问："我们能够不能够在这些日子之中有这么一个完全属于我们的日子?"当情欲采集这些无根的花木时，为什么肉欲不出怨言呢?

虽然有这些给栏杆的砖块加上橙黄色的黄昏的萎靡的诗章，这种幽静，这种纯洁的橙黄的色调；虽然有这种给我们交通两位孩子的温美的音调而让我们安静的宗教的空气，一种欲望却回旋在我的血管之中，象征着一个快乐的热火。三个月之后，我开始不满意于我所已有的地位，我温存的抚摸着拥抱我的小亨利妹的手。小亨利妹又恢复了，而莫尔梭夫夫人缩回她的手；我的眼睛流出了一些眼泪，她看见这些眼泪就给我投来一道冷淡的眼光，而她的手放在我的唇间。

"您知道，"她对我说，"这要我赔去不少的眼泪；要求这样大恩爱的友谊是很危险的。"

我大声疾呼，我大加责难，我说到我的苦痛，说到她没有给我安慰来支持我的苦恼。我甚至于大胆的对她说，在我的年龄，如果一切感觉都是灵魂的话，灵魂也有一个色欲；我对她说我要死，但不是闭着嘴唇而死。她用骄傲的眼光看着我，使我沉默，不敢开口，我相信我曾在她的眼光里念到美洲土著领袖所说的这句话："我呢，我难道是在玫瑰花上面吗?"自从那一天在佛拉柏斯罗河前我对她有了这个错误的思想给我们的幸福开了一个坟墓之后，我很耻愧用这满充着粗野情欲的愿望来污沾她的灵魂。她说话了，用甜蜜的嘴唇对我说她不能够整个的属于我，叫我应当知道这一点。

当她说了这些话的时候，我懂得如果我不服从她的话，我就要在我们两人间挖了许多深坑。我低下了头。

她继续着说，认为她有宗教的保证，可以爱一个弟兄，而不违反上帝，而不妨碍男人；她认为去做成一个神圣的爱情的图像是很甜蜜的，这爱情，根据她的圣马丁，是世界的生命。如果我不能够像她的老忏悔师一样，够不上说是情人，比弟兄却要亲切，我们就不要谁再看谁。她宁可死去，带给上帝广大了的强烈的苦痛，不是没有眼泪和断肠来支持的苦痛。

“我不让您再得些什么，”她结束着说，“我是已经给了您超过我所应当给的；我是已经受了责罚了。”

我应当平静她，答应她永远不使她痛苦，把她当做二十岁来爱她，和老年人爱最小的儿子一样。

第二天，我一起早就来。在她的灰色客厅里，所有的花瓶中已经没有花了。我拼命的跑到田间、葡萄园中，给她找些鲜花，捆了两束；但是在一朵一朵的采集，割去花根，欣赏它们的当中，我想到这些花的颜色和枝叶是非常调和的，是一首可以在悟性之中发出光焰的迷人眼睛的诗章，就好像音调协和的句子能够在爱人和被爱的人心中引起成千的回忆一样。如果颜色是有机的光线的话，它难道不应当有一个感觉，和空气的结合所有的感觉一样吗？约克和马德莲帮着我，我们三个人都很高兴能够共同设谋给我们的亲爱的人一个惊愕，我就在最后的几个石阶上，我们的采花司令部中，捆成了两束鲜花，想要利用它们来描绘我的情绪。请您想象一下：一大堆的花朵动乱的跃出两个花瓶，和流苏一般的垂着，在这一大束花朵的中间突突的显出我的愿望所在的白玫瑰，银杯一般的百合花。在这鲜艳的原料之上光亮着矢车菊、玻璃草、紫罗兰和其他一切的蓝色花，它们的色彩衬着天色，非常和协的配着白色。这不是两种天真，一种什么也不知道，一种什么都知道，一种儿童的思想，一种殉道者的思想吗？

爱情是一个徽号，伯爵夫人却把它秘密的折破了。她给我投来一道刺人的眼光，好像是一个病人让人碰着创伤时所发出的喊叫：她又是觉得耻辱，又是觉得愉快。这一道眼光是给了我怎么样的一个补偿啊？使她高兴，使她的心地新鲜，这是怎么样的勇气啊！所以，我就发明了卡斯特尔神父所说的利用爱情的理论，又给她找到了在欧洲已经遗失去了的一种科学，在这科学之中，文笔之下的花朵是用馨香的颜色来代替用东方文学所描写的书页。用太阳的女儿，这爱情光下所开放的花朵的姐妹，来表露感觉，这是怎么样的迷人啊！我不久就和这田野的颖花产物非常的相得，就好像我后来在葛兰刘遇着的一个人和蜜蜂的相得一样。

居住在佛拉柏斯罗的最后的日子，我每星期两次开始实行这富有诗意的悠长的工作，为着完成这个工作，我就对于这些颖花的不同的种类做下一个必要的深刻的研究，不过我的态度不是完全植物学家的态度，而多半是诗人的态度，我多半是研究它们的精神，而不是它们的形式。为着到花朵的生产地去寻找花朵，我常常跑到极远的地方，溪涧的旁边、小谷之中、岩石之上、荒野之内，在树林和丛草之中去吸取思念。

在这些奔跑之中，我教给自己一些生活在默想之中的学者、忙于专门工作的农夫、老钉在城市之中的工匠和终日计算账目的商人所不认识的快乐，然而却是一些生活在森林之中的人、一些樵夫、一些梦幻的人所知道的。在自然界之中，有一些效力，它的意义是无穷的，它能够高举最大的道德的观念。有的时候是满开花朵的灌木，上面盖着润湿它的金刚钻一样的露珠，反映在太阳的光辉之下，这是一块装饰好了的广场，特别为着一个眼光去投视的。有的时候是围绕着毁坏的岩石的森林的一角，被沙地隔离着，穿上苔草的衣服，饰着野态的、伤人的、骇人的桧树，从那里透出了鹗鸟的叫声。有的时候是一块热酷的荒地，没有草木，满布石头，峻峭的斜坡，斜坡的地平线是和沙漠的地平线接连的，我在那里曾找到一朵高贵而独一的的鲜花，一朵带有紫色花瓣、金色层纹的白头翁；花是我的白色偶像的动人的形象，是山谷中独一无二的花朵。有的时候是一些广大的水沼，在这水沼上面，大自然也给它投来一些绿色的斑点，一种隔乎动物和植物之间的东西，在那里，几天之中生命就来了；在那里，草木和昆虫在浮荡着，就像以太之中的地球一样。有的时候是一个茅屋，兼着它那满种有白菜的菜园，它的葡萄园，它那悬在洼地上面的栅圈，这洼地的四周围绕着瘠瘦的裸麦园，生长着许多卑陋的生物。有的时候是一条悠长的森林的径路，好像是大教堂的中部一样，大树是圆柱，树枝是屋顶的穹窿，这径路的尽头有一块悠远的空地，在阴云的日子，或从树叶之中穿过的落日的红辉所影映的时候，就好像是画着歌鸟的花玻璃窗。还有，出了这新鲜而厚丛的树林之外，就有一个铅粉质的休耕的土地，在那里，饱食的水蛇在褐色而响亮的苔草上爬回它们的穴窟，仰着它们那幽雅的精致的头颈。投身在这个图像之中，或是和悦人的波浪那样流逝的阳光，或是和老人额头的皱纹一样的一堆灰色云彩的行列，或是略带橙黄色而渗杂着灰蓝色线条的天空的冷调，然后，您听，您就可以觉出在一个混合的寂寞中有一个不可言喻的协和。

在九月和十月的时候，我就没有采集过一束花而没有费去比三个钟头还要少的时间的，我尽量的用诗人的甘美的迷忘来欣赏这易逝的寓意，它给我描绘了人生的最相反的各方面，来欣赏这庄严的景象，在那里我现在要搜索我的回忆。现在我常常憧憬着这些伟大的景致，而联想到那时候笼罩在自然之上的灵魂。我还看见在那里散步着我的女君主，她那白色的长袍荡漾在萌蘖之中，流动在草地之上，她的思想好像是丰饶的果子一样，长在每一个满充着爱情的纤维的花蒂上。

任何的宣告，任何妄诞情感的证明都没有这些花朵的合奏曲那样的富于传染性，在那样，我那谎谬的欲求使我展开了贝多芬的乐调所表达出来的效力；深沉的回返自我，奇异的突入天空。看到这些花朵时，莫尔梭夫夫人就只能变成小亨利妹了。她不断的走到花前，她用它来自养，她从那里收取了我在那里所放下的思念；当她接收这些花朵的时候，她总在她的织毡机上仰起她的头说："天老爷，多么美丽啊！"

您可以懂得这个用花朵来传情的美妙的通信法，这就好像看了诗句您就可以懂得沙地一样。您有没有在五月的草地上闻过沉醉一切人类，使您在小艇之中不能不伸手试探水波，使您让风来吹您的头发，使您的思想和丛林一样的变成青绿的香气呢？一根小草，馨香的野禾，就是这隐蔽着的调和的一种最有力的根源。所以没有人能够把它留在身边而没有后患。如果您把这些光泽的花瓣放在花束之中，好像一件白绿相间的线条的袍子一样，消不尽的香气就要在您心坎的深处生出含苞的玫瑰，这玫瑰是在那里被贞洁所打粉碎的。请您想象在磁瓶的口颈四围有一道完全由杜尔兰葡萄园中所出产的白色瓦松花组成的边缘；请您想象愿望中所有的形状的空泛的图像，好像是一个屈服的奴隶蜷曲着一样。从这一层里头，显出了白色钟形牵牛花的螺线，一些玫瑰色蒺挟的小枝，渗杂着一些凤尾草、一些有光艳嫩叶的橡树的新芽；一切都向前伸展，谦卑的贴伏着，好像是垂柳一样；懦怯而恳求的形状，好像是在祈祷一样。在这上面，您可以看见分解的、开花的野麦，不断的摇荡着紫色的爱花，飞散着新嫩的花粉；您可以看见由田产野禾和水产野禾所堆成的十字塔，不结果的雀麦的绿色的发结，那些叫做“风麦”的野禾的细长的翎毛，青春的梦幻所满载的浅紫色的希望浮在灰色的麻树的根上，在那里，太阳的光辉围照着满开鲜花的野草。但是更高一点，已经有稀少的班加尔的玫瑰，在一大堆胡萝卜的花幕中，已经有棉草的花絮，“草地皇后”的纤毛，野生草黄莲的毛丝，满结果实的牡丹蔓的褐色的须鬓，白乳色十字花的毛絮，“千叶”的织房，玫瑰色和黑色的花朵上染着臭土的叶枝，葡萄的卷须，忍冬的细丝；一切有毛发、有裂痕、有枪刺、有锋芒、有枪形的尖碎的叶子，有灵魂深处缚束着的欲求一样的愁苦的树枝的野生植物。在这好像涌出爱情的长流之中突出了一朵伟大的红色的双莺粟，夹着将要裂开的果实，伸展着它那火焰一般的花蕊，盖在群星围布一般的茉莉花上，不断的散发着它的花粉，千千万万的发亮的细粒，反照在日光之下，在空气中结成了一个美丽的云彩！沉醉在草花的阿夫罗地斯香气中间的女人们，哪一个不会懂得这不能不有的放逸的思念，这不能抑制的动作所产生的白色的温柔，这百折不挠在茂盛的、不倦的、永远的情欲的斗争中要求不能实现的幸福的爱情的红色的欲求呢？请您在十字窗口的光亮中来说这句话，因而去指示这句话的新鲜的枝节、精致的对比、巧妙的曲折，因而去使受感动的女王那里看见一朵盛开的花朵，而堕下一点清泪；这位女王就几几乎要放弃了自己，要不是有一个天使或她的孩子的声音把她拉住的话，她就非堕下地狱不可。人类是用什么东西献给上帝呢？是用香气、烛火、歌唱和出自我们本性的最清洁的表情。好罢，这些明艳的花朵不断的在心中发出喃喃的乐调，而抚摸着隐蔽的情欲，不敢自认的奢望，朝开晚谢的幻象。一切人类所献给上帝的不就是在这些花朵之中献给了爱情吗？

这些中立的快乐是我们的一个援助，可以用来欺骗被爱的人的长思或深入形相的快乐的眼光所激动的性格。我不敢说在她，但是在我，这确好像是从裂隙喷出而留在不可穿透的闸里的水一样，常常防止一个不幸，作为人生的必需品的一种。节欲有许多致命的穷竭，是由天上所降落的一片一片的面屑，从但至沙哈拉的途中，上天所给旅行人降落的甘露来补救的。然而，看了这些花束，我常常奇怪的看着小亨利妹垂着手，埋在凶恶的梦境，思念胀满了她的胸脯，激发了她的额头，和波涛一样的来，喷出泡沫，胁迫着她，给她留下疲劳的痕迹。从此之后，我就没有给任何其他的人献过花束！当我们发明了这个秘密的语言之后，我们都非常的高兴，就好像一个骗了主人的奴隶一样。

在这一月最后的日子，当我在花园中奔跑的时候，有时候我看见她的形象黏在花玻璃窗之上；当我进来走到客厅的时候，我发现她是在织毡机之上。如果我并没有在指定的时刻回来的话，有的时候，她的白色形状就在土台上飘来飘去；而且当我惊愕的时候，她总对我说：

“我来到您的面前。我不是要给您这最后的孩子撒一点儿娇吗?”

残忍的骰子戏已经在伯爵和我之中停止了。他最近所获到的权利迫着他忙于奔波，忙于致谢，忙于审查，忙于立界，忙于测量，他忙于施发命令，忙于监视田工，因为这种工作是需要主人过目的，是他的妻子和他两个人所决定的。伯爵夫人和我两个人，我们常常走到新的土地上面去找他和他的两个孩子，这两个孩子一路上追着昆虫，飞生虫和葡萄虫，同时也采集花束，或者说得更正确一点，采集他们的花扎。跟一个所爱的人一同散步，给她伸出手臂，给她选择道路，这些无穷的快乐就够得生而无恨。彼此间的谈吐是非常的相得的！我们单独的走去，我们和将军一块儿回来，这将军是当伯爵没有脾气的时候我们所给他的一个温和的绰号。这两种走路的办法可以表现出两下相比时所看出的我们的快乐，只有两个不自由的心结合的时候才可以看出这相比的秘密。回来的时候，同样的值得庆祝的事，一个秋波，一个拉手，然而却是渗杂着不安的情绪的。去的时候那样自由的谈话，回来的时候，当我们之中的一个，在一刻的停留之后，找到一个回应秘密的询问的答复时，或在一个可以应用我们的语言，女人们所发明的这样巧妙的语言的暧昧的闲谈时，这谈话是有神秘的意义的。哪一个人，当他好像在精神离开群众而结合去反抗习俗的律法的那个不认识的环境中和别人相处时，没有尝过这个快乐的滋味呢？

有一天，我有一个立刻消灭的疯狂的希望。伯爵要知道我们所说的话的意义，小亨利妹用双关语去回答他，给他一个亏吃。这个天真的讽讥却使马德莲高兴，结果又使母亲脸红，她就用严厉的眼光来警告我她能够和从前收回她的手一样的从我这里收回她的灵魂，而继续的当一个无可责骂的妻子。但是纯粹精神上的结合却有许多的情趣，所以第二天我们又恢复了原来的情景。

时光是一点钟一点钟的，一天一天的，一星期一星期的流逝去了，然而是满充着苏生的幸福。收成葡萄的季候来了，这是杜尔兰的真正的节日。九月底的太阳是比收麦时的太阳来得温和的，使人喜欢留在田间而不骇怕热风和疲倦。收获葡萄是比割麦来得容易的。果子是完全成熟了。麦已经收成好了，面包是比较的便宜了，面包的丰富使生活幸福。最后，对于埋没金钱和血汗的田园的工作结果所起的恐惧也在丰满的仓廪和等着堆满的贮藏室之前消灭了。所以葡萄的收成可以说是收获大宴的饭后果品，杜尔兰的天空总是微笑的，杜尔兰的秋天总是伟大的。在这善于款待的国度里，收成葡萄的工人都是由主人来供给膳食的。这是这些贫苦的工人每年所能得到的惟一的滋养而美味的饭食，他们在那里，就好像族长社会家庭的小孩子们参加每年的大节日一样。所以他们就一大群的跑到人家的家里等着家主毫无吝啬的款待他们。家里是满堆着人和食品的。压榨葡萄的机器不断的开着。一切的一切都好像是制桶的工人、满载着嘻笑的女郎的送货车和一切拿到比平日还要多的薪水而高歌欢唱的人的动作。此外，还有其他的快乐的原因；阶级的分别是混乱了，妇女、儿童、主人和工人，一切的人都参加这同一的神仙的采集。

这些情景可以解释一代传下一代的欢乐，这欢乐是发生在每年的最后的日子中，它的回忆曾经灵感了拉伯莱去写出他那伟大的酒歌。约克和马德莲这两个孩子因为老是病，从来就没有参加过收成葡萄的工作；我和他们一样，他们有一种我也说不出的天真的愉快来参与大家的情感；他们的母亲答应陪着我们到那里去。我们就到维兰去，那里是制造本地篮子的地方，我们就定做了几个精致的；我们四个人是要收获一些特别留给我们的剪刀去剪的葡萄串，但是大家约定不要吃了太多的葡萄。在葡萄园里吃杜尔兰的大葡萄，这是多么美的事啊，人们可以轻蔑棹上所有的最好的葡萄。约克让我发誓不要到任何地方去看葡萄的收成，只给我留下克罗慈古尔特的篱园。这两个小小的人类，一向是多病的、惨白的，从没有比这天早上还新鲜，还发红，还活泼，还愉快过。他们为着穿衣服而穿衣服，走就走，跳就跳，回来就回来，没有任何表面上的理由；但是，就像其他的孩子一样，他们似乎是太有生气了。莫尔梭夫先生和莫尔梭夫夫人从来没有看见他们这样过。我也和他们一样的变成了孩子，也许比他们还要孩子气，因为我也希望我的收成。我们就在天气最好的时刻走到老葡萄园去，而在那里逗留了半天。我们竞争着，看着谁找到最美丽的葡萄，谁最快的采满篮子！这是葡萄根朝向这位母亲的来回的竞走，没

我们竞争着，看看谁找到最美丽的葡萄，谁最快的采满篮子！

有一颗葡萄不是采集着让她看的。她笑着，满充着青春的笑着，当我拿着篮子跟在她的女儿后面来的时候，我也学着马德莲的口气对她说："我的呢！妈妈？"

她回答我说：

"孩子，不要太兴奋了！"

然后，伸出手，在我的喉咙上和头发间摸来摸去，忽然轻轻的拍了一下我的颊部，对我加上一句话说：

"你浑身流汗！"

这是第一次我听到这种抚摸的声音，这种爱人们所说的"你"。我看着覆盖有红果、山查子和覆盆子的园篱；我听着孩子们的喊叫，我细看着一大阵收获葡萄的女工，满堆着木桶和背负着篮子的人们的送货车！……啊！我把一切都刻在我的记忆中，甚至于鲜艳而带笑的她站在下面的那棵阳伞一般的小杏树，然后我开始采集葡萄填满我的篮子。用可以使我的灵魂自由的轻慢有度的脚步，勉力的、冷静的、持重的把篮子中的果子倾倒在收成葡萄的木桶中。我尝到一种由于外力劳动所得到的不可磨灭的快乐，这劳动使生命入于轨道，使情流规则化，如果没有这机械的动作的话，这情流是等着要马上爆烧的。我知道纯一的劳动是含有多少的贤慧的，我也了解了修道院中的清规。

这是很久以来的第一次，伯爵并不惹厌，也不残暴。壮健的儿子，这白皙红润的将来的莫尔梭夫—勒农古尔公爵使他心中愉快。这是收获葡萄的最后的一天，将军答应晚上要在克罗慈古尔特前面特为布尔崩的复位而举行一个跳舞会，一切的人因此都觉得这头领是完全的人。回来的时候，伯爵夫人拉住我的手臂；她靠在我的身上，她的姿态似乎要使我的心感觉到她的心的整个的重量，这是要交通心中的快乐的一种母性的动作。她就在我的耳边说：

“您给我们带来幸福!”

实在的，在我这个知道她不能入睡的夜晚，她那由上帝的手支持着的枯干而疲劳的已往的生活的人，她的着重的语调所说出的这一句话实在是给我发展了世界上任何的女人都不能够给我的快乐的。

“我已经没有那样单调的不幸的日子了，生活已经由希望而变成美丽的。”她歇了一会儿，又对我说，“噢！不要离开我！不要辜负了我的纯洁的迷信！您应当做我们的哥哥，变成诸位兄弟的保护人的哥哥!”

这里，拿达里，并没有任何的浪漫：为着在那里去发现深切情感的无穷的领域，就应当于青春时代在人们所生活的大湖旁边投下测量锤。如果在一部分人看来，感情是两个干枯的河岸之中所流溢的火山喷石的话，难道没有另一部分的灵魂认为不能克制的困难所包含的感情曾把清洁的水倒满了火山的火口吗?

我们还有一个类似的纪念日。莫尔梭夫夫人要使她的儿女习惯于生活的琐事，而想使他们认识生财的苦痛的劳动；她就给他们分配了农事的收入：胡桃的收入是属于约克的，栗子的收入是属于马德莲的。几天之后，我们就去收成栗子和胡桃，去用长棍打落马德莲的栗子树的果实，去倾听果子堕在地上、栗子的皮壳在生长栗子树的瘦瘠的土地的无光而干涸的地面上跳跃，去看这小小的女孩子非常严重的考察果子的堆积，来计算栗子的价值，这在她是代表了没有人可以干涉的快乐，去看看小曼拿的称贺，这是唯一能够代替伯爵夫人来看孩子们的女仆，去看看收获最小的财富所需要的苦痛，这财富常常是因为气候的变迁而整个的损失的。这是童年的天真的喜庆在初秋的萧杀的颜色中显得悦人的一幕景象。马德莲有自己的仓库，我很愿意看着她的褐色的财宝紧凑着，去参与她的快乐。现在回想到每一个篮子的栗子倒在杂有泥土的黄色兽毛所制的仓底上所发出的声音，我还发抖着。伯爵拿了一些给家里人吃；收获工人，每一个住在克罗慈古尔特旁边的人都去替这“小小女郎”寻找购买的人，这“小小女郎”是乡下人甚至于赐给外来客人的友谊的绰号。不过在这里，好像是特别属于马德莲一个人的。

约克收成胡桃并没有那样的高兴，他哭了四天；但是我安慰他，劝他保留着胡桃，晚一点儿出售。齐塞尔先生告诉我，胡桃树在伯礼黑曼、安布罗瓦、芜勿利都不结实。胡桃油在杜尔兰有极大的用途。约克应当可以每棵胡桃树至少得到四十苏，他有二百棵胡桃树，所以他的总数一定是很可观的。他要自己买一副骑马的工具。他的欲求引起了一个共同的讨论，他的父亲使他考虑收入的不定性，考虑为坏年头没有好树木时而贮藏的必要，因而去得到一个平均的收入。我认出伯爵夫人的冷静的灵魂；她很快乐的看着约克听他父亲的话，幸亏她的高妙的扯谎，这位父亲恢复了一些他所缺乏的圣神的性格。当我给您描写这位女人的时候，我不是告诉过您世上的语言是不足以描绘她的面纹和她的才能吗？

当这一类的景象到来的时候，灵魂玩味着它们的甘味而没有加以分析；然而，后来在被激动的生活的暗淡的基底上，这种景象又是怎么样强烈的分散了去啊！就好像金刚钻一样，这些景象就如同镶有合金的思想的钻石那样的光亮着，这是镕化在消失去了的幸福的回忆之中的遗憾！为什么莫尔梭夫先生和莫尔索夫夫人所忙碌的这两块新买的土地，卡新和勒托利埃，比最美丽的圣地或希腊的地名还要感动了我呢？“谁爱，谁就这么说。”拉方登曾经这样的大声疾呼过。这些名字有请神时所用的隐蔽的符咒的性格，它们给我解释巫术，它们引起了忽然从酣睡中起来和我说话的形象，它们把我放在这个快乐的山谷中，它们造出了一个天空和许多山景；但是请神不是发生在精神的宗教世界中的事吗？

所以请您不要奇怪看着我对您说了这些熟识的景象。这个这样简单几乎可以说是共同的生活之中的最小的枝节，表面上看去是很微弱的，却都是把我紧凑的和伯爵夫人相结合的线索。

儿女的利益给莫尔梭夫夫人引起了他们的健康所引起的同样的苦恼。我渐渐的明白了她对我所说的关于家事的秘密的真相，我也慢慢的学会了一个政治家所应当知道的关于村野的事情。

十年的努力之后，伯爵夫人就改变了种植土地的办法；她实行了一种“四年一种法”，这是乡下人用来解释一种新方法的语词。根据这个方法，种地的人口只于四年之中种一次麦，使土地的生产每年都能增加。为着克服农夫的固执起见，就得废除阡陌，把他的土地分做四个大农场，都是“半作地”，这是杜尔兰及其附近的特殊的赁贷的契约。地主给好意的开垦者住处，开垦的地方和种子，而和他们分担种植的费用，分润种植的生产。这对分是由一个“收获人”来监视的，“收获人”是为地主拿取地主的一半利益的人。这是一个费事而复杂的制度，它的计算法是随时随着对分的性质而变化的。伯爵夫人曾使莫尔梭夫先生种了第五个的农场，是由克罗慈古尔特附近所保留的土地组合而成的，她一方面是要使他有事做，一方面要用事实的证明来给她的“半作佃农”指示新法的特点。她是指导种植的女主人，她慢慢的用妇女所有的忍耐来把她所有的大农场中的两个按照阿尔多瓦和佛兰德尔的农场的计划重建起来。

她的计划是很容易猜测的。当这半作地的期限满了之后，伯爵夫人总要从她的四个大农场之中建成两个非常优美的，把它们租给活动而聪明的人，来简单化克罗慈古尔特的收入。怕要死在别人之前，她想给伯爵留下容易看得见的收租，同时又给她的儿女留下任何不肖子都不会把它丢掉的财产。这时候，十年前所种植的果子树正好是在大量的生产。保证将来的园界的纠纷的篱笆也都长了起来。白杨树、榆树，一切都在欢迎之列。加上新的获得，引用新的开垦制度，分做四大农场的克罗慈古尔特的土地（其中有两个农场还在待建之中），不成问题的，可以出息一万六千佛郎的厄古，每一个农场出息四千佛郎；这还没有算到葡萄园，连接着的二百法亩的森林，和那个模范的农场。四个农场的道路都可以通到由克罗茨慈古尔特向右转入支农大道的大路。这条大路和杜尔之间的距离不过是五法里。她不至于缺乏佃农，尤其是在大家谈论伯爵所做的改良、她的成功和她改善土地的时候。在这两块新买的土地之中的每一块，她都想投入一万五千佛郎，把房子拆做两个大农场，因而能够在一年或两年的耕作之后更好的出租，在那里派了一个将要失业的名叫马丁奴的去当管理人，马丁奴是她的一位最好、最廉洁的收获人，因为四个半作地已经满了期，而把它们合成两个大农场出租现金的时刻已经到来了。

她这要花费三万几千佛郎的平常而复杂的计划是这时刻在她和伯爵之间的长期争论的目标。这是可怕的争吵，在这争吵之中，她的惟一背景就是她的两个孩子的利益。她的思念“如果我明天死了，他要变成什么样?”使她心跳。只有要求内心的安宁的绝不发怒的温和的灵魂才知道这争斗需要多少的气力，在斗争之前心中需要多少的血流，在战斗之后毫无所获的时候是是要如何的疲劳。

当她的儿女比较没有那么样的萎弱、那么样的衰瘦，比较更敏捷的时候（这是果子的季节所给他们生出的功效），当她用潮湿的眼睛跟随着他们的嬉戏，很高兴的看着他们加新力量、更新心灵的时候，这可怜的女人却受到了辱骂的争吵和对方的刺人的攻击。伯爵受了这些变动的惊愕，硬着头皮否认这些变动的好处和可能性。在结论的时候，他就回答说一个孩子所以能够这样完全是夏天的太阳的影响。伯爵夫人胜了他。善意战胜疯狂使她的疮疤平复，她忘记了她的伤痕。

这一天，她到卡新和勒多利埃去散步，要去决定如何的建筑。伯爵一个人在前头走，两个孩子也离开了我们，我们两个人是殿军，慢慢的跟着他们，因为她是用这样温和而低微的声调跟我说话，她的语句就好像海水碰在细沙上所起的微波的潺潺的声音一样。

她确信能成功，她告诉我。他要在杜尔和支农之间建立一个竞争，由一个活动的人，一个传信者，小曼拿的堂兄弟来经营的，这个人要在大道上有一个大农场。他的家庭人口很多：大儿子赶车，二儿子干输送；这位父亲是在大道上一个出租的中央的农场（拉柏莱）的，他能够在驿站上监视，同时能够好好的耕作，用他马厩中的粪土来给土地加肥料。第二个农场，保德，离开克罗慈古尔特只有两步路，这农场已经被他们的四个种植人之中的最廉洁、最聪明、最活动的一个租了去。卡新和勒多利埃是这地方的两块最好的土地；一旦农场建筑好，耕作完满就够得在杜尔夸耀。两年之内，克罗慈古尔特就可以得到八万佛郎左右的租金；莫尔梭夫先生所恢复的麦茵的农场，葛拉维罗特，刚刚被人以七千佛郎定下九年的租约；省防军司令官所给的恤金是四千佛郎；如果这些收入还算不得是财产的话，至少也可以使人的生活安闲；将来两年之后，当储贰的健康确定的时候，其他的改善也许可以让她有一天到巴黎去监督约克的教育。

她说到“巴黎”这个词时，是怎么样的战栗着啊！我知道这个计划的底细，她要尽最少的可能来离开她的朋友。听了她这句话之后，我是大大的激动了，我对她说她并不认识我，虽然没有告诉她，我已经阴下里想要日夜的工作，希望能够当约克的教师，因为我并不能忍受要在她的心中去知道一个年青人的这个思想。

听了这些话之后，她变成严厉了。

“不，菲力士，”她说，“这只能是您的神父。如果您要用一句话甚至于来刺激这位母亲的心坎的深处的话，女人却是太诚恳的爱您，不至于使您变成您的情热的牺牲品。一种不可救药的失体将是这种忠诚的牺牲，而且我也是毫无办法的！噢！不，但愿我不会无畏的为您痛悼！您，您这王地尼斯子爵，您当教师？您！您的高贵的箴言就是‘不出卖！’。如果您是李慈刘的话，您的生命就要永远被约束。您要给您的家庭做下极大的痛苦。朋友，您不知道一位女人，像我的母亲，会在保护的眼光之中藏着无礼，谈话之中藏着卑视，致敬之中藏着轻蔑。”

“呃！如果您爱我的话，人家能够对我怎么呢？”

她装着没有听见，继续对我说：

“虽然我的父亲对我非常好，我要求他什么，他都答应，然而，他不会宽恕您在世界中占住一个极坏的地位，他要拒绝保护您。我不愿意看着您当一个储贰的教师！您要接受社会，不要在生活中做下什么错误。朋友，这种无稽的所谓……”

“所谓爱情。”我轻声对她说。

“不，所谓慈善，”她说着，忍住她的眼泪，“这种疯狂的思想使我明白了您的性格；您的心肠要毁了您。从这一刻起，我要索求教导您一些东西的权利；让我这个女人的眼睛替您看一些东西。是的，在我的克罗慈古尔特的深处，我要冷静而愉快的帮助您的成功。至于当教师，好罢，请您不必说了，我们可以找到一位好好的老教士，耶稣会的老学者，我的父亲也愿意为孩子的教育而牺牲一笔款项，因为这孩子要带上他的姓氏。约克是我可以骄傲的地方。他只有十一岁，”她歇了一会儿，又说：“但是年纪在他就和年纪在您一样，看看您的样子，我只以为您是十三岁。”

我们走到了卡新，在那里，约克、马德莲和我跟着她就像小孩儿跟他们的母亲一样，但是我们却窘阻着她；我暂时撇开了她，走到果子园中去；那里，她的守卫大马丁奴和她的收获人小马丁奴正在研究树木是不是应当砍下；他们讨论这问题好像是他们自己的财产一样。于是，我就看出伯爵夫人是怎么样的受到人家的喜悦。我对一位脚踏在铲子上面肘子露在衣袖上面的可怜的零雇工人表示我的意见。

“啊！是的，先生，”他回答我说，“这是一位好太太，然而却并不和阿沙伊的一切的丑妇那样的骄傲。那些丑妇宁可看着我们和狗一样的受苦，而不愿意给我们在一丈沟渠上放下一苏的钱！这位太太离开这地方的那一天，圣母一定要为她痛哭，我们也不能例外。她知道她所应当给人的是多少，但是她也知道我们的苦痛，而关照我们。”

我是怎么样痛快的把我所有的一切的钱都送给这个人啊！

几天之后，约克有了一匹小马，他的父亲是一个极好的骑士，他要约克慢慢的从骑术中消除他的疲倦。约克有一副精致的骑士的衣服，是卖了胡桃换来的。他的父亲陪着他，教给他第一个功课的时候，马德莲惊愕的叫着，在约克所奔跑的草地上跳来跳去，这一个早晨在伯爵夫人看来，是她那做母亲的人的第一个大节。约克有一条他的母亲给他绣的颈圈，一件天蓝色的布料制成的小礼服，扎着一条漆皮的腰带，一条马裤和一顶苏格兰的无边帽，他那灰色的头发就从这帽边一卷一卷的露出：他的装束可以使人一看高兴。所以，一家的人都围在一起，来参加这家庭的庆祝会。年青的储贰跑来跑去，毫无畏惧的骑在马上，对他的母亲微笑。这个似乎是垂死的孩子所有的这第一个英雄的动作表现出了一个美丽的将来的希望，可以由这样美丽、这样悦目、这样新鲜的把他显露出来的骑术来保证的希望；这是多么甘美的补偿啊！回复年青的容貌而发出久未发过的第一个微笑的父亲的快乐，描绘在一切家人的眼睛上的幸福，新自杜尔回来的勒农古尔的老马夫的叫好，这位马夫看见孩子骑在鞍上的姿势，就对他说：

“好，子爵先生！”

这是太过了，莫尔梭夫夫人熔化在眼泪之中。她这样在痛苦之中保守平静的人觉得太软弱，不足以支持她的快乐；她在叹赏着她的儿子在这沙地上骑行，在这里，她先前常常带着他在太阳之下散步，为着他哭泣。这时刻，她就不悔疚的靠在我的手臂上，而对我说：

“我相信我并没有尝过任何的痛苦。今天不要离开我们。”

功课完毕了，约克投在他母亲的手臂中，他的母亲接纳他，用放荡的情欲一般的力量把他紧留在她的怀中，她的接吻、她的抚摸是没有终止的。我走去和马德莲一块儿去采集两束伟大的鲜花，为骑士的光荣来装饰桌子。当我们回到客厅的时候，伯爵夫人对我说：

“十月十五日一定要变成一个大日子。约克学了第一课的骑术，我也刚做了我的最后的一针。”

“好了，白姑娘，”伯爵笑着说，“我要您酬劳他。”

他给她献过他的手臂，把他引到第一个院子里，在那里，她看见她父亲送给她的四轮轻车，为着这个车，伯爵曾从英吉利买到两匹马，和勒农古尔公爵的马一起带来。老马夫当然就在教授骑术的时候已经在这第一个院子里预备好一切。我们驾着车去看大路的痕迹，这条路向左转可以从克罗慈古尔特引到支农大道，而最新近的获得也可以让人横断穿过新的土地。回来的时候，伯爵夫人用满充悲哀的神色对我说：

“我是太快乐了；在我方面，幸福就是一种疾病，它压着我，而我也只怕它会像梦一样的消灭去。”

我太重感情的爱她，我有嫉妒心，我不能给她什么东西！在我癫狂的时候，我就寻找一种为她而死的方法。她问我在我的眼睛里隐蔽着什么思想，我很率直的告诉她，这使她比接到其他一切的礼物时都还受感动，而当她引我走上石阶之后，她就在我的心里投上药膏，而在我的耳边对我说：

“和我舅母爱我那样的爱我，这不是要您把您的生命献给我吗？如果我接受了您的生命，这难道不要是我时时刻刻要还您的债吗？——这是完工我的刺绣的时候，”她进到客厅时这样继续的说；我在那里吻着她的手，好像要重温我的誓言。“您也许不知道，菲力士，为什么要我做这个悠长的工作？男人们在他们的生活职业中找到反抗忧愁的源泉，事业的动态可以消遣他们；但是，我们这些妇女，我们在心中没有任何反抗痛苦的支柱。当我看着这些忧郁的面形时，为着使我能够给我的儿女、我的丈夫微笑起见，我觉得有用身体的动作来管束痛苦的必要。这样一来，我就避免了跟随力量的耗费和激发的闪动之后而生的虚弱。在一定的时间之中举起我的手臂的动作给我哄出了我的思想，同时又给风波激发的灵魂交通了和平潮流的进退，因而使它的感情规则化。每一针都是我的秘密的知己，您懂得吗？好罢，在做我的最后的靠椅时，我太想到您了！是的，真的太想到您了，朋友。您放在您的花朵中间的一切，我，我都把它在我的图案上说了出来。”

晚饭是快乐的。约克和其他一切受人爱护的孩子一样，看见了我给他采集的花冠，就跳上来，抱住我的颈项。她的母亲为着我这不忠实和我赌了气；您猜想，这束被她嫉妒的花，亲爱的孩子是怎么样幸福的把它献给她啊！那天傍晚，我们三个人都在一起玩骰子，我一个人对敌莫尔梭夫夫妇，伯爵是非常得意的。最后，落日西沉的时候，他们就陪着我一直送到佛拉伯斯罗路上，这是一个平静的黄昏，协和的空气使人在情感的深处收复了活泼的时候所消失的情趣。

这是这位可怜的妇人的生命中所有的独一无二的日子，这是困难的时刻常常来抚摸她的回忆的光点。事实上，骑术的功课不久却变成了不和的题目。伯爵夫人很有理由的骇怕儿子的父亲对于他所施的严厉的叱咤。约克已经瘦了，他那蓝色的美丽的眼睛已经陷了进去；为着避免使他的母亲痛苦，他宁可暗地里伤痛。我给他找出了一个补救的药品，劝他当他的父亲发怒时就说是累了；但是这种治标的办法是不够的：适当的方法是叫老马夫去代替父亲，因为这父亲总是不肯平静的获取他的学生。叫唤和纷争又来了；伯爵在误认女人的性格中找到了他那不断的埋怨的经典；他每天向他妻子的鼻梁间投过了六十次的四轮轻车和马。

这一类事故之中的一个终于到来了，这一类的性格和这一类的疾病都喜欢在这些事故之中表现出来。建筑卡新和勒多利埃的费用是超过了预算的一半，这两个地方的墙和坏地板都崩塌了。一个工人不识相的走来告诉莫尔梭夫先生这消息，而不给伯爵夫人去报告。这是争吵的原因；这争吵的开端虽然是和平的，但是却一步一步的剧烈起来，好几天以来平静未发的伯爵的忧郁症却在可怜的小亨利妹身上来要求欠尾。

这一天，我吃过早饭，十点钟的时候离开了佛拉伯斯罗，要到克罗慈古尔特来跟马德莲一同采花。这孩子给我在砖台上带来了两个花瓶，我从花园中走到近郊，追逐着这样美丽然而是这样稀少的秋天的花朵。从最后一次的奔波回来的时候，我已经看不见那束着玫瑰色的腰带，穿着齿形的短军服的小小的中尉，我听见克罗慈古尔特有叫声。

“将军，”马德莲含泪告诉我，这个称呼是她怨恨她父亲时才说的，“将军大骂我们的母亲，请您去保卫她罢。”

我从梯阶上飞也似的跑上去，我来到了客厅，然而伯爵和他的妻子没有一个人给我致敬。听到了发狂的尖锐的叫声，我就去关了一切的门，再回来：我看见小亨利妹和她的袍子一样的发白。

“菲力士，千万不要结婚，”伯爵对我说：“女人都是受魔鬼的指使的；最有德性的女人也会发明出一些坏事，如果没有坏事的存在的话；一切的女人都是粗暴的牲畜。”

我就听到了没有头没有尾的理由。自负他以往的交涉，莫尔梭夫先生重复的说那些反对新制度的农夫的糊涂。他认为如果是他管理克罗慈古尔特的话，他一定要比现在富上一倍。

他一方面剧烈的侮慢的诅咒着，一方面发誓，从一个家具跑到另外一个家具，移动它们的地方，敲着它们；然后，在一句话当中，他忽然打断了，却说到他的骨髓在燃烧，或是说到他的脑筋跑走了，好像跑了钱一样。他的妻子毁了他。这不幸的人！他所有的三万多磅的地租，她已经把持去不只两万磅。公爵和公爵夫人的财产值得五万多佛郎的租金，是保留给约克的。伯爵夫人倨傲的微笑着，看着天空。

“是的，”他叫起来说，“白姑娘，您是我的刽子手，您杀死了我；我看您！……您要排脱我，您是一个假仁假义的怪物。她笑！菲力士，您知道她为什么笑吗?”

我保守缄默，低下我的头。

“这个女人，”他接着自己回答自己的问话，“她剥夺了我的一切幸福，她属于我并不在属于您之上，然而却冒充说是我的妻子！她带上我的姓氏，然而却不履行任何上天和人世的规律所给她定下的责任。她在人前扯谎，也在上帝面前胡说。她使我奔波，使我疲劳，因而能够让她一个人在家里；我使她不高兴，她恨我，而用一切的方法来装做一个少女；她用许多困难来使我发疯，因为一切都堆在我的脑筋里头；她用小火来杀我 ，而还自以为是一个圣女，每月都去领圣体。”

这时候，伯爵夫人却用热泪痛哭了，她屈服在这个人的卑劣的行为之下，只用一句话来做一切的回答：

“先生！……先生！……先生！……”

虽然伯爵的谈话使我为他脸上发红，就和为小亨利妹而发红一样；这些话语却强烈的激动了我的心坎，因为这些话语是回答遮盖初恋的贞洁的感情、细腻的情绪的。

“她是牺牲了我而做圣女的。”伯爵说。

听了这句话，伯爵夫人大叫一声：

“先生！……”

“您这高傲的‘先生’是什么呢？”他说，“我难道不是主子吗？难道还得告诉您这个吗？”

他朝着她奔去，给她冲过丑陋和白狼一般的头，因为他那黄色的眼睛有一种表情，使他好像是一个从树林中跳出来的饥饿的野兽一样。小亨利妹从靠椅上倒在地下，去接受这个没有到来的打击。她直直的躺在地板上，失去了知觉，整个的毁了。伯爵好像是感觉面上有牺牲者喷出的血的杀人犯一样，呆呆的站着。我把这可怜的妇人扶在我的臂中，伯爵让我扶住她，好像是觉得自己不值得去扶她一样；但是他却走在我的前头，给我开了连着客厅的那一间房子的门，这是一间神圣的房子，我从来没有进去过。我扶着伯爵夫人站，把她靠在我的一个手臂中一会儿，另外一只手臂抱住她的腰，莫尔梭夫先生排布了褪色的卧被，覆足被和床；然后，我们把她举起，非常舒适的偃卧着。当小亨利妹恢复她的知觉的时候，她用一种姿势请我们解开她的腰带；莫尔梭夫先生找到剪刀，整个的剪下，我使她呼吸些海盐，她睁开了眼睛。伯爵走了，耻辱更甚于痛苦。两个钟头就在这深沉的寂寞中过去了。小亨利妹的手放在我的手中，她压紧我的手，而说不出话来。她不时不时的仰起眼睛，用一个愿意平静无声的眼色来跟我说话；然后有一会儿的幽静，她用肘子靠着起来，而朝着我的耳朵说：

“这不幸的人！如果您知道……”

她又把头回放在枕头之上。以往的痛苦的回忆，加上现实的伤痛，使她变成暴躁，我也只能用爱情的磁石来温和她，这是我还没有用过的效力，我是不知不觉的本能的用它的。我是用非常温和的力量来支持她的：在这最后的纠纷中，她给我投来了许多使我落泪的眼光。当这些神经质的动作停止了之后，我给她整理了蓬乱的头发，这是我一生中惟一的一次所做的；然后我又拿着她的手，默默的细看着这褐灰色的房子，这挂着波斯帐的平凡的卧床，这放有古式梳妆台的棹子，这缝补过靠垫的卑陋的安乐椅。这地方就是一首诗！她这个人是有多少的华丽啊！她的华丽就是最美妙的贞洁。一个满充着神圣的谦逊而热心宗教的妇人的高贵的小室，在那里惟一的装饰品就是她的床上的基督苦像，在这苦像之上就是她姑母的肖像；然后，在圣水瓶的两边，就有她用铅笔所画的两个孩子的面像，和他们小时候的头发的样子。这是这位女人的多么隐逸的生活啊！她在这大世界中的出现可以使最美丽的女人失色。这就是这位大家女儿常常涕泣的地方，这就是这位这时候被苦水所湮没而拒绝安慰她的爱情的女人的化装室。秘密而无可救药的不幸！牺牲者为刽子手而流的眼泪和刽子手为牺牲者而洒的热泪。当孩子们和女仆进来的时候，我就出去了。伯爵等着我，他已经允许我来给他和他妻子当中间人；他拉住我的手，叫着对我说：

“不要走，不要走，菲力士！”

“对不起，”我对他说，“齐塞尔先生有客人，让他的客人来猜想我不在那边的动机是不大方便的；但是，吃完晚饭之后，我还要再来。”

他跟我一块儿出去，带我一直走到下面的门，而没有说出一句话，然后，他又陪着我走到佛拉柏斯罗，也不知道自己是做些什么。最后，在那儿，我对他说：

“看着上天的面子，伯爵先生，如果能够使她高兴，使她不再愁苦的话，您就让她管理您的家罢。”

“我活不了多少时候，”他用严厉的神色对我说，“她也不会为我苦痛多少时候了，我觉得我的头都炸了。”

然后他就在不自知的自私病的发作中离开了我。晚饭后，我又来打听莫尔梭夫夫人的消息，她已经好了些了。如果这些就是她的结婚的快乐，如果这同样的戏是常常的重演着，她怎么能够活下去呢？这是慢性的逃避责罚的杀人！这天晚上，我才懂得伯爵是用怎么样讨厌的拷问来刑罚他的妻子。这种争讼应当带到哪一种法院之前去审理呢？这些思想使我发傻，我也找不出什么话跟小亨利妹说；但是我却用整个的夜晚给她写信。我所给她写的三四封信之中，就剩下这一段冒头，这并不是我所满意的信，但是当我只能关心于她不能做别的事时，如果这一段似乎没有表达过任何的意见，或者说了太多关于我自己的事的话，它至少可以告诉您我的灵魂是什么样的状态：

给莫尔梭夫夫人的信

当我来的时候，我在路上曾经想到多少的事，是我没有告诉过您的，是我看见您时，就忘记了的！是的，在我看见到您之后，亲爱的小亨利妹，我就再也不能够使我的言语和您的心灵的反照相调和，这反照是长大了您的美丽的；然后，我就尽量在您身边努力一种无穷的幸福，使现实的情绪消除了以往的感觉。每一次我都产生了一个更广阔的生命，就像旅行家爬上一个大岩石之后，每一步都发现有新的地平线一样。在每一次新的谈话中，我不是在我的庞大的宝库中加上一个新的宝库吗？这，我相信，就是悠长的不能磨灭的亲密的秘诀。所以，我只能在离开您的时候跟您说话。在您的面前，我的眼睛就太发眩了；我就觉得太高兴，也就不询问我的幸福了；我就觉得太充满着您，而不再是我了；我就被您弄得口才太流利了，而说不到正经的话；我就觉得太热烈去把握现实，而来不及回忆我的以往。请您明白这永恒的疯狂，因而来宽恕我的错误。在您身边，我就只能发生许多的感觉，不能做其他的事。然而，我还敢告诉您，亲爱的小亨利妹，在您所给我的许多快乐之中，我就没有觉到一个比昨天当您在可怕的风波之中用超人的勇气和恶势力争斗之后，在这不幸的一幕发生的地方，在您那半明半暗的房子中又回来到我一个人身上的时候在我心中所充满的快乐更大的。只有我一个人知道当一个女人从死门走到活门时，她所发出的是怎么样的光辉，再生的曙光是如何的表现在她的额头之上。您的声音是如何的调和啊！语言，甚至于您所说的话，在我看来是如何的渺小啊，而在您那值得崇拜的声音之中我又空泛的感觉着以往的悲痛，渗杂着您给我最初的思想时所给我的神圣的安慰。我承认您是人类的壮丽的光彩；但是，昨天，我遇见了一个新的小亨利妹，将要属于我的小亨利妹，如果上帝愿意这样的话，昨天，我遇到了一个我也说不出来的存在物，这存在物并没有妨止我们那摇荡灵魂的火焰的肉体的障碍物。你的弱质是你的美丽的所在，你的衰瘦是你的威风的地方。昨天，我找到了比你的美丽还要美丽的事物，比你的声音还要温和的东西，比你的眼睛还要发亮的光线，不能用语言来形容的香气；昨天，你的灵魂是看得见的、摸得着的。啊！我很痛苦不能够给你打开我的心坎，使你在那里再生。最后，昨天，我消除了你所给我灵感的敬重的恐惧；这种消灭不是使我们接近了吗？然后，当这纠纷允许你吸入我们的空气时，我知道和你一块儿呼吸时什么叫做呼吸。只在一刻之中，有多少向天上发去的祈祷啊！如果我不是断了气，穿过穹苍，到上帝面前去请求他还把你让给我的话，我也不会因快乐或痛苦而死。这一刻给我留下许多埋在我的灵魂之中的回忆，这些回忆的重现总是要使我的眼睛潮湿的；每一个快乐要给它们加上痕迹，每一个伤痛要使它们更加深刻。是的，昨天我心灵中所激动的恐怖要变成我将来的一切的痛苦的比较的界限，就好像你所给我浪费的快乐和我的生命的可贵的永远的思念将要统治上帝的手所给我倾注的一切的快乐似的。你使我懂得神圣的爱情，这个强力而持久的爱情既不认识疑惑，也不认识妒忌。

一个深刻的悲哀侵蚀了我的灵魂，这种内心生活的景象在一个新近沾染社会情感的青春的心坎方面实在是惨痛的；一入人世就找到这个无底的深渊，这个死海。这些可怕的不幸的念业给我引起了无限的思虑，在我踏入人世的第一步，我就有一个庞大的地域，其他有关的景象和这相比较都不过是渺小而已。齐塞尔先生和齐塞尔夫人都从我的忧愁中判定我的爱情是不幸的，而我却有未尝用我的感情毁坏了我的伟大的小亨利妹的福气。

第二天，当我走进客厅的时候，她是一个人孤独的在那里；她拉着我的手，默默的看我一会儿，就对我说：

“所以，朋友都要这样的温存吗？”

她的眼睛变成潮湿了，她站了起来，然后用失望的恳求的腔调对我说：

“不要再给我这样写信了！”

莫尔梭夫先生是和气的。伯爵夫人又恢复了她的勇气和她那安静的额头；但是她的脸色显露出前夜的苦痛，这痛苦虽然是平静了，却并没有消灭。当我们傍晚在沙沙作响的秋天的枯干的树叶中散步的时候，她对我说：

“苦痛是无穷的，快乐是有限的。”

这句话又引起了她的伤感，当她把她那走去了的喜庆相比较的时候。

“不要咒骂人生，”我对她说，“您不了解爱情，爱情的愉快可以光照天空。”

“别说啦，”她说，“我什么也不想了解。格林兰的人要死在意大利！在您身边我是平静的、幸福的，我可以对您说我的一切的思想；不要毁坏了我对于您的信仰。您为什么没有牧师的德性和自由人的情趣呢?”

“您要使人吞下毒杯，”我对她说，一方面伸出手放在她的心上，她的心正在急切的响。

“又来啦!”她叫着说，一面缩回她的手，好像觉得什么剧烈的苦痛似的。“您可以不可以用您做朋友的手给我除去痛苦的快乐，给我阻止伤痕中所流出的血呢？不要再给我加上痛苦，您并不知道我的一切苦痛！最秘密的就是最难毁灭的。如果您是女人的话，您就懂得当一个骄傲的心灵成为注视的目标时（这注视一点儿好处也没有，然而‘人家’还以为可以补救一切），它是陷在怎么样的无味的悲哀当中。几天之中，我要被逢迎，‘人家’还要自己宽恕‘人家’所做的错事。然后我就能够得到最无理性的志愿的同意。我被这种谦卑、这些抚摸屈服了，然而这些抚摸当‘人家’自以为我什么都忘记了的那一天却要停止了。回报它主人的恩惠只用它的错处……”

“只用它的罪恶!”我兴奋的说。

“这不是一种丑恶的生存条件吗?”她说着，给我投来一个苦笑。“我也不知道如何运用这暂时的权力。这时候，我就好像是那些没有下手击杀堕在马下的敌人的骑士。看着地下我们所要尊敬的人，把他扶持起来而等着接受他的新的打击，看见他人的堕马比自己还要难受，觉得利用这暂时的优势，甚至于在功用的目的上，是不光荣的；耗费他的力量，在这不高尚的争斗中消耗灵魂的宝藏，只在人家接受到致命的伤创时占到优势！这还不如一死。如果我没有孩子的话，我就要跟着这生命之流走去；但是，没有我这没有人知道的勇气，他们要变成什么样子呢？我应当为他们而活着，无论生命是如何苦痛的。您跟我谈到爱情？……呃！朋友，请您想一想：如果我也和一切弱者一样让这个没有恻隐之心的人类有权利来轻蔑我，我要堕落在哪一个地狱之中呢？我绝不支援一个妄想！我的行为的纯洁可以使我产生力量。亲爱的孩子，道德有些神圣的水流，在这水流之中人们可以磨练，可以藉上帝的仁爱而苏生的跳了出来！”

“听罢，亲爱的小亨利妹，我在这里只有一星期的逗留了，我希望……”

“啊！您离开我们？……”她说着，打断了我的话。

“但是，我难道不要知道我父亲到底对我有什么决定吗？我差不多在这里三个月……”

“我并没有算过日子。”她用惊愕的放任的态度对我说。

她沉思了一会儿，又对我说：

“我们走罢，到佛拉柏斯罗去。”

她叫伯爵、她的儿女，又要了她的披巾；然后，一切都预备好，她就这样迟慢的、冷静的动作着，就好像是一位巴黎的女郎一样，我们就一群人都走到佛拉柏斯罗来访问，这访问本来不是伯爵夫人所应当有的。她勉力和齐塞尔夫人谈话，齐塞尔夫人非常的高兴，她的回答是非常冗长的。

伯爵和齐塞尔先生谈到他们的事情。我只怕莫尔梭夫先生要夸耀他的车马，然而他却有完全的趣味。他的邻居问他关于经营卡新和勒多利埃的情形。听到这个问题，我就看着伯爵，以为他一定不愿意讲到这个给他许多不幸的回忆、许多残暴的苦痛的题目，然而他却表示他是如何急切于改善这地方的农业，急切于建筑一些美丽而合于卫生的农场，最后他还很得意的把这些主意都归功于他的妻子。我红了脸，默默的端详着伯爵夫人。一个男人所缺乏的（这有的时候却是他所常显示的）细心，这幕凄惨的戏的忘却，对于他所剧烈反对的思想的适应，对于自己的自信，这一切的一切都使我惊呆。

当齐塞尔先生对他说："您相信能够挪回您所花费的本钱吗？"的时候，他就用肯定的姿态说："还不止呢！"

像这样的纠纷只能说是"发疯"。小亨利妹，这个天上的生物，是神采奕奕的。伯爵难道不是识相的男人、良善的理事人、超等的农学家吗？她很愉快的抚摸着约克的头发，为她自己快乐，为她的儿子兴奋！这是多么滑稽的喜剧，这是多么可笑的演戏！这把我吓坏了。后来，当许多社会的戏剧又在我面前开幕的时候，我曾看过多少的莫尔梭夫，只是没有这个莫尔梭夫的忠实，没有这个莫尔梭夫的敬虔而已！永远把一个天使投给一个疯子，把一个恶妇投给一个满充着诚恳诗意的爱情的男子，把伟大的女郎投给侏儒，把美丽而超越的女性投给丑夫，把地亚尔上校投给高贵的汝安那（您知道这位地亚尔在保尔都的故事），把达汝大投给保西恩夫人，把埃格尔孟投给他的妻子，把特斯巴尔侯爵夫人投给她的丈夫，到底是哪一种奇异而强烈的力量做下这些事呢？我告诉您，我曾长久的探求这个谜的意义。我曾搜索许多的神秘，我发现许多自然定律的理由，一些神圣的秘奥的意义，然而对于这一桩事我却一点儿也不知道，我是把它当做波罗门教徒所隐秘的印度骨牌的符号来研究的。在这里很明显的是恶神做了主宰，我也不敢责难上帝。无可救药的不幸，谁有兴趣来给您织上呢？小亨利妹和她的“无名的哲学家”是不是也有他们的道理呢？他们的神秘主义是不是含有人类的一般的意蕴呢？

我在这地方逗留的最后几天是落叶缤纷的秋天，乌云黑暗的日子，有的时候，杜尔兰的天空完全布满了秋云。这天空在这美丽的季节本来总是这样洁爽的、这样热暖的。我动身的前天，晚饭之前，莫尔梭夫夫人带我到土台上来。

“亲爱的菲力士，”冷静的在枯树之下走了一圈之后，她对我说，“您要到世界中去了，我要在精神上陪您去。那些尝过很多痛苦的人是很富有生活经验的；不要相信孤独的心灵对于这世界是一点儿也不知道的：他们在批判这世界。如果我应当为我的朋友而活着的话，我就不要使他在他的心中或在他的意识中有所不舒服；在斗争最紧张的时候，很不容易顾到一切的规律，让我给您一些母亲给儿子一般的教训。您走的那一天，亲爱的孩子，我要交给您一封长信，您可以在这一封信中找到我这一位女人对于世界、对于男人们、对于如何冲破这动乱的难关的方法所有的观念。答应我到巴黎之后才念这封信。我的恳求是我们这些女人的秘密，我们的幻象的情感的一种表现。我不信这是不能了解的，但是，我们也许要因其被了解而感到悲伤；请您留给我这些小径，这是女人喜欢独自一个人散步的地方。”

“我答应您这个。”我对她说，吻着她的双手。

“啊！”她说，“我还要请求给您给我定下一个誓约；但是您可以预先记住这一桩事。”

“噢！是的。”我对她说，还以为是要求我的忠心。

“这不关我，”她接着说苦笑的说，“菲力士，不要在任何的客厅中游玩；我不允许有任何的例外。”

“我绝不游玩。”我回答她说。

“好，”她说。“我给您找到利用您在游玩时所损失的时间的方法；您可以看出当别人迟早要损失的时候，您总是有所得的。”

“怎么得呢?”

“这封信要告诉您这个，”她用一种愉快的神气回答我，这神气给渗杂有祖父母的劝告的她的谏诤除去了严厉的性质。

伯爵夫人跟我谈了差不多一个钟头，她给我证明她对我的深情，而告诉我她是用如何的小心在这三个月之中来研究我；她进入了我的心坎的最后的皱纹，而要在那里黏贴她自己的心；她的音调是变化的、强有力的，她的话语是从一个母亲的嘴唇间落了下来的，而用语调和语词的内容来指示在我们之间已经有多少的联系给我们彼此结合着。

“您要知道，”她结束着说，“我是如何不安的跟着您在路上走，如果您一直走没有遇到阻碍的话，我是如何的快乐，如果您碰到三岔路口，我是如何的为您哭泣！相信我罢，我的感情是无比的；我的感情既是无心的，又是选定的。啊！我愿意看见您快乐、强旺、被人看重，因为您就好像是我的一个有生气的梦境一样。”

她使我哭了。她同时是温柔的，同时又是可畏的；她的情感是太大胆的要让人发现，这情感是太纯洁了，不能使一个变坏了的年青人有任何快乐的希望。把我的肉在她的心中扯得粉粉碎碎，她却给我灌注了神圣的爱情所有的不断而不灭的光辉，这光辉只能满足灵魂。她登得太高了，使我那吞噬她的肩膀的爱情所有的五花十色的翅膀不能够把我带到上面去；为着走近她，一个男人应当得有大天使的白色的翅膀。

“在一切的事物之中，”我对她说，“我都要想一想：‘我的小亨利妹要怎么说呢?’”

“好，我要变成天星和教堂。”她说着，引了我童年的梦幻的典故，想方法要我实现这梦幻来消除我的欲望。

“你是我的宗教，我的光辉，您是一切！”我叫了起来。

“不，”她回答说，“我只能是您的快乐的源泉。”

她叹息着，给我投来一道从隐痛中发出来的微笑，这是奴隶反抗的时刻所有的微笑。从这一天起，她不但是心爱的人，而且是最心爱的人；她在我心中不是像一个欲求占一地位，而用献身和过度的快乐在这心中来铭刻的女人；不，她有了这整个的心，而且是筋肉运动的一个必要的东西；她变成了佛罗兰斯诗人的柏亚特里克斯，威尼斯诗人的无玷的罗尔，伟大思想的来源，危难时定夺主见的无形的主宰，将来的支撑，照耀黑暗的光线，就好像是阴黑的树叶中所有的这朵百合花一样。是的，她指示了这些最高的决心，可以从火灾中切断火路，可以从灭亡中复兴事物；她给了我这个恒定的决心，可以使我到高里凝去克服战胜者，去从失败中苏生，去使最勇敢的争斗者疲倦。

第二天，在佛拉柏斯罗吃过早饭，和喜欢我的爱情的自私主义的主人告别之后，我就到克罗慈古尔特来。莫尔梭夫先生和莫尔梭夫夫人提议送我到杜尔，那天晚上我就得从杜尔到巴黎去。一路上，伯爵夫人是非常感慨的沉静着；最初她说是头疼，后来她因为这个扯谎就红了脸，忽然掩饰着说她不能够毫无遗憾的看着我走。伯爵请我当齐塞尔夫妇不在而我愿意再来观看安德河畔的山谷的时候，再来他家里住。我们很英雄的离别了，没有看得见的眼泪；但是，正如一些病态的孩子一样，约克有一种感觉的动作，使他流了泪，而马德莲也已经像大妇人一样，拉着她母亲的手。

“亲爱的小宝贝！”伯爵夫人说着，动情的吻着约克。

当我一个人在杜尔的时候，晚饭之后，年青时代所有的一种说不出的疯狂打击了我。我租了一匹马，用五刻钟的时间走过了杜尔和彭德卢安之间的距离。在那里，因为害臊，不敢表现我的癫狂，我就在路上步行的跑，像一个侦探一样，用了豺狼一般的脚步，走到了土台的底下。伯爵夫人不在那里，我想象她在苦恼；我身边留有小门的钥匙，我进去了；这时刻，她正和她的两个孩子走下了石阶，悲惨而缓慢的，在沉落的太阳之前来呼吸这山景上所浸染的悲哀。

“妈妈，菲力士在这儿！”马德莲说。

“对的，是我，”我在她的耳边说，“我自己问过自己为什么当我还很容易看见您的时候还要在杜尔。为什么不来完成一星期之后我所无法实现的欲求？”

“他不离开我们了，妈妈！”约克叫着说，跳了好几回。

“不要作声！”马德莲说，“你要把将军拉到这儿来。”

“这不对，”小亨利妹埋怨着说，“这是什么疯狂！”

她说着，声泪俱下，这是人们可以称为“爱情的高利贷”的怎么样的代价啊！

“我忘记了还您这把钥匙。”我微笑着对她说。

“那末，您就不再来了吗？”她说。

“我们彼此离别吗？”我问着，给她投去一道眼色，使她低下了睫毛，去隐蔽她的缄默的回答。

几刻钟生活在愉快的灵魂的发痴之中（灵魂到此就结束了激奋，开始了疯狂的发呆），然后我就走了。我的步伐非常的慢，一边走着，一边不断的回顾。当我走到高原的顶上来给这山谷做了最后一次的端详时，它使我感觉到和我来时相比较大不相同：那时候它不是发绿得、发焰得和我的欲求、我的希望同样的发绿、同样的发焰吗？现在堕在一个家庭的黯淡的悲哀的神秘里，分担了一个基督徒尼奥比的忧愁，和他一样的悲伤，灵魂愁闷，我觉得此时的山谷正和我的思念一般的色调。这时刻，田野是光赤赤的，白杨树的树叶脱落了，那些还留在树上的是铁锈一般的颜色；葡萄藤都被烧坏了，森林的上部显出沉重的茶褐色，这颜色是前时的帝王采为服装的，把代表权力的深红遮蔽在代表悲伤的棕色之下。这山谷总是和我的思想相调和，在那里，冷淡的太阳的黄色的光芒渐渐的消失着，仍旧给我代表了灵魂的活泼的图像。

离开一位爱慕的女人，这是一个可怕的或是一个简单的情景，视情形如何而定；我，我忽然觉得好像是在一个连语言都不懂得的异国里。我什么也不懂，看着事物，感觉不出它们和我的灵魂有什么结着的地方。然而，我的爱情的篇幅却发展着，我的亲爱的小亨利妹却耸立在这沙漠之中；在这里，我是专门依赖于我对于她的回忆而生存的。她是这么样一个被人崇拜的宗教的形象，我不得不决定在我的秘密的神明之前保留我的洁净，而理想的穿上白色的大衣，来效法只于完全穿白色衣服的时候才去看诺夫·罗尔的那位柏特拉克。

我是用哪一种的忍耐来等待着回到父亲家里的第一夜，能够念这封信的一夜啊！我在旅途中摸触着这封信就好像一个守财虏探索他那不能不带在身边的钞票的总数一样。那天夜里，我吻着表现小亨利妹意志的那封信纸，我应当在这里重新得到从我手中逃走去的神秘的发散，她那尖锐的音调就从这封信上挺进了我那深思的悟性。我再也没有跟这第一封信一样的念过其他的信。我是在床上万籁无声中念的。我不知道人们可以用什么其他的方法来念这爱人所写的一封信；然而，却有一些不配得让人爱慕的男人就在日常忙碌的生活之中念着这一类的信，用可恶的平静的态度，忽而拿开，忽而取来重读。

拿达里，这就是忽然回响在深夜的寂寞之中的极可敬重的声音，这就是在我走到十字街头给我指示正当的路途的超越的标识。

我再也没有跟这第一封信一样的念过其他的信。我是在床上万籁无声中念的。

莫尔梭夫伯爵夫人给王地尼斯·菲力士子爵先生的信

朋友，能够搜集我那散乱的经验把它传给您，使您武装起来，去反抗您所应当细心经历的人世的危险，这是多么高兴的事啊！这几天夜里，我非常关心于您，我也从这里感觉到上天所允许的母性情热所得到的快乐。当我一句一句的写这封信，预先想到您的将来的生活时，我不时不时的走到我的窗前。看见那月光照耀下的佛拉柏斯罗的护楼，我常常对我自己说：‘他睡了，我要唤醒他！’这些动人的感觉使我回忆了生活的最初的幸福，就是当我默视着熟睡在摇篮中的约克，等着醒来给他哺乳时的情景。您不是在学校中受尽苦痛而得不到训诫的抚育，需要灵魂的强化，而我们这些妇女刚刚好有权利给您训诫的一个‘孩子一般的大人’吗？这些训诫可以影响您的成功，它们可以准备、可以巩固这些成功。这难道不是可以产生一个给男人的动作带来必要的生活的系统的精神上的母爱吗？这难道不是孩子所了解的母爱吗？亲爱的菲力士，虽然我也会在这里做些错误，我总请您让我在您的友谊上印下神圣的大公无私的态度；把您安放在人世之间，这不就是抛弃了您吗？但是我太爱您了，我应当为着您那美丽的将来而牺牲我的享乐。差不多要四个月了，您曾使我奇异的思考过统治这时代的规律和习尚。您所知道而要替代的那一段我和我的舅母的谈话；莫尔梭夫先生所给我叙述的他的生活的波折；熟识宫廷生活的我的父亲的言语；其他大大小小的事故；这一切的一切都为着我的养子的利益而出现在我的记忆之中；这个养子，我看他差不多是要单枪匹马的冲进人类的社会之中，将要跑进一个国度里，而没有人教导他；在这国度中有多少的人都是因为轻率的施展他们的良善的性格而失败了，然而又有多少的人因为知道利用他们的恶性而得到成功。

第一，先请您想一想我对于整个社会的一般的正确的意见，因为跟您说话，几句话也就够了。我不知道到底社会是有神意的来源，还是人类的发明，我也不知道社会要朝着哪一个方向转动；我所知道清楚的就是社会的存在；自从您接受这社会之后，您就不能够躲避它而生活，您就应当承认它的基本条件是善良；明天您就要和社会签订一个契约。今日社会之利用人类是不是要在他之造福人类之上呢？我相信是这样的；人类在社会上所有的责任是在他所有的利益之上的，他给他所获得的利益所付出的代价未免太昂贵了，但是这些问题是社会立法者所注意的，不是个人所关心的。依我看来，您应当服从一切的一般规律，用不着讨论它到底对于您的利益有无损害。这条原则虽然很简单，应用起来却不容易；它就好像是树液之渗透最细的毛管，使树木茂盛，保持常青，艳发花朵，果实硕大，不得不令人起了一般的叹赏。亲爱的，规律并不是都写在书本上的，风俗习惯也可以创造规律，最重要的规律往往没有人知道，没有教授，没有论著，没有学校可以教导这管束您的行为、您的言论、您的外面的生活，您进入人世或经营幸运的方法的规律。破坏这些秘密的规律就是要停留在社会的深底，而不是去统治社会。即使这封反复申说和您的思想相合的意见的信未免太牢骚，也请您无妨让我给您叙述我这位女人的政治思想。

牺牲一切他人，谋求个人幸福，用这个论调来解释社会，这是该死的理论。这理论所引申出来的严格的演绎要使人相信用只要没有让法律、社会或个人看到他的损害，都可以应用秘密的方法，都可以任意获取。依据这个宪章，机巧的盗窃就是无罪的，没有让人知道而没有尽责任的女人就是快乐的、贤慧的；杀害一个人而不让法院有任何的证据，如果你就这样的取得了马克柏特的王冠，您就算是做得巧；您的利益就变成了最高的法律，问题只是在于如何转移风俗习惯和法律而把它们放在您和您的满足之间，而没有留下任何的证据。所以在观察社会的人看来，朋友，所谓幸福只是获取百万的赌金或是坐监狱，获取政治上的地位或是不名誉的一种赌博行为。并且，绿色的桌毡还不够让一切的赌徒来玩耍，于是就得有一种天才的力量来计划一个抢夺。我不是对您说些宗教的信仰，也不是说些情感；我所说的只是金制的机器和铁制的机器的转动，和人们所关心的这些转动所生的立刻的结果。我的心爱的孩子，如果您也同意我这种关于罪犯的理论的厌恨的话，在您的眼前，我们就只能够用责任的理论来解释社会，这是一切神圣的悟性所了解的。是的，你们大家彼此之间都有许多不同的责任。依我看来，公爵和世卿对于工匠或穷人所应有的责任是远在工匠和穷人对于公爵和世卿所应有的责任之上。根据这个原则，契约所订立的责任是随着社会贡献给个人的利益而增大的，这在政治方面就和商业方面一样，实施的重心到处都是以利益的大小为标准的。每一个人都有清还责任的方法。当我们的勒多利埃的可怜的工人在疲劳的工作之后回去睡觉的时候，您相信他没有尽了他的责任吗？不成问题的，他所尽的责任比那些高居显位的人所尽的还要完全得多。在考虑用您的智力和机能来调和的占据社会的一个地位当中，您就得有这个信条来做您的原动力：不要允许任何违反个人良心或群众良心的事情。虽然我这样的坚持在您看来也许是肤浅的，但是我恳求您，是的，您的小亨利妹恳求您好好的衡量这两句话的意义。在表面上看来虽然很简单，亲爱的，它却可以指示出：要获得您的幸运，最靠得住而最迅速的工具就是正直、名誉、忠实和礼让。在这自私的世界中，一大堆的人都要告诉您人类不是用情感来开辟道路，过度的道德的考虑要延迟他的步骤；您要看到许多没有受过善良教育的人，许多误学而不能够鉴识将来的人是如何的用冷酷的态度来对待下人，用无礼的态度来对待一位年老的妇女，拒绝和几个善良的老翁来往，给他们打麻烦，说他们一点儿没有任何的用处；再过一些时候，您就可以看见这些人悬挂在他们所未曾弄钝的芒刺之上，什么幸运也没有；可是早就习会这个责任论的人总不会碰到任何的障碍；也许他的成功并不是那么迅速的，然而他的幸运却是坚固的，当别人倒运的时候，他还可以保留着！

这个理论的应用第一要注视礼貌的举止。当我告诉您这句话的时候，也许您要觉得我的法学有点内宫法学的气味，我的教言是我在勒农古尔家里学到的。噢，朋友！我非常重视这个表面上看来似乎是这么渺小的教导。大家庭的习惯是必要的，和您所有的广博的知识一样的必要；这些习惯常常可以补足知识。有些人事实上是无知的，只因为赋有自然的精神，惯于实行他的思想，他也可以吓退要人，做个伟人。我曾好好的研究过您，菲力士，看看您在学校里所得到的教育是否使您腐化。只有上帝知道我是如何快乐的发现您可以获得您所缺少的一点点！在许多传统教养的人身上，礼貌举止只是纯粹外表的；因为幽雅的礼貌、美丽的态度是从心中或个人的自尊的感觉中来的，所以，虽然有教育，有的贵族也有丑恶的音调，有的乡下的绅士却自然的有他的趣味，并且用不着多少次的学习，用不着有左道的模仿，他们就可以有超越的举止。请您相信我这绝对不要离开这山谷的女人的这高贵的声调，在她的言语、姿态、服装，她那和不可抵抗的动人的诗章一般的房屋中间所印上的这个可爱的单纯性；请您判断她从心中取出源泉时能有多少的力量！亲爱的孩子，礼貌就是在他人之前忘记自己；有些人的礼貌是一种社会的矫饰，当过度冷淡的利益在耳边显示的时候，这矫饰就自相矛盾了；一个伟人于是乎就变成了一个卑贱的人。但是，我要您这样，菲力士，真正的礼貌包含有基督的思想；它和慈善的花朵一样，要真正的忘记了自己。在您回忆小亨利妹的时候，请您不要变成一个没有水的喷泉，您要同时有精神，又有形式！不要怕当一个有社会道德而被人欺骗的人，您迟早可以收获到许多似乎是掉在风中的果实。从前我父亲曾经特别的说过，一个最伤人的被误会的礼貌就是妄加允诺。如果有人请求您做一桩您所不能做的事，您就干干脆脆的拒绝他，不要让他有任何的空望；然后在立刻答应您所要允许的东西：于是，您就可以得到人家对于您的两种感谢，感谢您的拒绝，感谢您的恩惠；您就可以得到揭扬性格的双重的忠实。我不知道人家到底是否宁可从我们身上得到一个惬意的情分，而不愿意得到一个空虚的希望。朋友，因为这些琐事都属于我的职权之内，我也能够着重我认为是我所知道的事物，我请您特别不要太自信、太自暴自弃、太急躁，这是三个暗礁！过度的自信要减低尊敬，自暴自弃要使人轻蔑，努力要使我们特别出色的开辟我们的天下。亲爱的孩子，在您的生活中，您也只能有两三个朋友，您的整个信任就是他们的幸运；把这信任分给很多的人，这不就是出卖他们吗？如果您跟一部分人比别人来得特别亲密的话，您应当特别的自己小心，应当随时的谨慎，好像有一天他要变成您的竞争者、您的对手、您的敌人那样的提防他；生活的偶发会使他变成这样的。您得保守一种不太冷酷也不太热烈的态度，您应当知道寻找一个可以憩息而不至于失败的中庸之道。是的，您得相信风雅的男人是远离菲冷特的懈怠的淫乐的，同时又是远离阿尔西斯特的硬涩的德性的。喜剧诗人的天才是在高尚的观众所把握的真实环境的指示中发出他的光辉；真的，一切的人之倾向于可笑的德性的行为，是在其倾向于假装仁慈的被轻蔑的君王之上的；但是他们终久懂得彼此防范。至于自暴自弃，如果它能够使一些幼稚的人说您是一个可爱的人的话，一些惯于测量、惯于估计人类才能的人却要从这里推想出您的毁灭，您也要立刻被人轻蔑，因为自暴自弃是弱者的柔弱的源泉。不幸得很，社会要轻蔑弱者，因为在社会看来一切的人都是他的一份子；从另外的一个观点来看，这也许是有道理的，自然界要给不完全的生物宣判死刑。所以，女人的动情的卫护是从反抗盲目的力量、用心智来战胜物质的暴虐而得到的快乐所产生出来的。但是社会，这个和继母一般的社会却喜悦吹牛拍马的孩子。至于努力，这是青年时代的第一个最高的错误，青年人以为能够满意的发展他的力量，因此他也就开始变成了一个容易被人欺骗的人了；然而您得要为您那被分摊的情感而保守他，您得为您的女人、您的上帝而保守他。不要跑到世界的繁盛的市场去，也不要做财富的投机，而只换得小小的玻璃品。当一种声音恳求您不要无谓的浪费您自己的时候，您应当相信这句话，因为，不幸得很，人类是以您的功效来估计您，没有计算您的真价值。用一个铭在您那诗意的精神上的图像来作比喻罢，数目字有一个不可测量的伟大的范围，然而尽管是用金来涂，或是用铅笔来写，它终久也不外是一个数目字而已。正如现代一个人所说的：“绝不要努力！”努力使人容易受骗，努力的结果是误算；您永远也找不到在您上面有什么和您的激奋相调和的热情：君王正如女人一样，他们相信一切都应该为他们而有。不论这原则是如何的悲惨，然而它却一点儿也不使灵魂黯淡。把您的纯粹的情感安放在不能到达的地方，在那里，人们要动情的崇拜感情的花朵；在那里，艺术家要狂爱的梦幻着他的杰作。朋友，责任并不是情感。尽人所应尽的责任并不是做人所喜欢的事。一个男人应当沉毅的为国家而死，也能够很幸福的为一个女人而牺牲他的生命。礼貌科学中最重要的一个规则就是应当如何对付您自己。请您每天很滑稽的对那些知识简单的人谈到您自己；对他们说到您的苦痛、您的快乐、您的事业，您就可以看出他们对您是漠不相关的；然后，如果家中的主妇不是很礼貌的打断您的话，讨厌的事情就要随之而来，每一个人都要在巧妙的借口之下溜走了。但是，如果您要在身边集结一切的同情，让人家看做一个可爱而有精神的人，在商业中得到成功的话，您就得谈到他们的一切，想方法把他们抬在台上，甚至于给他们提出了一些似乎不能和解的问题；大家的额头就有生气了，大家的嘴唇就要向您微笑，当您走开的时候，每一个人也都要称颂您。您的良心和心坎的声音可以告诉您，什么地方是懈怠的谄媚的开端，什么地方是幽雅的谈话的终点。还有一句关于当众说话的问题。朋友，年青的人总有太快下断语的倾向，这使他得到荣誉，也使他失败；就是因为这个道理，古代的教育都给年青人加上一个学科，使他们在大人物身边实习，研究生活；因为古代的贵族正如工艺一样有学徒的制度，有奉献给师长的教科书。现今时代，年青人有一种热烈的简易的学科，从酸性开始，使他对于行为、思想、著作都用严厉的态度来批判；他用没有用过的刀剑来解剖事物。您不应当有这种乖僻的办法。您的断案将要变成周围的人的批评，一切的人也许都不会来宽恕你的公开的错误，虽然他们可以宽恕暗伤。年青人不是大量的，因为他们并不认识生活，也不知道生活的困难。老年人的批评是正当的、温和的，年青人的批评却是难于和解的；年青人什么也不知道，老年人什么都晓得。并且，在一切人类行为的底下都有一个决定的理性的复室，上帝就在这里保留着他的最后的判断。您只应当对您自己苛刻。您的幸福就在您的眼前，但是在这世界上没有一个人能够不需要他人的帮助而得到幸运；所以，请您到我父亲家里去，您就已经得到进入这家庭的许可了，您在那里所做下的关系可以帮您成千的忙；但是千万不要在我母亲之前做任何的退让，她要鄙视自暴自弃的人，钦佩反抗她的人的傲性；她就像是铁一样；被另外的铁打着，这块铁就和打它的铁混合了；但是，如果和没有坚性的东西相接触的话，她就要打折这东西。所以，请您好好的和我母亲来往；如果她要您好的话，她会把您带到大家的客厅去，您也就可以在那里得到这种人世的必要的科学，听说、应对、自荐，离开场所的艺术；正确的语言，我也说不清，它并不比服装之代表天才更为高明，但是没有它，任何高美的天才也不会被人承认。我相当的知道您，我确信我不至于预先看错了您，我希望您举止单纯、声调温和、骄傲而不自负、尊敬老年人、和颜悦色而不卑屈，特别要谨慎言行。发挥您的精神，但是不要用它来取悦别人；因为您要知道清楚，如果您的优越冰冷了一个平凡的人，这个人就要保持缄默，就要说您：‘他太有趣了！’这是一句轻蔑的话。希望您的优越永远是独占的。您也不必想方法去求他人的欢心。在您和别人的关系之中，我劝您应当有种冷淡的态度，甚至于可以做到不至于使人发怒的无礼的地步；一切的人都尊敬轻视他人的人，这种轻视可以使您得到一切的人的喜悦，女人们要以您所有的一点儿男子气的行为来估计您。绝不要在您身边使没有地位的人痛苦，纵使他们是不值得称赞的，因为世界也要同样的要求我们的友谊、我们的仇恨；关于这一点，您的判断应当是很慢的、很成熟的，然而却应当是不能收回的。如果被您所拒绝的人觉得您的拒绝是有道理的话，他们对于您的敬重则是稀贵的；于是，您也就可以感受到这种不言而喻的尊敬，这种可以使您变成人上之人的尊敬。这样的，您就有了使人高兴的青春，您就有了迷人的温雅，您就有了能够征服他人的智慧。我刚才所对您说的这一切可以用一句老话来结束：‘高贵的责任’。

现在，您可以把这些原理应用在政治上。您可以听很多人说，狡猾是成功的元素，穿过人群的方法就是把人们分开，要各人让开各人的地位。朋友，这些原则在中世纪是最好不过的，那时候各地的王公都要互相消灭敌人的力量；但是，现在，一切都是瞒不了人的，这种办法也要给您非常不好的结果。事实上，您可以在面前碰到一个忠实的真挚的人，或是一个背信的敌人，一个善于谗谤、善于诬陷、善于欺罔的人。好，您要知道您的最有力的助手就是这个人，这个人的仇敌其实就是他自己；您可以用您的忠实的武器和他争斗，他早晚要被人蔑视。至于第一种人，您的坦白可以得到他的敬畏，您的利益也可以得到他的尊重（因为一切的东西都可以办得通），他要效劳您。不要怕有敌人，在您所行走的世界中，哪一个人没有这种不幸呢？但是，您要想方法不要让他抓住你的笑柄，不要抓住您的失体；我说您要想方法，因为在巴黎，一个人往往不是属于自己的，他是屈服在定命的环境之下的；在那里，您不能够避免水沟的泥泞，也不能够免除堕落的瓦片。道德有一些水沟，那些不光荣的人们要从那里设法把他们所浸陷在其中的泥泞向最高贵的人身上喷去。但是您总可以在一切的范围中表现您那难于和解的最后的决定，使人对您生起敬畏之心。在雄心的冲突之中，在各种交叉的困难之内，您要一直望着事实走，坚决的迎着问题跑，您只好看准一点，用您的全力打击。您知道莫尔梭夫先生是怎么样的恨拿破仑，不断的咒骂他，就好像法院监视罪人一般的监视他，每天晚上跟他追索恩基英公爵，公爵是使莫尔梭夫先生流泪的惟一不幸的人，惟一被杀的人；然而，他却钦佩拿破仑，认为拿破仑是最勇敢的军人，他常常给我解释拿破仑的战术。这种战略不能够应用在利益的战争中；它可以在那里节省时间，就好像其他的战略可以节省人力和空间一样；请您想一想这个，因为一位女人常常会在这些用本能和情感来判断的事情中弄错。我可以坚持这一点：一切的狡猾、一切的诈术都要被人发现，而终归失败，然而我却觉得当一个人站在坦白的立场上，他是最没有危险的。如果我可以给您举出我自己的经历的话，我可以告诉您，在克罗慈古尔特，因为莫尔梭夫先生的性格迫着我去预防纠纷，去立刻调处那些可以使他高兴死在里边的疾病的争论，我总是自己结束，率直的朝着难关，对敌人说：'我们把它解开了罢，或是把它切断了罢！'您常常会觉得您对别人有用处，给他们效劳，您而且会觉得您所得到的酬谢太少；但是，您切不要学那些埋怨别人，自认为只得到负恩的报答的人。这不是要求自显吗？结果你就是很幼稚的承认对于世界的认识的浅薄吗？但是，您难道要和放高利贷的人拿出钱来那样的施行你的善举吗？您不是要为善举而善举吗？'高贵的责任！'然而，您也不要给人家效劳，逼着人家走上负恩之路，因为这种人会变成您的死仇：正如毁灭所有的失望一样，责任也有虚费无数的力量的失望。至于您，您应当从别人的手中接受最少的东西。不要做任何的心灵的奴隶，只好附属于您自己。朋友，我只给您一些关于生活的小事的意见。在政治的环境中，一切的方面都改变了，管束您个人的规律要在大事的前面屈服了。但是，如果您能够走进大人物的圈中，您就会变成您的决心的惟一的裁判人，和上帝一样。您不再是一个男子，而是活的律法；您不再是一个个人，而是化生在整个国家之中。但是，如果您批评别人的话，您同时也要被别人所批评。将来，您要在世纪的法院之前出庭，您也就知道了相当的历史，使您了解产生真正伟大的情感和行动的到底是什么。

我说到一个严重的问题来了，就是您在女人身边所应有的行为。在您所要来往的客厅里，您原则上不应当浪费自己，投身于小小的媚态的恩爱。前一世纪，依照习惯，在同一的夜会里，一个最成功的人从来只关心一个独一的女人，然而却和那些似乎被忽视的妇女周旋。这个人，亲爱的孩子，是统治了他的时代了。他很聪明的计算过，在一个指定的时间之内，一切的人都要固执的称颂他。大部分的年青人都失掉了他们的最宝贝的幸运，失掉了创立关系的必要的时间，这关系是社会生活的一半；因为他们只求自己快乐，他们就没有多少的事可做，使人注意到他们的利益；但是，这个原则未免太简略，您应当知道如何去利用它。所以，您应当和有势力的女人来往。有势力的女人都是年老的妇女；她们可以告诉您各家庭的联络和秘密，她们可以告诉您走到目的的捷径。她们要把她们的心献给您；如果她们不虔诚的话，她们也不过是在保护的名义下来表现她们的最后的爱情而已；她们会意外的帮您的忙，她们要给您说教，要使您变成可亲的。您应当躲避年轻的女人！您千万不要以为我说这句话有丝毫个人的利益的背景。五十岁的妇女会替您做一切的事，二十岁的女郎却什么也帮不了您；这后者要您整个的生命，然而前者却只向您要求一刻的时间、一个注视。您无妨跟年青的女郎嬉戏，用狎侮的态度来占有她们，她们绝不能够有一个严肃的思想。朋友，年青的女人都是自私的、小器量的，没有真正的友谊；她们只爱自己，她们要牺牲您而求得自己的成功。并且，一切的年青女人都要人家对她们忠心，而您的地位也要使人对您有两个不能调和的奢望。没有一个会给您顾虑您的利益，她们都为她们自己设想，而不为您关怀，她们都用她们的虚荣心来毁坏您，这比她们的交情对您所有的效劳更为炽烈；她们要毫不谨饬的侵吞您的时间，您也就得不到您的前途，您也就要毁损世界上的最高的恩典。如果您埋怨的话，她们之中最笨拙的一位也会给您说明她的手套的价值是和整个世界相等的，世界上的荣耀莫过于为她效劳。一切年青的女人都要对您说她们是给您带来幸福，使您忘记了您的美丽的命运；她们的幸福是可变的，您的伟大却是确保的。您不知道她们要用哪一种的妖术来满足她们的幻想，把一个怪诞的嗜欲变成一个爱情，这爱情是在地上开始的，然而却得在天上继续。一旦离开了您，她们就会当天告诉您："我不再爱您了。"这句话就够得解释她们对您的抛弃，正像"我爱您！"这句话可以宽恕她们的爱情一样；她们会告诉您爱情不是可以勉强的事。这是邪说，亲爱的！请您相信我这句话，真正的爱情都是永久的、无穷的，总是那个样子的；它是平等的、洁净的，没有强烈的表示；爱情似乎是白头发的，然而却有一个年青的心。这些东西都不能够在世俗的女人中找得到；她们都是整个的在扮演喜剧。这边一个要用她的不幸来感动您，她就显得女人中最温和、最不刺人的一个似的；但是，必要的时候，她就要慢慢的统治您，使您适合她的意向；您要当外交家，您能够来来、去去，观察人物，探讨利益，研究各国吗？不，您只能够留在巴黎，或是留在她所居住的地方，她要狡猾的把您贴伏在她的石榴裙下；并且，您越是对她忠实，她就越是负恩。那边又是一个要用她的顺从来引诱您，她要当您的扈从，浪漫的随着您到天边海角去；她要发誓留住您，变成您的项上一块石。有一天您总要溺死，然而她却浮在水面得救了。最不聪明的女人也有许多无穷的陷阱；最愚蠢的女人也会因为您的不留心而得到胜利；危险性最小的则是一个爱您而不知何故、离开您而没有动机、因为虚荣而再把您夺回的风流的女士。但是，一切的女人都要在现在或在将来毁坏您。在荣华富贵的世界上鬼混的年轻的女人是一个可以使您腐化的半腐化了的女人。她并不是贞洁的，她并不是要永远保管您的灵魂的生物。啊！那位真正爱您的女人，她要孤独：她最喜欢的就是您的眼色，她要依赖您的谈吐而生存。但望这位女人会变成您的整个的世界，因为您会变成她的一切：好好的爱她罢，不要给她伤痛，不要给她情敌，不要激动她的嫉妒。亲爱的，被人所爱，被人所了解，这是最大的幸福，我希望您能够尝到这滋味，但是不要伤毁您灵魂中的花朵，您得心里明白要在什么地方用情。这位女人永远不会是她自己，她永远不曾想到自己，而是想到您；她不会跟您有什么争执，她不会闻问她自己的利益，她会为您而察知您自己一点儿也没有看到的危险，然而却忘记了她自己的危险；最后，如果她苦痛的话，她也不会埋怨，她不会有丝毫的谀媚，但是她对您所爱于她的却有一个尊重的态度。请您对这爱情加以回答，并且要超过它。如果您相当快乐的遇到一个有同样灵感、有同样感觉的爱情

（您那可怜的女朋友不会缺乏这种爱情）的话，就请您想一想：无论这爱情是如何的圆满，在那山谷之中总有一个为您而活着的母亲，她的心被您所填满的情感挖掘到那样的程度，甚至于连您自己也永远找不到它的深底。是的，我给您带来了一个感动，这感动的范围是您永远也不会知道的：为着表现它的本来面目起见，您就得损失您的理智，您也就不知道我的忠实到底要走到什么地步。当我告诉您去躲避年青的女人，多少都有点矫揉造作，喜欢鄙笑、自夸，没有价值的浪费的女人，当我告诉您去联络有势力的妇女、有力量而有主意的老寡妇，例如我的舅母，当我告诉您这些妇女会好好的为您效劳，为您抵抗秘密的责骂而破坏之，会为您说些您自己都不能够说到的好话，当我告诉您这一切的一切的时候，我难道没有嫌疑吗？总之，当我命令您把您的崇拜保留给一位心灵纯洁的天使的时候，我难道不是很宽大的吗？如果“高贵的责任”这句话可以包含一大部分我对您所说的前半的劝告的话，我对您所说的关于您和女人的关系的意见也可以用一句武士道的格言来概括：“效劳一切的女人，然而只可爱上一个。”

您有广大的学识；您那被苦痛所保存的心田还是无疤无玷的；您的一切都是美的，您的一切都是善的，“但愿如此！”您的前途就存在于这一句话之中，这句伟人们所常说的话。孩子，您不是要服从你的小亨利妹，要允许她不断的想到您，想到您和人世的关系吗？在我的灵魂中，我有一只眼睛，可以为您观看您的将来，就和为我的儿女考察他们的前途一样；让我为您的利益而利用这个机能，这是生活的安宁所给我的神秘的礼物，这机能不但不会变成弱化，而且能够在孤独和寂寞中保持着。我请求您回报我，给我一个极大的幸福：我要瞧着您在人群中强大起来，不让您的任何成功使我的额头发皱；我要您立刻把您的幸运放在您的姓氏的高处，能够对我说我对您的成功所贡献的力量是在我对您的成功所有的希望之上的。这秘密的协力是我能够解慰我自己的惟一的快乐。我等待着。我并不对您说再见，我们是分别了，您不能够在您的嘴唇之下有我的手，但是您应当臆测清楚您在我的心中所占的是什么地位。

小亨利妹

当我念完这封信的时候，我感觉正在我还被我的母亲的严肃的欢迎所冰冷的时刻，在我的手指之间跳动着一个母爱的心。我猜想到为什么伯爵夫人要阻止我在杜尔兰读这一封信，无疑的，她是骇怕看见我跪在她的脚前，骇怕我的眼泪潮湿她的脚。

我终于认识了我的哥哥查礼。他在我看来一向是一位陌生的人；但是在他和我的清淡的关系之中，他总有一种倨傲的态度，在我们之中放下一个太长的距离，使我们不能够和弟兄一样的相爱；一切的温和情绪都是基础在心灵的平等之上，然而在我们之间却没有任何可以凝聚的地方。他用博士的态度来教我他所知道的东西，这些东西其实是精神或心灵所能够给猜想得到的；他时时刻刻似乎要在我的面前挑战；如果我不是有爱情做我的支柱的话，他这种要我相信我什么也不懂的态度一定会把我变成左道的、愚笨的。不过，他总算是把我引进了社会，在这社会之中，我的幼稚应当可以使他的才干特别的显明。没有我的童年的不幸，我居然能够拿着他的虚荣心来做我的保护者，而不是拿它来做弟兄的友爱；但是精神上的孤单有同样的结果；沉静能够使人鉴定最轻微的回响，隐退的态度也发展了可以觉察使我们发生情感的微弱的色调的精细的感觉。没有遇见莫尔梭夫夫人之前，一个生硬的眼色就可以伤害我，一个突如其来的语调就可以打击我的心；我叹息着，一点儿也不知道爱抚的生活；然而自从我由克罗慈古尔特回来之后，我就可以用比较的方法来改善我那太乎早熟的学科。苦痛时所下的观察是不完全的。幸福也有它的光芒。我有意的让长兄的特权压制我，正如有意的不肯做个容易被查礼所欺骗的人一样。我一个人走到勒农古尔公爵夫人家里去，在那里，我一点儿也没有听见人家谈到小亨利妹；在那里，没有一个人，除了简单的公爵之外，跟我谈到她；但是看了他接待我的态度，我就猜透了他的女儿所给我的劝告的秘密。

正在我开始失掉了新近入世的人所有的幼稚的惊愕的时刻，正在我懂得世界对于野心家所贡献的源泉而瞥见一些快愉的时刻，正在我高兴的利用小亨利妹的教条而钦佩它的深高的真理的时刻，三月二十日的事变发生了。我的哥哥随着王驾到甘去，至于我呢，由于我这一方面的活跃的通信而接受了伯爵夫人的劝告，我就陪着勒农古尔公爵在那里。当公爵看见我一身自心坎到头脑脚跟为止都是归附于布尔崩王朝时，他对我所有的平常的恩情就变成了诚恳的保护；他亲身介绍我去觐见国王陛下。这个不幸的国王所留下的臣子并不多；年青人有一些幼稚的崇拜心，一些没有计算的忠诚；国王知道鉴别人物；在杜伊勒利王宫没有注意到的，他却在甘大大的加以注意了，于是乎，我也就有了使路易十八欢心的幸运。和王地的密差所带来的邮件一同送来的一封莫尔梭夫夫人写给她父亲的信说到我几句，并且使我知道约克病了。为着儿子的健康而失望，同时又为着看见第二次的放逐（不是以他来开端的）而失望的莫尔梭夫先生也在那里加上几句话，让我猜想出我的爱人所处的是怎么样的地位。无疑的，她是为着不断的日夜坐在约克床头而感到忧愁，她是最会用恶作剧来哄孩子的，然而当她用她整个的精神来看护孩子的时候，她却没有力量来统制这些恶作剧了。所以，小亨利妹就得希望有一个曾使她的生活略为轻松的友情来援助她，这也只是为着要利用它来占住莫尔梭夫先生而已。已经好几次了，当伯爵要使她忧愁的时候，我曾经把他带到外面去；这是一个无罪的狡猾，它的成功曾使我换得表达动情的谢意的眼光，可以从那里看到爱情的许诺。虽然我不能够那样忍耐的跟随着新近派往维也纳参加会议的查礼的足迹，虽然我要冒着死险去实现小亨利妹的预言，去脱离我的哥哥的权威，但是我的野心，我那要求独立的欲望，我那没有离开国王而能够得到的利益，这一切的一切都在莫尔梭夫夫人的愁苦的脸容之前发出苍白的颜色。我就决定离开了甘的朝廷，去效劳我的真正的女王。上帝补偿了我。王地人所派的密差不能回到法兰西去，国王要一个人能够负责给他带些训令。勒农古尔公爵知道国王绝不会忘记这个负有这种危险的使命的人；他没有问过我就给我荐了上去，我接受了，很高兴能够再到克罗慈古尔特来效劳这个良善的目的。

二十一年的生命而得到一次觐见国王的机会，觐见之后，我就回到法兰西来；在这里，不论是巴黎也好，是王地也好，我都很高兴的完成了国王陛下所委托我的使命。五月末，因为波拿巴特派知道了我，我就在他们的追捕之下被迫而单独的逃亡，好像一个贵族回转他的第宅一样，从一块土地步行到另外一块土地，从一座树林走到另外一座树林，穿过了王地高原、布卡兹和蒲瓦杜，随着环境而转换路向。我到达了苏穆尔，又从苏穆尔到了支农，同夜再从支农走到汝埃伊树林，我在那里一块野地上遇到了伯爵骑在马上；他把我拉住放在他的马上，带我到了他的家中，没有见到任何可以碰着我们的人。

“约克好一点儿了。”这是他的第一句话。

我告诉他我的地位，告诉他我是一个和野兽一般被人搜索的外交小卒，这位绅士也就以他的保王主义来武装自己，跟齐塞尔先生竞争来冒险的接待我。一眼瞅着克罗慈古尔特，我觉得刚刚流逝的八个月就和一场梦一样。伯爵在我的前头对他的妻子说：

“您猜一猜，我给您带了谁来？……菲力士。”

“这是可能的吗？”她问着，两手悬空，脸色发傻。

我挺出身来，我们两个人都一动也不动的愣住了，她钉在她的靠椅中，我就钉在她的门限上，我们两个人就用情人的贪婪的痴呆互相默视着，似乎要用一道眼色来弥补一切错过的时间；但是，因为她的心受到惊愕而赤裸裸的暴露了出来，她觉得有点耻愧，就站了起来，我也就走近了她。

“我常常为您祈祷。”她给我伸出了手，让我接吻之后，就这样的对我说。

她问我关于她的父亲的消息；然后，她猜想到我的疲倦，就跑去给我预备寓所，伯爵也就给我端点东西来吃，因为我简直要饿死了。我的房子就是她的房子上面的那一间，就是她的舅母的房子；当她举起第一步走上第一个梯级，心里犹豫是否要陪我到房子去之后，她就叫伯爵带我走；我回过头来，她脸上发红了，给我祝了夜安，就快速的退了回去。

当我下楼吃饭的时候，我知道了滑铁卢的惨剧、拿破仑的逃亡、联军的进驻巴黎和布尔崩的回朝的可能。这些事件是伯爵的一切，但是在我们方面却是等于零。您知道被爱抚的孩子们所要的最大的消息是什么吗？因为我没有对您说过看见苍白消瘦的伯爵夫人时所有的惊惶；我知道惊愕的表情能够产生怎么样的烦扰，所以当我看见她时，我也只表示一些快乐的情感。我们的最大的消息是：“等一会儿您有冰吃！”前一年她很忧愤得不到清鲜的泉水给我喝，我得不到其他的饮料时就喜欢冰冻的水。上帝知道她是碰了多少的钉子才叫人造好一个制冰机器的！您知道得更清楚一个只有一句话、一道眼色、一声音调、一个表面上看过去很轻微的注意就够得表示爱情的人，他的最大的特权就是用自己来证明自己。好，她的话、她的眼色、她的愉快，都给我揭示了她的情感的领域，就好像我最近曾以我那戏玩骰子的动作来给她说明我的一切的情感的一样。但是，证明她的柔情的天真的证据多着哩：我来了之后的第七天，她又变成新鲜的了；她焕发了她的健康、她的快乐和她的青春，我又找到了我那更加美丽、开得更盛的百合花，同时也找到了我那增多了的心中的宝藏。难道不是只在一些渺小的精神之中，或是庸俗的心坎之内，离别才会降低情感、消灭灵魂、减少了所爱的人的美丽吗？在热烈的想象看来，在那些同情流入血管、脸带新鲜红色、感情长久的人看来，离别不是坚固初期的基督徒信心的律法，使他们看见上帝的刑罚的结果吗？在一个满充热爱的心坎中不是存在有许多不断的愿望，给所企冀的形式更多的价值，使他们瞥见自己让梦境的火焰所薰染吗？人们难道没有一些交通理想和崇拜的面纹，使其表现思想的愤怒吗？一件事一件事的回想，过去就长大了，将来自有许多的希望。在满充着富有电流的云彩的这两个心之中，第一次的瞥见就好像是一个使土地肥沃给它带来突如其来的霹雳的火线的慈善的风雨一样。当我看见这些思想、这些感觉都在我们心中彼此交换的时候，我是尝到了多少的美味呢？我是用哪一种迷人的眼睛来看小亨利妹心中的幸运的进展呢？一个在爱人眼中复生的女人也许要比那位为疑惑而致死或在茎上因为缺乏树液而干枯的女人还能够给感情贡献一个更大的证据，我不知道这二者之中哪一个是更动人的。莫尔梭夫夫人的苏生是很自然的，就好像五月的天气对于草地所有的效果一样，就好像太阳和水波对于折断的花朵所有的效果一样。正如我们的可爱的山谷一样，小亨利妹也有过她的冬天，和春天的山谷一样的苏生。

晚饭之前，我们走了下来，步到我们那可爱的土台之上。在那里，她抚摸着她的孩子的头发，这孩子比我以前所看见过的变得更为虚弱，他静静的在母亲旁边走，好像还要酿成一种疾病似的。她告诉我在病人床前过夜的情形。

她说在这三个月，她是生存在一个完全的内心的生活之中；她好像住在一个玄宫里头，只怕走进了华丽的寓所，那里照耀着光辉，举行着不许她参与的庆祝会，她就站在这些寓所的门口，一个眼睛看着她的儿子，一个眼睛看着一个模糊不清的脸孔，一个耳朵听着痛苦的呻吟，一个耳朵听着一个声音。

她说到孤单的生活所给她暗示的诗章是任何的诗人都没有发明过的；但是这一切的一切都是很天真的，并不知道有任何爱情的足迹，也没有放荡思想的印痕，也没有东方的甜蜜的诗篇，例如一朵佛兰吉斯坦的玫瑰花。当伯爵来会合我们的时候，她还是用同样的腔调，能够对丈夫投去一个骄傲的眼色，不害臊的在她的儿子额顶上接了一吻的自傲的女人的态度继续说话。她大大的祈祷，她整夜的把约克抱在手中，不让他死。

“我甚至于，”她说，“走到礼拜堂的门口去向上帝恳求他的命。”

她有许多幻觉，她告诉我这些幻觉；但是，她却用天使一般的声音说了这句伟大的话：

“当我睡觉的时候，我的心还是醒着看候的！”

伯爵听了，就打断了她，回答说：

“这就是说您差点儿要发疯了。”

她缄默了，受了一个强烈的苦痛的打击，好像是她所受到的第一个创伤似的，好像忘记了十三年来这个人没有缺乏向她的心上放射冷箭似的。正如高空的飞鸟中到这粗大的铅子的袭击，她就变成了呆笨而颓唐的。

“怎么啦，先生，”她歇了一会儿，又说，“我所说的话就没有一句可以得到您的恩赦吗？您就从来没有宽恕过我的衰弱，没有了解过我这女人的思想吗？”

她停止了。这个天使已经懊悔她的太息，她用一道眼光来测量她的过去和她的将来：她能够被人了解吗？她要喷发出一个含有毒意的诘问吗？她那蓝色的脉管在她的太阳穴上剧烈的哔啪着，她一点儿眼泪也没有，但是她的眼睛的绿色却变成了惨白的颜色；然后，她就低着眼睛看着地上，避免来看见在我的眼睛之中有她那长大了的苦痛，她那被我猜中的情感，她那被我爱抚的灵魂，特别是一个年青的准备的悲愤，好像一个忠实的狗要吞噬伤害它的女主人的人似的，不论这攻击者有何等的力量、是何等的性质。在这些残忍的时刻中，应当看一看伯爵所有的盛气凌人的神色；他相信战胜了他的妻子，就用霰雹一样的句子来重压她，这些句子反复的申说着同一的意见，宛如发出同样响音的斧子的斫声。

“所以，总是这样吗？”当伯爵被找他的马夫叫了去不得已而离开我们的时候，我对她这样说。

“总是这样！”约克回答说。

“总是这样的好，孩子。”她对约克说，想要从孩子们的批判中救出莫尔梭夫先生。“您只看见现在，您不知道过去，您不能够批评您的父亲而没有一些不公道的判断；但是，如果您能够看见您父亲的错误而感觉到苦痛的话，家庭的光荣就要激发您去把这一类的秘密掩埋在最深沉的缄默之中。”

“卡新和勒多利埃的变迁怎么样啦？”我问她，要把她从苦涩的思想中救拔出来。

“出乎意料之外，”她对我说。“场所盖好了，我们找到了两个特别好的佃户，一个四千五百佛郎，税另付；一个五千佛郎，约定十五年。我们已经在这两个新的农场上种了三千棵的树。小曼奴的亲人非常高兴有了拉柏来。马丁奴有了保德。我们的四个佃户的产业有草地和树林，在这些草地和树林之中，他们用不着和其他没有良心的佃户一样偷了我们的土地所用的肥料，拿去下肥。所以，我们的努力已经得到了最美的成功了。所谓的别宫的农场在外，树林和园囿在外，克罗慈古尔特可以出息一万九千佛郎，种植也给我们预备了美丽的年息。我争执要把我们的土地保留给我们的侍卫马丁奴，现在可以由他的儿子来代替。如果莫尔梭夫先生愿意给他在高曼特利建立一个农场，他可以出三千佛郎。我们就可以不必管理克罗慈古尔特附近的土地，完成那条通达支农大道的道路，只要管理我们的葡萄园和树林。如果国王回来的话，我们的恤金也恢复了；几天的巡逻之后，我们也就要违反我们女人的好意来赞同这桩事。约克的幸运就确定了。得到这最后的结果之后，我就要让莫尔梭夫先生给马德莲积蓄一点，根据惯例，国王也要另外给她一些嫁资。我的心很安静，我的事情都做好了……您呢？”她对我说。

我给她解释我的使命，又让她知道她的劝告怎么样的有效和聪明。她是不是生来就有远识，可以预先看出世事的演变呢？

“我不是给您写过信吗？”她说。“我只能够为您一个人而运用我的惊异的机能，我只对我的忏悔师柏尔志先生说过这桩事，他也用神圣的干涉来给我解释。常常的，为着儿女的境况而忧愁深思之后，我的眼睛就在世事之前紧闭了，看到另外的界域：我要是在那里看到约克和马德莲脸上发亮，他们就有相当时期的安康；如果我在那里看见他们被云雾所围困，他们不久就要生病。至于您，我不但老是看见您脸上发亮，并且还听见有一个没有话语的温和的声音在用精神的交通给我解释您所应做的事。到底是根据哪一条律例，只让我为我的儿女和您而利用这伟大的特长呢？”她沉溺在梦境之中，这样的说。“上帝要不要当他们的父亲呢？”她歇了一会儿，自己问自己说。

“让我相信，”我对她说，“我只服从您！”

她给我投来一道十分甜蜜的微笑，这一类的微笑给我心中产生了这么样的迷醉，使我以后连致命的打击也感觉不出来。

“国王回到巴黎之后，您就得到那边去，您就得离开克罗慈古尔特，”她就这说。“他越是没给您好地位、大恩典，如果您不接受的话，他就越可笑。将来一定有大变动。有才能、靠得住的人才是国王所需要的，您别缺乏这性格；您年轻就做事，一定可以弄得好；干政治就和演戏一样，其中都有一些事情光靠天才是不够的，应当加以学习，我的父亲就是从楚瓦玺公爵那儿学来的。请您想到我，”她歇了一会儿，对我说，“让我在一个完全属于我的灵魂之中尝一尝能够居住人上的快乐的滋味。别做我的儿子。”

“您的儿子？”我赌气的接着说。

“只是我的儿子，”她跟我开玩笑说，“这不就是在我的心中占有一个很好的位置吗？”

报告晚饭来临的铃声响了，她就拉着我的臂膀，很快乐的靠在那里。

“您长大了。”她一面走上梯级，一面对我说。

当我们走到石阶的时候，她动摇了我的手臂，似乎是我的视线太强烈的接触了她；虽然她低下了她的眼睛，她知道我只管瞧着她，她却用这样温存、这样妩媚的假装着焦急的神色对我说：

“去罢，瞧您那亲爱的山谷去罢！”

她转过头去，把她那白丝的小阳伞盖在我们的头上，拉住约克贴近她的身边；她用头给我指示安德河、曳船和草地，她的姿态可以证明自从我的居留和我们的散步之后，她是领悟了这些朦胧的地平线，它们那带有烟雾的曲线了。自然界是遮蔽她的思想的大衣。她现在已经知道夜莺的太息和泽中诗人所不断讴歌的哀怨的曲调的意义了。

晚上八点钟，我亲眼看到一个深深的感动我然而却是从来所没有看到的幕景，因为我总是跟莫尔梭夫先生一块儿玩，而她在孩子们入睡之前也总是躲在厨房里。铃声响了两下了，家里一切的人都来了。

“您是我们的客人，您得遵守修道院的清规!”她说着，用手来拉我，她有一种天真的笑谑的神色，是真正虔诚的女人所特有的。

伯爵跟着我们来。主人，孩子，家仆，一切的人都光着头，走到他们平常的地位坐下。这次是轮到马德莲祈祷：这可爱的女孩子就用儿童的声音祈祷，她那天真的腔调清脆的落在乡间的调和的寂寞之中，她的句子都是出自圣洁的诚实、天使的韵致。这是我所听见的最动人的祈祷。自然界用成千的晚上的声响来回应儿童的祷词，好像是伴着轻奏的风琴似的。马德莲在伯爵夫人的右边，约克在她的左边。在这两个温甜的发丛之中耸立着母亲的编辫的发结，莫尔梭夫先生的雪白的头发和灰黄的头颅也突立其中。这些成分结成了一个图像，它的颜色不断的给人心中生出祷词所引起的思念；最后，为着满足标明卓绝的专一的情况起见，这集会就由落日的温和的光辉来围拥，落日的红光染遍了厅中，可以使诗人或迷信的人的心灵相信这是天光来看顾这跪在地下的上帝的忠实的仆人，没有教会所有意划分出来的阶级的区别。

当我回想到家族社会的生活时，在我的思想中还浮出这个幕景，这在单纯性上已经是这么伟大的幕景。孩子们给他们的父亲说了晚安，大家都给我们致敬，伯爵夫人走了，给每个孩子伸过一次手，我就和伯爵一同走进了客厅。

“我们在那里给您说了得救的祷文，却在这里给您预备好地狱。”伯爵指着骰子，对我说。

伯爵夫人半点钟之后也来会合我们，她把她的织毡机移近我们的棹子。

“这是给您的，”她一边展开编织物底层的粗布，一边说，“但是三个月以来，我的工作给延搁了。织到这朵红丁香花和这朵玫瑰花之间的时候，我那可怜的孩子就病了。”

“算了罢，算了罢，”莫尔梭夫先生说，“不要谈这个啦。六个五，钦差先生。”

睡觉的时候，我集中脑力去察听她在房子里走来走去的声音。如果她还保持幽静和纯洁的话，我却有许多不可容忍的欲望所灵感的疯狂的思想。

“为什么她不是属于我的?”我对自己说。“也许她也和我一样的沉溺在这些念头的漩涡中?”

一点钟的时候，我下楼了，我能够没有声音的走着，踱到她的门前，在那里卧睡：我的耳朵侧在门缝上，我听见音调均匀的甜蜜的孩子的呼吸。寒冷袭击我，我又上了楼，躺在床上，一直静静的睡到天明。我不知道当我走进深渊的边缘、测量罪恶的漩涡、探询它的深度、觉到它的寒冷、非常激动的退缩回来的时候我所得到的快乐应当归功于哪一个天数、哪一个自然的力量。在她的门限上逗留的这深夜的一个钟头，我曾在那里癫狂的痛哭过，然而她却一点儿也不知道第二天她就在我的热泪上走过，她就在我的接吻，她就在她那不时不时被我毁灭或尊敬、咒诅或崇拜的德性上走过；在很多的人眼中，这一个钟头是疯狂的，然而却是推动军人的这种说不出的情绪的灵感；有的人曾经告诉过我，他们曾经因为这灵感而不惜生命的投身在一个炮位之前，想要知道到底他们是否可以避免开花炮弹，到底他们是否可以高兴的跨进各种可能性的深坑，像约翰巴尔一样的在一吨火药之上点起火来。

第二天，我去采了两束鲜花；伯爵羡慕这束花。他是什么也感动不了的一种人；在他身上，昌比生尼慈所说的话“他在西班牙做下许多地牢”似乎是已经说过了的。

我在克罗慈古尔特住了几天，我只到佛拉柏斯罗去做短时间的访问，不过我总算在那里吃过三次饭。法兰西的军队占领了杜尔。虽然我要摄卫莫尔梭夫夫人的生命和健康，她却哀求我到沙多路去，马上从那里经过伊苏当和奥黎昂，到巴黎去。我要反抗她，她就下命令，说是家神已经说过：我服从了。这一次的离别是润湿了眼睛的；她怕我会被我即将进去生活的世界所诱惑。我不是要严肃的走进利益、感情和快乐的漩涡，而这漩涡又正是所以使巴黎成为危害纯洁的爱情和清净的良心的大海吗？我答应她每天晚上给她记下白天里所有的事情和思想，甚至于无关紧要的琐事。听了这个答应之后，她就把她那疲倦了的头靠在我的肩膀上，对我说：

“千万别忘记了，一切的事都可以使我感觉兴趣。”

她把她给公爵和公爵夫人所写的信交给我；到达的第二天，我就到他们家里去。

“您真有福气，”公爵对我说：“在这里吃晚饭罢，今天晚上跟我一块儿到别宫去，您的幸运算是定了的。国王今天早上曾经提到您，说：‘他年纪轻，然而倒很能干，倒很忠实！’国王很抱歉不知道您到底是死是活，到底完成使命之后，这些事变给您扔在什么地方。”

那天晚上，我被委为内阁的顾问，我在路易十八身边得到了一个秘密的差事，这和他的统治有同样的寿命。这是一个着实的位置，虽然没有显露的恩宠，却也有失宠的机会，这位置把我放在政府的中心，是我的光荣的来源。莫尔梭夫夫人看对了，我的一切都是她所赐的：权力和财富，幸福和学识。她引导了我，鼓励了我，洁净了我的心，使我的意志专一，没有这个专一性，我就要浪费我的青春的力量。

后来，我有一些同僚。我们每一个人都值班六个月；必要的时候，能够彼此互相替代。我们在别宫里有一间房子；当我们被派去旅行的时候，我们就有我们的车辆和大笔的赏金。再也找不到的好缺！做了君主的秘密的学生，跟他学习敌人所公正批评的政治，听着他品论内政和外交，没有明显的势力，有的时候却被他垂问，就好像拉福礼受莫利哀的请教一样，觉得有一种老年人的经验，然而却是由青春的良心来巩固的。并且，我们的将来一定可以满足我们的野心。除了内阁的预算付给我当法制局长的薪水外，国王还掏了自己的腰包，每月给我一千佛郎，而且常常给我一些赏赐。虽然国王觉得一个年纪二十三岁的年青人经不起长时间他所加在我的身上的重务，我的同僚，现在的法兰西世卿，却一直到一八一七年八月左右才被他选了出来。这个选择并不容易，我们的职务需要很多的才能，所以，国王的决定颇费相当的时日。国王赏我一个面子，问我那些年青人之中哪一个和我最相得。他们之中有一个是我在黎毕德寄宿舍中的同学，但我并没有告诉他这桩事；国王陛下问我什么缘故。

“国王，”我对他说，“陛下选了一些同样忠实的人，不过才能不同而已：我所荐的是我相信最能干、最靠得住、可以常常在一起生活的。”

我的判断正和国王的判断相吻合，他知道我在这机缘中所给他做的牺牲都是自愿的。他对我说：“您将来一定能当首相。”

他就把这些事告诉了我的同僚，为着回报我的效劳，这位同僚就给我表现了他的友谊。勒农古尔公爵所给我的赞美使我得到了周围的社会的敬重。“国王对于这位青年大感兴趣；这位青年大有前途，国王赏识他。”这些话的作用是和真正有天才一样的，他也就给国王对于青年人所施的恩典给我授予了一种我也说不出来的权势。无论是在勒农古尔公爵家中也好，或是在我的姐姐家中也好（我的姐姐这时候刚嫁给我以前到圣路易岛上去找她的那位老亲戚的儿子，我的表哥，李斯杜麦侯爵），我都在不知不觉之中认识了圣日耳曼镇上最有势力的人物。

小亨利妹不久就把我拉进布拉孟—楚夫利公主所卫护的所谓小别宫的社会中，她是公主的离孙妇；她给她这样热烈的写信，对她说到我，使公主马上就请我去看她；我跟她来往，我知道叫她开心，她不但变成了我的保护者，并且是我的一位女朋友，她对我的感情有一种我也说不出是怎么样子的母爱。这位老公主很关心的把我介绍给她的女儿埃斯巴尔夫人、介绍给兰齐公爵夫人、保西安子爵夫人和莫夫利额士公爵夫人，这些妇人都是握有时装的霸权的，她们对于我的温存正如我对于她们没有任何的目的而总是和和气气的程度一样。我的哥哥查礼不但不再否认我，而且反而要依靠我；但是我的成功的快速却引起了他的妒忌，后来就给我惹起了无数的烦扰。我的父母被这预想不到的幸运所惊愕，他们听到人家对于他们的恭维，最后也就认识我是他们的儿子了；但是，因为他们的情绪不自然（如果不说其为矫揉造作的话），这种回心转意对于一个创伤的心坎并没有多大的影响；何况，染有自私色彩的感情是激不起多少的同情的；我的心最恨计算和一切种类的利欲。

我很忠实的给我的小亨利妹写信，她每月给我复了一两封信。她的精神翱翔在我的身上，她的思想穿过了千山万水，给我造成了一个纯洁的空气。没有一个女人能够幻惑我。国王知道我的秘密；关于这件事，他是路易十五的学派，他笑着叫我做王地尼斯小姐，但是我的行为的聪慧使他非常的快乐。我确信我在童年时代和在克罗慈古尔特所养成的忍耐的习惯很给我不少的帮助，使我能得到国王的恩宠，他对我总是很好的。无疑的，他有一种幻想，就是要念读我的信，因为他并不是长时期的不知道我的闺阁生活。有一天，公爵来办公，我正在默写国王所口授的手谕，国王看见勒农古尔公爵进来，就用了一个狡猾的眼光来包围我们。

“那末，这个魔鬼莫尔梭夫总是活着吗?”他用他那银一般的美丽的声音对公爵说，他会用这声音来有意的交通他那讥刺的音调。

“总是。”公爵回答说。

“莫尔梭夫夫人是一位天使，我真想在这儿看见她，”国王接着说：“但是，如果我毫无办法的话，我的法制局长一定更高兴。您有六个月的时间，我决定请您昨天所说的那位年青人来当您的同僚。您可以在克罗慈古尔特玩您一个痛快，卡顿先生。”

然后，他微笑的转过身来，走出了办公室。

我和燕子一样的飞到杜尔兰来。第一次我给我所爱的女人不但表现我不再是那样的幼稚，同时也表现我是一位已经从最富于礼仪的客厅中学到礼貌，由最温雅的女人处完成教育的漂亮的青年公子，这青年公子最后收到了他的苦痛的代价，运用了上天派来保护儿童的那个最美丽的天使所有的经验。您知道我第一次住在佛拉柏斯罗的三个月中，我是如何的粗鲁。

我奉命到王地去，重新到克罗慈古尔特来。我装饰得简直和猎夫一样。我穿了一件有白中带红的钮子的上衣，一条有纹路的裤子，一双皮胫套和一双皮鞋。行程和荆棘把我弄得一身难看，甚至于使伯爵不得不借给我衣服换。这一次，在巴黎住了两年，和国王相处的习惯、幸运的举止、身体的成熟、接受心灵上的安静所产生的难言的青春的英姿（这心灵吸连在从克罗慈古尔特反映在我身上的洁白的心灵上），这一切的一切都把我改变了：我有保证而不自傲，我有一个内心的满意能够年青而居在世事的上面；我有能够变成这个世界上最可敬佩的女人的秘密的支撑，变成这个女人的不可自白的希望的意识。也许当驿马驭夫的鞭子在支农大道和克罗慈古尔特之间的新路上发出轮子声音的时候，当我所不认识的栅门在新建的环行路中自动的开了的时候，我有一个小小的骄傲的动作。我并没有写信给伯爵夫人告诉她我的到来，想要给她一个惊讶，我有双重的错处：第一，她被久望的快乐所生的惊愕愣住了；第二，她给我证明一切预计的惊讶都有恶劣的气味。

当小亨利妹看见一位青年在那里的时候，她用缓慢的悲惨的动作低下她的眼光，看着地上，她在这青年身上从来只看到一个孩子；她让我拉她的手，吻她的手，却没有表示亲热的快乐，因为她那微颤的感觉这样的告诉我；当她仰起头再来看我的时候，我发现她的脸色是惨白的。

“好啦，您算是没有忘记您的老朋友啦？”莫尔梭夫先生对我说，他没有改容，也没有变老。

两位孩子跳着抱住我的颈项。我看见门口有约克的教师铎米尼教士的严重的脸孔。

“没有，”我对伯爵说，“我从此之后，每年都有六个月的空闲，可以完全属于您们的。——好，您怎么啦？”我对伯爵夫人说，就在她的一切家人面前伸出我的手臂，抱住她的腰，拥着她。

“噢！让我罢，”她跳起来对我说，“没有什么。”

我读出了她的灵魂，回答她的秘密的思念，对她说：

“您难道就认不得您的忠实的奴隶吗？”

她拉着我的手臂，离开了伯爵、她的儿女、教士，跑走的人，带我到远离大众的地方去，绕着园中的草地走；但却是在大众的监视之下的；然后，当她认为她的声音不会被人家听见的时候，她就说：

“菲力士，我的朋友，请您宽恕我的恐惧，因为我只有一条路引导我到地下的迷室去，战栗的看着它的崩塌。您要重复的告诉我说，我比什么时候都更是您的小亨利妹，您永远不会抛弃我，什么东西都不能够反克我，您永远是我的忠实的朋友吗？我忽然看到了将来，然而您却并没有在那里，跟平时一样，您的脸孔是发亮的，您的眼睛看着我，但是您却给我转过您的背。”

“亲爱的小亨利妹，您是我所崇拜的偶像，我崇拜您还在上帝之上。您是我的生命之花，我的百合，您，您是我的心，您怎么能够不再知道我是这么样的化生在您的心中，甚至于当我在巴黎的时候，我的灵魂也是在这里的呢？我难道还得告诉您我是在十七个钟头之内来到这里的，每一个车轮的转动都带来了一大堆的思念和欲望，在我看见您的时候，这些思念就好像狂风一样的爆发出来吗？……”

“说，您说！我相信我自己，我可以听您而不至于犯罪。上帝并不希望我死：他把您送来给我，就好像他花费了他的呼气来创造万物一样，就好像他在干枯的地上散布甘霖一样：说，您说！您到底是不是神圣的爱我？”

“是的，神圣的。”

“永远如此？”

“永远如此。”

“像一位必得藏在面帕之内、白色的冠冕之下的圣母玛利亚一样吗？”

“像一位看得见的圣母玛利亚。”

“像一位姐姐吗？”

“像一位太被人爱慕的姐姐。”

“像一位母亲吗？”

“像一位暗中思慕的母亲。”

“武士道的爱，没有目的？”

“武士道的爱，却有目的。”

“总之，好像您只有二十岁，穿着您那讨厌的蓝色的小跳舞衣时那样的爱我?”

“噢！更好。我这样的爱您，我还要爱您像……”

她非常了解的看着我……

“像您的舅母爱您那样的爱您。”

“我真幸福：您已经消散了我的恐惧。”她说着，又回到被我们的秘密的谈话所惊愕的家里的人方面来；“但是，您要好好的在这里做个孩子！因为您还是个孩子。如果您在国王面前所用的政策是做一个大人的话，您得知道，先生，在这里您的政策应当是做孩子。做孩子，您就会被人爱。我总要反抗大人的力量，但是我能够拒绝小孩子什么呢？什么也拒绝不了：他要什么，我不会不给他的。——秘密算是说过了，”她说着，用狡猾的神气来瞧伯爵，在这神气里又出现了一位少女和她那原始的性格。“我走了，我要穿衣服去。”

三年以来，我从来没有听见过她这样满充着快乐的声音。这是第一次我认识了这燕子的幽雅的叫声，我对您说过的这天真的乐调。

我给约克带来一副骑马的器具，给马德莲带来一个针线匣，是她母亲所常用的；我终于改变了以前我母亲的小算所责罚我的悭吝。两位孩子互相显示着我给他们的礼物所表现出来的愉快，这似乎使伯爵生了厌恶之心；当人家没有关怀他的时候，他总很忧郁。我给马德莲送去一个智慧的暗号，再跟着伯爵去，因为他要跟我谈一些关于他自己的事。他要领我到土台上面去；但是他老是告诉我严重的事情，我们也就停留在石阶之上了。

“可怜的菲力士，”他对我说，“您看见他们都很快乐，都很健康；我呢，我是图中的暗影，我受了他们的祸患，我感谢上帝送给我这些祸患。以前，我不知道我怎么回事，现在我知道了：我的胃口幽门破了，我再也消化不了。”

“您怎么变成医学院的教授那样的有学问?”我微笑的对他说。“您的医生就这样不小心的告诉您这个吗？……”

“上帝不让我请教医生!”他叫起来说，好像大部分自以为有病的人要尝试知道医学那样的表现出他对于医生的摈绝。

我就忍耐的听着他的疯狂的谈话。在这谈话之中，他把我当做最可笑的知己，埋怨到他的妻子、他的仆人、他的孩子和他的生活，好像对一位朋友重复每日所说的话而得到一种明显的愉快似的，好像这位朋友什么也不知道，听了要惊异，然而却受到礼貌的约束而不能不倾听着他似的。他对我一定很满意，因为我非常用心的听，想要钻进这个不可了解的性格之中，猜想那些使他的妻子苦恼而伯爵夫人却要使我安静的新愁。小亨利妹出现在石阶之上，使这独言独语结束了；伯爵看见她，摇着头，对我说：

“您听我，您，菲力士；但是这里没有人埋怨我!”

他走去了，似乎觉得他会在我和小亨利妹的谈话中带来烦扰，或是由于他对她的一个武士道的关心，他知道让我们单独的留在这里会使她欢心。他的性格表现出许多不可解释的头尾，因为他和一切的弱者一样也有妒忌心；但是对于妻子的信任却又是没有底止的；受到高尚德性的创伤的纯粹爱情的苦痛给他产生了老是违反伯爵夫人意志的永远的对立；也许甚至于就是这对立使他挑拨她的怒气，正如小孩子挑拨母亲的怒气一样。约克学习他的功课，马德莲修饰她的装束；差不多一个钟头，我居然能够一个人和伯爵夫人在土台上散步。

“好，亲爱的天使，”我对她说，“链条加重了，砂石发烧了，困难增多了吗?”

“不要说，”她对我说，猜着我和公爵的谈话所给我提示的思想：“您在这里，一切都忘了！我一点儿也不痛苦，我并没有痛苦过!”

她慢慢的走了几步，似乎要通气她那白色的服装，要把她那雪一般颜色的网布折带、她那飘摇的衣袖、她那新鲜的礼凤、围巾和她那塞维倪式的发结上所有的流动的发环朝着西风吹荡；我第一次看见她这少女的姿势，她这自然的快乐，她这等着要和孩子一样游玩的态度。于是，我既认识了幸福的热泪，又懂得了一个人要努力的欢乐的愉快。

“我的思想所抚摸、我的灵魂所接吻的人类的美花啊！噢，我的百合花!”我对她说，“总是这样没有破绽的正直的生在花蒂之上，总是这样洁白的、骄傲的、馨香的、遁世的!”

“够了，先生，”她微笑着说，“给我讲些您的事罢，告诉我您的一切罢。”

于是，我们就在这颤动的树叶所构成的摇荡的穹窿下举行了一个包含有无尽的注解的忽断忽续的悠长的谈话；在这谈话之中，我给她说明了我的生活、我的职务；我一点儿也没有瞒蔽他。这样的认识了我的心灵的工作所充满的这个生命的一切枝节，知道了这些职务的范围，如果没有严格的廉洁，就可以很容易的走进歧途而求自富，然而我却非常公正的尽职，国王管我叫做“王地尼斯小姐”(这是我告诉她的)，她就握着我的手，吻着它，在那里留下一颗快乐的泪珠。这角色的突然的颠倒，这伟大的赞词，这快速的表达而更快的被了解的思想：“这就是我所要的主子！这就是我的梦!”这举动所证明的伟大的谦卑，这泄露在感觉之外的爱情，这天上的暴风雨，这一切的一切都落在我的心上，压碎了我。我觉得自己很渺小，我愿意死在她的脚前。

“啊!”我说，“您在各方面都是胜过我们的。您怎么能够怀疑我？因为刚才您曾经怀疑过，小亨利妹。”

“现在不怀疑了，”她说着，用难以形容的温柔来看我，这温柔是给我一个人隐蔽着她的眼睛的光亮的；“但是，看见您这么美，我就对我自己说：‘我们对于马德莲的计划，将要被那些猜透您心中所有的宝藏、崇拜您、要偷走我们的菲力士、要破坏这里一切的女人给毁了。’”

“还是马德莲!”我说着，表示一种使她半受忧愁的惊异。“我难道要对马德莲忠实吗?”

我们坠在寂寞之中，不巧莫尔梭夫先生却来破坏这寂寞。我的心紧缩着，我勉强的支住一个遍满困难的谈话，我所说的关于国王的施策的诚恳的回答却和伯爵的意见相冲突，伯爵逼我解释国王陛下的意向。无论我如何的问到他的马匹、问到他的农事、问他是否满意于他的五个农场、问他是否要砍伐一条旧路的树木，他总是用老处女的恶作剧和小孩子的坚持的态度回转到政治的问题上面来；因为他那种精神总是自然而然的一碰到光亮的地方就喃喃自语的退回，没有走进任何的所在，使人厌倦，正如玻璃窗上嗡嗡作响的大苍蝇厌倦人们的耳朵一样。小亨利妹没有作声。为着消灭这可以使年青的热情发火的谈话起见，我就用单音缀的话来回答他，绝对表示赞同，避免无谓的争论；但是莫尔梭夫先生却太兴奋了，他感觉不出我的一切礼貌都有侮慢的成分。当他自以为总有理由而生气的时候，他就翘起足跟，飞舞着他的眉睫和他的额纹，他那黄色的眼睛发出亮光，他那血色的鼻子更加红赤，正像我第一次亲眼看见他狂病发作的那一天一样；小亨利妹给我送来恳求的眼色，要我懂得她不能够因为我而施展用以解释或卫护她的儿女的权威。于是我就回答伯爵，把他引到严肃的态度上面来，用极度的狡猾来运转他那多疑的精神。

“可怜的孩子！可怜的孩子！”她喃喃的说了好几次这一句话；这句话到达我的耳朵就好像是清凉的和风一样。

然后，当她相信能够干涉成功的时候，她就不再说这句话，而对我们说：

“先生们，您们知道您们太麻烦吗？”

这一句诘问引起了伯爵对于女人的武士道的服从，他不再谈政治了；我们也转过来给他说了许多事情来麻烦他，他就让我们自由散步，说是他的头把他呆转着，要他不断的看视同一的空间。

我的凄惨的揣测是对的。幽美的山景、温和的空气、深蓝的天空，这山谷的醉人的诗意曾于十五年来平静了这位病夫的刺人的奇癖，然而今天却没有力量。当其他的人消磨粗鲁的生命的锋芒时，老绅士的性格却变成了比较过去还要冲犯的。几个月以来，他只是为着自相矛盾而自相矛盾的说话，没有其他的理由，没有辩解过他的意见；他询问一切事物的原因，忧虑迟误或遗漏，闲管一切家中的事情，计算家庭中最微小的琐事，使他的妻子或他的仆人疲倦，一点儿也不让他们有自由判断的余地。前时，他从来不会无故的发怒过，现在他的发怒是常态。也许是他对于财富的关心，他对于农业的思虑，他那摇动的生活，到现在为止，就转向了他那苦闷的气质，给他一个忧虑的园地，让他应用精神的活动；也许是现刻的缺乏职业使他的病症自相争斗；这病症不再发于外面，他是由顽固的思想产生出来的，精神的“自我”被物质的“自我”占据了。他变成了自己的医生；他查阅医书，以为自己有书中所描写的病症，为着他的健康而来采取了非常的、多方的、预想不到的（所以也就是不能实现的）戒慎。有的时候，他不愿意有声音，然而当伯爵夫人在他身边保守绝对的缄默时，他又忽然埋怨说他简直就跟在坟墓里一样；他说在不作声和破坏特拉埔教堂的严规之中有一个中庸之道。有的时候，他装做对世事毫不在乎的样子；全家的人呼吸着，孩子们嬉戏着，家庭的事务进行着，没有碰到他的批评，忽然在吵闹的声音里，他又悲惨的大叫：

“人家要杀死我！——我的亲爱的，如果是您的孩子的话，您应当知道，您应当猜想妨碍他们的是什么。”他对他的妻子说，这些话语夹有尖冷的声调，这些话的无理取闹也就随着加重了。

他一会儿穿衣服，一会儿脱衣服，极小心的研究最细微的天气的变化，他的一切举动都要预先请教寒暑表。虽然有他的妻子那母亲一般的留神，他却找不到任何合于他的胃口的食品，因为他说他的胃坏了，困苦的消化要给他产生不断的失眠；可是，他吃，他喝，他消化，并且睡得非常的好，最有学识的医生也要羡慕他。他那变迁无常的意志使家里的仆人厌倦，那些仆人和一切的家仆一样的循守旧规，没有法子适应这不断的自相矛盾的制度。伯爵下命令打开窗户，说是大气从此之后是他的健康的必需品，可是几天之后，太湿或太热的天气又变成了他所不能够容忍的；于是，他就大声叱咤，大为吵闹，为着证明他的理由起见，他也就否认了以前的命令。这记忆的错误或用心的恶劣是在妻子的反驳的争论中得到胜利的秘诀。克罗慈古尔特的住民受不了这种癖气，铎米尼教士，这个很有学问的人就不得不决定去寻找解决问题的方法，他就躲避在一个矫饰的娱乐之中。伯爵夫人不再希望能够像以往一样的把这些疯狂的暴怒的发作隐瞒在家庭的范围之内；家中的仆人已经看见这个早熟的老头儿无缘无故的发怒是怎么样的超出了他的界限；他们对于伯爵夫人这么样的忠心，他们也一点儿没有在外面宣扬，但是她却每天骇怕缺乏人类庄严的疯癫会当众的爆发。我后来听到了伯爵对于他的妻子的丑恶的行为；他不安慰她，而用凶恶的预言来压制她，并且认为她应当担负将来的不祥的责任，因为她拒绝了他给孩子们开的无稽的药方。伯爵夫人和约克或马德莲一同散步，伯爵就预言说有暴风雨，虽然天色是清爽的。如果碰巧中了他的预卜，自尊的情绪得到了满足，这又使他不知不觉的想到他的儿女的不幸；其中的一个不舒服了，伯爵就用一切的精力去追究在他妻子的看护之下这病症到底如何的起来，他就吹毛求疵的指谪，总是下一个结论说："如果您的儿女再病了，一定是您要他们病的。"他就这样的闲管着家中极小的琐事，他只看见家中的事物的最坏的方面，时时刻刻要当"魔鬼的律师"，正如他的老车夫所说的一样。伯爵夫人给约克和马德莲定下吃饭的时刻，和她的吃饭时间不同，让他们避开了伯爵的狂病的可怕的举动，把一切的风波都推在自己的身上。马德莲和约克很少看见他们的父亲。因为自私自利所特有的幻觉，伯爵甚至于丝毫也没有意识到这些不幸是他亲手造成的。在我们所有的倾心的谈话中，他特别埋怨说他对他的亲属太好了。他拿着笞杖打毁一切环绕他的人，好像猴子一般；然后，当他损伤了他的牺牲品之后，他却否认说没有动过它。

于是，我懂得伯爵夫人额头上类似剃刀刮下的皱痕是从哪里来的，这是我重见她的时候才发现的。在高贵的灵魂中都有一个知耻之心，防止他们去表达他们的苦痛，他们用情欲的慈惠的感觉骄傲的给他们的爱人隐瞒苦痛的范围。所以，无论是我如何的注意，我都不能够立刻揭开小亨利妹关于这些事情的机密。她怕我忧愁，她用脸色的突然的发红来打断自己的口供；但是不久我就猜透了伯爵的游手好闲对于克罗慈古尔特家中的苦恼所生的严重性。

"小亨利妹，"几天之后我对她说，给她证明我已经测量到她的新愁的深度，"您这么好的管理您的土地，让伯爵在那里找不到事情做，这不是错了吗？"

"亲爱的，"她微笑的对我说，"我的地位相当的危险，这值得我的注意，请您相信我曾谨慎的研究过这些土地的富源，一切都耗费尽了。事实上，一切的忧念都是越来越大的。因为莫尔梭夫先生和我都在场，我不能够减轻这些忧念，在某几点上跟他分忧，在我方面，一切都要变成同样的苦痛。我曾想过方法来排遣莫尔梭夫先生，给他提议在克罗慈古尔特建立一个养蚕所，因为克罗慈古尔特已经有几棵桑树，而且是当日的杜尔兰的工业的旧址；但是我知道他一定要跟在家里一样的专横，在这些事上我也要碰到成千的麻烦。您要懂得，观察家先生，”她对我说，“年青的时候，人类的劣性是社会所包含的，是感情作用的兴奋所压制的，是人类的尊敬所妨阻的；后来，在成人的孤独生活中，小小的错误要比长时间的被抑制还要可怕的表现出来。人类的弱点本质上是懈怠的。它们既不是和平，又不是休止；昨天您给它们调和的，今天它们又要重新的激动，甚至于明天，甚至于永远；这些弱点就建立在退让上，而且要扩张这退让。力量是仁慈的、明显的、公平的、和平的；然而柔弱所生的感情却是残忍的；小孩子宁可选择偷来的果实，不要棹上的果品；如果这些感情就跟这种动作一样的话，他们就是愉快的；所以莫尔梭夫先生就想要在我的惊讶中努力得到一个真正的快乐；他没有欺骗任何人，却很高兴的欺骗我，只要他的心中还有诡计。”

我来了之后差不多一个月，一天早上，吃完早饭出来的时候，伯爵夫人挽着我的手臂，从一个通到果子园的透光的门溜了出去，紧紧的拉着我，朝着葡萄林走。

“啊！他要杀死我！”她说。“然而，我还要活，这只是为着我的儿女！怎么！没有一天的休息？总是在荆棘之中走路，没有随时跌倒，随时集中他的力量去保持他的均衡？没有任何的生物能够这样的耗费力气。如果我知道应当运用我的力量的地方，如果我的反抗是坚决的话，我的灵魂却要在那里退缩；绝不，他的攻击每天都换了一个方式，而没有防备的袭击我；我的痛苦不只是一个，而且是多方面的。菲力士，菲力士，您怎么也想象不出他的暴虐是怎么样的可恨，他的医书给他启示的是怎么样的野蛮的刺激。噢！我的朋友！……”她说着，把头靠在我的肩上，没有说完她的机密。“——要变成什么样子？怎么办呢？”她接着说，和她自己没有说出的意见辩论着。“怎么抵抗呢？他要杀死我。不，我要自己杀死我自己，这而且总是一个罪恶！我逃走吗？那末，我的儿女呢？我离婚？但是十五年的结婚我怎么能够对我父亲说我不能够和莫尔梭夫先生生活在一起，况且当我的父亲或是我的母亲来的时候他又总要那样的装模作样、那样的乖慧、那样的有礼貌、那样的有精神呢？再说，结了婚的女人还有父亲，还有母亲吗？她们的身体和财产都是属于她们的丈夫的。我总算是能够安静的生活，虽然我并不幸福，我从我的贞洁的孤独中吸取一些力量，我承认；但是，如果我连这消极的幸福都被取消的话，我也要疯狂了，我。我的抵抗是建筑在有力的理智上面，这些理智却不是我个人所特有的。生了一些预期宣判永远受罪的可怜的孽障，这不是一个罪恶吗？然而，我的行为却引起了这么样严重的问题，使我没有法子一个人解决；我是审判官，又是诉讼人。明天我要到杜尔去请教毕骆都教士，我的新导师；因为我那亲爱的有德行的柏尔志教士死了，”她说着，自己又打断了。“不论他怎么样的严厉，他总没有给我发展使徒的力量；他的承位人是一个温和的天使，他总是用柔情来感动人，不是惩戒人；不过，在宗教的怀抱中，哪一种勇气不能磨练出来呢？有什么理由听到圣灵的声音而不会自求强固呢？——我的上帝呀，”她接着说，拭干她的眼泪，仰起眼睛，看着天空，“为什么您要责罚我？但是，我们应当相信上帝，”她说着，手指压在我的臂上，“是的，我们应当相信他，菲力士，在我们神圣的完全的走到上界之前，我们应当先经过一个火红的试验瓶。我得缄默吗？上帝，您不让我在一位朋友的怀抱中高叫吗？我太爱他吗？”

她拉着我，把我紧紧的压住她的心口，好像怕丢了我似的。

“谁能够给我解决这些疑问？我的良心一点儿也没有谴责我。天星在上面光照着人类；为什么灵魂，这人类的星，当人们对朋友只有一些纯洁的思念时，不用它的火光来包蔽这位朋友呢？”

我静静的听着这句可怕的愤叫，把这位女人的潮湿的手握在我那只更潮湿的手中；我用力紧拉着她的手，小亨利妹也用同等的力量回报我。

“你们在那儿吗？”伯爵光着头，朝着我们走来，叫着说。

自从我回来之后，他总是固执的要参加我们的谈话，也许因为他希望得到一些开心，也许因为他相信伯爵夫人给我诉苦，在我的怀抱中埋怨，也许因为他对他所不能参与的快乐有些妒忌。

“他跟了我来！”她用失望的语调说，“我们去看园圃去，我们可以躲开他。我们靠着篱笆，低着走，他就看不见我们了。”

我们就以茂盛的篱笆来做我们的堡垒，我们跑着，走到了园圃，不久就远离了伯爵，停留在一条满植着杏树的小径中。

“亲爱的小亨利妹，”我对她说，拉着她的手臂靠住我的心口，站住，端详她在苦恼中的姿态，“您曾经聪明的指导我走过这茫茫人世的危道；让我给您一些诫言，帮助您结束这个必定会毁灭您而找不到证据的格斗，因为您并没有同样的武器。不要再跟疯子打架啦……”

“嘘！”她说着，忍住夺眶而出的眼泪。

“听我说罢，亲爱的！在这个因为爱您而不得不忍受的一个钟头的谈话之后，我的思想常常的改变，我的头变重了；伯爵使我怀疑我的智慧，同样的重复的意思不可避免的刻在我的脑筋之中。特殊的偏狂并不是传染的；但是，当疯狂存在于应付事物的形式之中，隐蔽在固定的论辩之内的时候，他却能够蹂躏生活在他旁边的人。您的忍耐是极度的，但是，这忍耐不是要带您走到愚笨的地步吗？所以，为着您自己，为着您的儿女，您应当改变您应付伯爵的办法。您对他的殷勤反而发展了他的自私，您和溺爱孩子一样的对待他；但是，如果现在您还要活着的话，……”我瞅着她说，“而且您的确要活！您就得施展您对他的权威。您知道，他爱您，也怕您，您还要让他更怕您，用率直的意志来反对他那混乱的思念。扩张您的力量，就好像他知道如何扩张您所给他的让步一样。把他的病症圈闭在道德的范围之内，好像把疯子关在疯人院一样。”

“亲爱的孩子，”她苦笑的对我说，“只有没有心肝的女人才做得出这些事。我是母亲，我要变成一个凶恶的刽子手。是的，我知道苦痛，但是要使别人痛苦？不，绝不！”她说，“甚至于能够得到光荣的伟大的结果，我也不能够这么做。并且，我不是要欺骗我的良心、矫饰我的声音、武装我的额头、败坏我的姿势吗？不要叫我做这些荒谬的事。我知道怎么样插足在莫尔梭夫先生和我的儿女之中，我要接受他的打击，使他的打击打不到这里任何其他的人的身上；这是我所能够做到的一桩事，他和一切相反的兴味都相调和。”

“让我崇拜你！圣女，圣女，第三个圣女！”我说着，一脚跪在地下，吻着她的衣襟，在那里擦干流到眼睛里的泪珠。“——但是，如果他杀您呢？”我对她说。

她的脸色惨白了，仰起眼睛，望着苍天，回答我说：

“上帝的旨意是要完成的！”

“您知道国王对您父亲怎样说您吗？‘这魔鬼莫尔梭夫总是活着！’”

“国王嘴里所说的笑话，”她回答说，“在这里就是一个罪恶。”

不论我们如何的谨慎，伯爵终于跟在我们的后面来了；他满面流汗的在一棵胡桃树下找到了我们，伯爵夫人就是停留在这棵树下给我述说这惨痛的话的；看见他来，我就开始谈些收成葡萄

我们从小门走出去。我们走到了曳船，跳了上去，就这样慢慢的逆着安德河流划着上去。

的事。他有没有不正当的狐疑呢？我不知道；但是他却愣在那里，一句话也没有说，观察着我们，没有留心胡桃树所散发出来的凉气。谈了一些没有意义而常常被极有意义的停顿所切断的话之后，伯爵说他的心脏和他的脑袋发痛；他温和的怨叹着，没有求乞我们的怜悯，没有用过度的图像来给我们描绘他的病痛。我们一点儿也没有注意到。回去的时候，他觉得不舒服，说要睡觉，就没有拘束的躺在床上，他的举动很自然，和平日的态度大不相同。我们利用了他的忧郁症所给我们的休战，就走了下来，到我们那可爱的土台上来，马德莲陪着我们一块儿走。

"我们到水上去玩玩罢，"走了几圈之后，伯爵夫人说："我们去参加守卫今天所给我们举行的打鱼。"

我们从小门走出去。我们走到了曳船，跳了上去，就这样慢慢的逆着安德河流划着上去。正如三位无事嬉戏的儿童一样，我们观看着两岸的青草、蓝色或绿色的蜻蜓；伯爵夫人也觉得奇怪能够在刺心的忧愁之中尝到安静的快乐的滋味；但是，没有意识到我们的挣扎的自然界的清静，难道不是在我们上面施展一个慰人的迷惑吗？满充着含蓄的欲望的爱情的激动和河水相调和，没有经过人手的破坏的花朵表现出它那最秘密的梦幻，一只轻舟的闲逸的摇荡空泛的摹仿着在灵魂中飘荡着的思念。我们努力尝试这双重的诗意的懒人的力量。跟着自然的音义而起的言语施展出一个神秘的雅调，眼睛也有最发亮的光芒，错杂在太阳所灿烂照耀的草地所射出来的广大的光彩之上。河水就像是一条我们在上面飞跑的小径一样。最后，不是徒步的旅行所能产生的娱悦，我们的精神都集中在创造的想象上。一位自由的少女的哄乱的快乐，她的姿态是这么样的温存，她的言语是这么样的惹厌。这难道不也是两个自由的灵魂的活动的表达呢？这灵魂喜欢虚构那些满充爱情幸福的青年所认识的柏拉图的梦想的美妙的物类。为着给您描绘这一小时的情景起见（不是描绘其不能描写的细节，而是描绘其大略的情形），我要告诉您我们喜欢一切的存在物，一切环绕我们的事物；我们感觉到在我们外面有我们每一个人所愿望的幸福；它是这么样强烈的感动我们，使伯爵夫人不能不脱去手套，垂下她的纤手，探入水中，好像要清凉一个隐密的热火一样。她的眼睛说着话；但是她那和空中的一朵玫瑰花一样的半开的嘴唇却可以随意自行关闭。您知道沉重的声音和高慷的声音完全结合的时候是很调和的，这使我常常回想到这一刻我们两个灵魂的调和，这调和是永远也找不到的。

“如果您只能够在您所有的河岸打鱼的话，”我对她说，“您要叫人家在哪里打鱼呢?”

“在彭德卢安附近。”她对我说。“啊！现在，自彭德卢安一直到克罗慈古尔特这一段河都是属于我们的。莫尔梭夫先生刚用这两年的利息和迟付的恤金买到四十亩草地。您觉得奇怪吗?”

“我，我希望整个的山谷都是属于您们的!”我大声的说。

她用微笑回答我。我们到达了彭德卢安桥下，安德河宽阔的地方，人们打鱼的所在。

“好，马丁奴呢?”她说。

“啊！伯爵夫人，我们运气不好。我们在那里三个钟头了，从磨坊上溯到这里，我们什么也没有获到。”

我们登了岸，参加了最后几次的抛网，我们三个人都躲在一棵“白雾”的树荫下，这是生产在多瑙河、罗瓦尔河，也许其他一切大河的流域，春天飞扬白色花絮的一种白杨树。伯爵夫人又恢复了她那畅快的态度；她懊悔不该给我吐露了她的苦痛，不该和约伯那样的叫唤，没有学圣马德莲那样的啜泣，没有爱情、没有喜庆、没有娱乐，然而却不是没有香气、没有美貌的马德莲那样的哀哭。拉回到她脚旁的那个三角形的渔网满充着鲜鱼、沙鱼、小白鱼、竹签鱼、鲈鱼和一个在草上跳跃的大鲤鱼。

“这是奇事!”守卫说。

工人们睁开他们的眼睛，钦羡着这位跟那手拿木棍敲触渔网的仙女一样的妇人。正在这个时刻，马夫出现了，大步的骑着马，穿着草地疾驰，使她大为惊颤。我们没有约克在身边，做母亲的人的第一个思想就是要在最微末的事变中紧紧的把她们的儿女拉在她们的怀里，正如维尔吉尔这样含有诗意的说过一样。

“约克!”她叫了起来。“约克在哪里?我的儿子怎么啦?”

她不爱我!如果她爱我的话，她应当会为我的苦痛而发出这样的失望的狮子吼。

“伯爵夫人，伯爵先生病得更重了。”

她呼吸着，和我一块儿跑，马德莲跟在后面。

“慢慢的回来，”她对我说:“这位亲爱的女儿不要跑得太热了。您知道，莫尔梭夫先生在这么热的天气里跑，给他弄得满身是汗，他在胡桃树下的站立一定要演成一幕惨剧。”

这句在烦扰中说出的话显露出她的灵魂是如何的贞洁。伯爵的死，这是一个惨剧!她迅速的回到了克罗慈古尔特，穿过了墙上的洞穴和园囿。我事实上是慢慢的回来。小亨利妹的表情照耀着我，但是却和破坏那已经上仓的收获的雷电同样的照耀我。在这条河上闲游的时候，我自以为是她所抽选的;我很苦楚的觉得她所说的话是可靠的。当了人家的爱人而不是人家的一切所在，这就等于零。所以，我是用爱情的欲望来单恋的，这爱情知道它所要的一切，预先自娱希望所给它的抚摸，满意灵魂的放逸，因为那里已经先期渗杂有将来的逸趣。如果小亨利妹爱恋的话，她却一点儿也不要知道爱情的快乐和爱情的风波。她只是生活在感情本身之内，好像一个圣女和上帝一样。我是她的思想，是她那被误会的感觉所归附的对象，正如蜂群附在开花的树枝上一样;

但是我并不是本源，我只是她的生命的偶发，我并不是她的整个的生命。和一位退位的国王一样，我问我自己到底谁能够给我交还我的国家。在我的疯狂的妒忌之中，我责备自己胆子太小，没有再将实际的法律链子所联系的柔情的连锁拉紧，这连锁在那时候看来似乎是微细的，不是那样真实的。

伯爵的小恙也许是胡桃树的阴凉所生的结果，几点钟之后，他的病却严重化了。我到杜尔去找一位著名的医生奥里志先生，我只能够到晚上带他来；但是他却整夜里和第二天都留在克罗慈古尔特。虽然他派了马夫去寻找大量的吸血虫，他却认为一针抽血是很紧迫的，然而他身上并没有竹叶刀。我马上就紧紧的跑到阿沙伊去，叫醒了外科医士德斯兰特先生，逼他和飞鸟一样快的来。十分钟之后，伯爵晕倒了；抽血救了他。虽然有这第一步的成功，医生还预言说有最危险的发烧，和一些二十年健康的人忽然得着的病症一样。伯爵夫人低着头，以为她自己是这危病的原因。她没有力量来致谢我的关心，只给我投来几个微笑，这微笑的表达就等于她在我手上所接过的吻；我可以在那里读出她对于不法的爱情的悔疚，但是，这追悔的动作却可以使人苦痛的看着这纯洁的灵魂，这追悔是表现了她对于她所认为是高尚的人所有的珍贵的柔情，自责有一个想象的罪恶。真的，她就像诺夫·罗尔爱恋柏特拉克那样的爱恋，不是像李密尼·佛兰塞斯卡爱恋包罗那样的爱恋：这是给梦想这两种爱情的结合的人的一个可怕的发现！伯爵夫人横卧着，她的身体压伏着，她的手臂悬垂在房子中的一张污秽的靠椅上，这房子就好像是野猪的巢窟一样。第二天黄昏，医生在临去之前对一夜未睡的伯爵夫人说要找一个看护的人。这病恐怕是很长的。

“一个看护的人，”她回答说，“不，不。我们看护他，”她瞧着我叫起来说，“我们有救活他的责任！”

听了这一叫，医生给我们投来一个侦探的眼光，满充着惊愕。这句话的表达自然而然的使他怀疑到我们有什么大罪。他允许每星期再来两次，告诉德斯兰特先生应行的步骤，又说明了危险的征候，说是可以到杜尔去找他。

为着使伯爵夫人至少两夜可以睡一宵起见，我请求她让我和她轮流着看守伯爵。于是，经过极大的努力，我就使她第三夜睡觉。当一切的东西都在家中幽静的时候，当伯爵镇定的时刻，我听见在小亨利妹房里有一个苦痛的太息。我非常的不安，我就跑去找她；她跪在她的祈祷跪凳之前，熔化在眼泪之中，自己责备自己：

“我的上帝，如果这就是一个怨声所生的代价，”她叫了起来，“我永远不会再埋怨了。——您离开他了！”她看见我，就这么说。

“我听见您哭泣和太息，我替您骇怕。”

“噢！我，”她说，“我很好！”

她要切实的知道莫尔梭夫先生的确睡着了；我们两个人都下了楼，都在灯光的照耀之下看着他：伯爵的软弱，大部分是因为抽出大量的血，不完全是因为他不能熟睡；他那颤动的手在寻找着被窝，拉着盖在他的身上。

“人家说这是要死的姿态。”她说。“啊！如果他死在我们所给他逼出的病中，我发誓永远不再嫁人！”她加上一句说，用一个严肃的态度，伸出手，摸着伯爵的头。

“我已经尽了我的力量救他。”我对她说。

“噢！您，您真好，”她说，“但是我，我是大罪人。”

她侧过头来倾倒在他那变色的额头之上，用头发拭去他的汗珠，神圣的吻着他；但是我却并不是没有暗地的快乐来看她用这抚摸来还债，就好像是赎罪一样。

“白姑娘，我要喝！”伯爵微微的说。

“您瞧，他只认得我。”她对我说，给他端来一个杯子。

并且，她是用她的声调、用她那动情的举止来侮辱联结我们的情感，她是为着病人而牺牲了它们的。

“小亨利妹，”我对她说，“歇歇去罢，我请求您。”

“不要再‘小亨利妹’、‘小亨利妹’的。”她急迫的打断我。

“去睡罢，不要弄病了。您的孩子们，‘他自己’，都要命令您珍重：有的时候，自私主义可以变成最高的德性。”

“是的。”她说。

她走了，把她的丈夫咐托给我；如果她的姿态并没有童年的温存渗杂着悔疚的恳求的力量的话，至少是显出近期的神经错乱。这种景象，以这纯洁的灵魂的平日的状态来测量，是可怕的，它使我惊惧，我怕她要激发她的良心。医生再来的时候，我对他告发了伤刺我的白色的小亨利妹的那种和受惊的鼬鼯所有的一般的狐疑。虽然是偷说的，这机密却使奥里志先生的疑窦消散，他就想方法来平静这美丽的灵魂的忧愁；而对她说无论是什么原因伯爵都要得到此病，他站立在胡桃树下，这对这个病的发作只有益处，没有妨害。

五十二天的时候，伯爵都是在生死之间挣扎着；我和小亨利妹，我们都轮流的守了二十六夜。毫无疑义的，他的得救应当要归功于我的看护，他的得救是我们严守奥里志先生的命令的效果。他是一位富有哲学家性质的医生，他的聪慧的观察使他怀疑我们，然而我们的行动都不过是为着秘密的完成我们的责任的良善的行为，他整个的参与了发生在伯爵夫人和我之间的英勇的争斗，不能够不用究索的眼光来侦探我们，因为他怕伯爵的死亡对于他的名声有所损害。

“在这种病症之中，”当他第三次来看病的时候，他对我说，“像伯爵这样严重的改变了精神，精神上的刺激可以立刻促进死亡。他的生命都操在医生、看护和围绕他身边的人的手中，因为只有一句话、一个姿态所表现的强烈的恐惧都有毒药一般的力量。”

奥里志对我说了这些话，同时研究我的脸部和我的神色；但是他却在我的眼睛里看到了一个天真的灵魂的光明的表情。事实上，在这个危病的时候，我的智慧并没有构成任何有时甚至于可以在最真实的良心中留下痕迹的不可抑制的恶念。在崇拜自然的人看来，一切的东西都在那里经过同化的作用，而趋于结连。道德的世界也应当有同样的原则。在纯洁的范围之中，一切都是纯洁的。在小亨利妹身边，可以闻到一种天香，一个不良的欲望似乎就可以使您永远离开她。所以，她不但是幸福的所在，同时也是德性的标帜。医生发现我们总是同样的留心、同样的注意，他的话语和他的举止也就变成我也说不出的那样的虔诚和温和了；他似乎这样的对自己说：“这才是真正的病人，他们隐存着他们的创伤，忘记了他！”莫尔梭夫先生是忍耐的、非常服从的，一点儿也不埋怨，最驯良的癖气，这和他健康的时候不是经过一千次的考究绝不做出一桩最小的琐事相比较，则是大不相同的，根据这位卓越的人看来，这种不同在这样毁伤了的人方面是相当平常的事。前时是不相信医生的，现在却完全听从医生的命令，这秘密就是因为怕死，这又是一个不能否认的勇敢的人的反面！这种恐惧很可以解释他的不幸所给他养成的新的性格的许多怪诞的癖气。

我要对您承认这个，拿达里，但是您相信这个吗？这五十天和随着而来的一个月是我生命之中最美丽的时刻。无尽的灵魂之中所有的爱情不就是像雨露降临、水道旁出、急流喘逝、花草丛生、细石夹道、峻岩峥嵘的美丽的山谷中的一朵大花吗？它受风涛的培植正如受清泉的慢慢的滋养一样。是的，当人们爱恋的时候，一切都是集中在爱情上面。最初的危险过去了，伯爵夫人和我，我们也就看惯了这病症。虽然伯爵所需要的看护曾产生了许多不断的混乱，他的房子，我们觉得非常不整齐的房子，却变成洁净而美观的。不久，我们也就好像是坠落在一个荒岛之中的两个生物一样；因为不但这些不幸隔断了社会的无聊的习惯，同时也使这些习惯敛迹。并且病人的利益也逼着我们发生许多的接触，是任何其他的事件都不能允许的。多少次数了，我们以前所有的懦怯的手不是为着服侍伯爵而相碰！多少次数了，我没有支持和帮助小亨利妹！常常受着哨兵一般的必要的激奋，她连饭都忘记吃了；于是，有的时候，她就给她在她的膝上端来了一顿饭，她就很快的吃下，这顿饭需要成千的小心才能吃完。这是一个半开的坟墓旁边的童年的景象。她命令我做些可以免除伯爵的苦楚的事，把我利用在成千的工作之中。最初，就像是在战场上一样，当强度的危险排除了日常生活中的细微的辨别的时候，她就不得不免除了有准备的女人（甚至于最自然的女人）在社会中或家庭中所保守在她的谈吐、她的眼色、她的举止之中的礼貌。她不是来给我启发飞鸟的初鸣，用她的晨装来使我有的时候去重看我那疯狂的希望认为是属于我的那些迷人的宝库吗？虽然还是非常威严、非常骄傲的，她能够这样的不变成我的熟识的家里人吗？并且，在最初的几天之内，危险是这样干脆的取消了我们的亲密的联结，动摇了一切感情的意蕴，使她觉得没有什么不可以；后来，当她加以细想的时候，她就觉得她和我的改变态度也许要变成一种侮辱。我们不知不觉的彼此笼络，一半的结了婚。她表现出非常高贵的有自信，而且相信我就和相信她自己一样。所以，我就更深入了她的心坎。伯爵夫人又变成了我的小亨利妹，小亨利妹不得不更加爱恋努力要变成她的第二灵魂的人。不久，我也就用不着再等待着她的手，这手总是在极轻微的请求的眼光之下无抵抗的放弃于我的；我能够在倾听病人的酣睡的长时间中迷醉的细看着她那美丽的线条，她也不至于躲避我的眼光。我们所同意的微弱的逸情，这些温存的眼色，这些因为恐怕惊动伯爵而轻声发出的话语，这些恐惧，这些说了再说的希望，还有两个久已分开的心的完全的混合所生的成千的事故，这一切的一切都非常强烈的离开了眼前的幕景所有的惨痛的暗影。在这磨折之中，我们深刻的认识了我们的灵魂；这种磨折常常是消灭最强烈的情感的地方，因为这些情感不能抵抗随时的彼此观看，而于人们觉得生活太重或太轻的时候往往因为不断的要求结合反而变成分离。

您知道一个家主的病有多少的烦扰？事情中断了，什么事都缺乏时间；家里的淆乱的生活使他家中或他的家庭的活动失去了次序。虽然一切的事都压在莫尔梭夫夫人身上，但是在外面伯爵还是有用的；他去跟佃户说话，去访问事业中来往的人，去收钱；如果她是灵魂的话，他就是躯壳。我就当了她的军需官，使她可以看护伯爵而不至于在外面有什么损失。她干干脆脆的接受一切，连一声谢谢都没有说。这是一个甜蜜的公产制度，不仅是分担了家庭的管理，不仅是用她的名义来传达命令而已。晚上我常常在她的房子里谈天，谈到她的利益，谈到她的儿女。这些谈话又给我们的暂时的结婚添上了一层外观。小亨利妹是如何快乐的让我担任了她的丈夫所做的事，让我在桌上占了她的丈夫的坐位，派我去和守卫说话；这一切而且完全是纯洁的，不过并不是没有世界上最有德性的女人在寻找一个既能严格的遵守规律又能满足她那不敢告人的欲望的计策时所有的快乐。伯爵缠绵床榻，他不再压迫他的妻子、他的一家；于是伯爵夫人就得到自由了，她有权利关照我，把我变成一大堆的看顾的对象。当我发现她心中的思想（也许是空泛的观念，然而却甘美的表现出来）要给我显露她的人格和品性的价值，要使我看出如果她被了解的话在她身上将有怎么样的变化的时候，我是何等的快乐啊！这朵一直关闭在家中冷气里的花，就在我的眼里茂盛的开放，而且是为我一个人而开放的。她从自身的发展所得到的跟我用爱情的奇眼所感觉的是同样的快愉。她用生活中的一切事物来给我证明我是如何的出现在她的思想之中。有一天，当我在病人床头过夜迟睡的时候，小亨利妹清晨起得比大家都早，她使我身边统治着一个绝对的安静；约克和马德莲不知道她的意思，他们在很远的地方游戏；她就用千方百计来亲身给我盖上我的被窝；最后，她是用怎么样的快乐的动作、怎么样的燕子一般的细腻、怎么样的朱色的两颊、怎么样的颤抖的声音、怎么样的野猫一般的深入的眼光来服侍我啊！

这些心灵的发展很费磨琢！她常常很疲倦，但是，如果在这懈怠的时刻碰到我的话，她就跟为她的儿女一样的为我产生了新的力量，显出敏捷、活泼、愉悦的样子。她是如何快乐的在空中放射她那温柔的光芒哟！啊！拿达里，是的，在这世界上有些妇女分有了这天使一般的精神，和天使同样的施放这种光辉，那位隐名哲学家圣马丁所谓的智慧的、悦耳的、馨香的光辉。小亨利妹确信我的谨慎，她很高兴的告诉我那掩蔽我们的将来的笨重的帘幕，让我在她身上看出两位不同的女人：一位是受约束的女人，不论如何的粗鲁，却曾迷惑过我；另外一位是自由的女人，她的温存应当可以使我的爱情永生不朽。这是多么大的分别啊！莫尔梭夫夫人简直是带到寒冷的欧洲来的班加尔鸟，悲惨的栖在木棍之上，一声不响的垂死在博物学家所给它预备的鸟笼之中；然而小亨利妹却是甘慈沿岸小树林中讴唱东方歌曲的小鸟，好像活动的宝石一样，在长年开放的大马鞭草的红花丛里一枝一枝的飞掠过去。她的美丽越变越好看，她的精神越来越活泼。这继续不断的快乐的火焰是交通我们的精神的一个秘密，因为铎米尼教士这位人世的代表，他的眼睛在小亨利妹方面看来要比莫尔梭夫先生的眼睛更为可怕；但是她和我一样也非常愉快的用精巧的曲折方法来表达她的思想；她把她的满意隐存在戏谑的谈笑之中，把她的温柔掩蔽在感恩的光明的帐幕之下。

“我们是患难之交，菲力士！我们能够允许他我们所允许给约克的出规行为吗，教士先生?”她在棹上说。

严厉的教士只用虔诚的可爱的微笑回答她，他读出了她的心意，看出这心意的纯洁；他还给伯爵夫人表示他的尊敬，渗杂着天使所灵感的崇拜。

在这五十天之中，只有两次伯爵夫人也许可以算是越出了那关闭我们情感的范围之外；不过就是这两桩事也有布幕遮盖着，只有等到最后的承认才能把它揭开。伯爵初病的一天早上，当她懊悔从我身上收回她的贞洁的柔情所允许我的洁白的特权，觉得待我太狠的时候，我等着她，她应当会补偿我。

我太累了，头部靠着墙，昏昏的睡去。我忽然醒了起来，觉得我的额头被一种我也说不出的凉物摸触着，就好像人们依触玫瑰花时所有的冰凉的感觉似的。我看见伯爵夫人在我三步之外，对我说：

“我来了。”

我起来走了；但是，给她祝了晨安之后，我却拉着她的手，并且觉得这手是潮湿而颤抖的。

“您苦痛吗?”我对她说。

“您为什么问我这个问题呢?”她问我。

我看着她，我的脸红了，我的心乱了。

“我做梦。”我回答她。

当奥里志先生最后几次来看病，正式的宣告伯爵病愈的时候，一天晚上，我和约克跟马德莲三个人都躺卧在石阶的层级上，我们都在用心的游戏，用逼针来钩取每一条散布地上的草茎而不令草茎相碰。莫尔梭夫先生睡着了。等候人家驾车的时候，医生和伯爵夫人很轻声的在客厅里谈话。奥里志先生走了，然而我却没有看见他动身。小亨利妹送他出去之后，就靠在窗口，无疑的，她曾默视着我们一些时间，不过我们没有觉得罢了。这天晚上很热，天空是铜的颜色，田野有成千混乱的声音的回响。太阳的最后的光辉沉没在房瓦的上面，园中的花朵在空中散布它们的香气，回厩的牲畜的铃声在远处回荡着。我们怕惊醒伯爵，就在微温的时刻里严守静默，闭塞我们的喊叫。忽然的，虽然有这袍衫的摇荡的声响，我却听到了一个强吞下去而在咽喉中摩擦的太息；我奋身跑到客厅里来，我看见伯爵夫人坐在窗口，手帕掩着脸孔；她认出我的脚步的声音，就给我做了一个急迫的姿势，命令我让她一个人在那里。我走了过来，全心恐惶，而要强力夺去她的手帕。她的脸浸沉在眼泪之中；她逃到她的房子里，一直等到祈祷的时候才出来。五十天以来，我是第一次带她到土台上面来，我追问她的感慨的由来；但是她却装做狂喜的样子，辩解说是奥里志所给她的消息使她如此的。

“小亨利妹，小亨利妹，”我对她说，“当我看见您啜泣的时候，您知道您的感慨是什么？在我们两个人之中，撒谎是一桩怪事。为什么您不让我给您拭干眼泪？这些眼泪难道是属于我的吗？”

“我想，”她对我说，“这个病在我方面看来实在是苦痛之中的一个小憩。现在我并不为莫尔梭夫先生而发抖，而是为我自己而战栗。”

她有道理。伯爵的奇癖的回返宣告了他的健康的恢复；他开始说他的妻子，我和医生都不懂得如何看护他，我们什么也不知道，我们不知道他的病、他的性格、他的苦痛、他的适当的药剂。自负医道高明的奥里志看到了伯爵的癖性的变化，然而伯爵自己却只管他的胃口幽门。有一天，他很狡猾的看着我们，好像侦探出我们、猜透了我们似的，他微笑着，对他的妻子说：

“好，我的亲爱的，如果我死了的话，您一定会怜惜我；但是，您得承认，您得忍耐……”

“我一定要按内宫的办法挂孝，穿淡红和黑色的。”她笑着回答，要使她的丈夫缄默。

医生曾经小心的决定，不让人家随便拿东西去满足病后的饥饿，结果，特别在这吃东西方面却有了许多的扰乱和吵闹，是以前所没有的，因为伯爵的性格变得简直和病中的幽静同样的可怕。依着医生的命令，仆人的服从，再加上我的怂恿（我在这争斗中看出一个可以教她统治丈夫的办法），她就大胆的反抗；她知道用冷静的额头去对付疯癫和狂叫；她已经习惯把她当做疯子、当做小孩子来倾听她的侮慢的形容。我很高兴的看着她抓住这个病态的精神。伯爵喊叫着，但是他却服从着，特别在狂叫之后，他总是要服从的。虽然有这些明显的结果，小亨利妹有时也瞧着这衰瘦而虚弱的老人，他那胜似落叶的灰黄的额头，他那惨白的眼睛和他那战栗的双手而流下清泪；她责骂自己的无情。当她量了超过医生所定的界限的食物而看到伯爵眼中所表现的快乐的时候，她也常常无法抵抗了。她也给他表示她给我所表示的同样的甜蜜和温柔，不过其中总有不同的地方，这不同给我的心充满了无限的快乐。她不是不会厌倦的：当她的偏情来得太快而伯爵也埋怨她没有懂得他的时候，她就呼唤仆人来伺候伯爵。

伯爵夫人要感谢上帝恢复莫尔梭夫先生的健康，她请教堂给她做一个弥撒，问我给她伸过手臂，陪她到教堂里去；我带着她到那里去；但是正在进行弥撒的时候，我却跑去看看齐塞尔先生夫妇。回来的时候，她要叱咤我。

“小亨利妹，”我对她说，“我绝不会做错事。我可以跳进水中去拯救溺在水里的仇敌，把我的大衣拿给他穿，去温暖他；我还可以宽恕他，但是我却并没有忘记他的攻击。”

她寂寞无言，把我的手臂紧压在她的心口。

“您是一个天使，您的感恩行为一定很诚恳，”我继续着说，“和平王子的母亲却得叫一个要杀死她的愤怒的平民来拯救，当王后问他‘您做什么?’的时候，他就回答说‘我替他们祈祷!’女人就是这样的。我，我是一个男人，所以，我一定是不完全的。”

“别骂人啦，”她说着，重重的摇动我的手臂：“也许您比我更有价值。”

“是的，”我接着说，“因为我抛弃了我的永生，只为着一日的幸福，而您！……”

“而我?”她很骄傲的瞧着我说。

我缄默了，低下我的眼睛，避免他的眼色的雷霆。

“我!”她接着说，“您说哪一个‘我’呀？我在我心里感觉到不少的‘我’！两位孩子，”她指着马德莲和约克加上一句说，“也都是‘我’。菲力士，”她用破裂的音调说，“您就相信我是自私自利的人吗？您想我要牺牲我的整个永生去补偿为我牺牲生命的人吗？这种思想是可怕的，它永远的冰冷了宗教的情绪。这样堕落的女人能够得救吗？她的幸福能够赦免她吗？您要使我赶快来解决这些问题！……是的，我给您泄漏了良心上的秘密；这种意念常常穿过我的心坎，我常常用严厉的忏悔来赎罪，这意念就是您前天要我解释的眼泪的原因。”

“您不是太重视了庸俗的妇女以为是高价的那些事物，而您得……?”

“噢!”她打断我说，“您不重视它们?”

这种逻辑停止了一切的推理。

“好，”她接着说，“您要知道这个！是的，我是这位可怜的老人的生命，如果我抛弃他，我就是卑劣的！但是，我的朋友，这两位在我们前头的虚弱的小生命，马德莲和约克，他们不要留在他们的父亲的身边吗？好罢，我问您，您相信他们能三个月在这个人的荒缪的统治之下生活吗？如果，在抛弃我的责任之中，不过是为着我……（她发出了一个高妙的微笑）但是，这不是要杀死我两个孩子吗？他们的死是定了的。我的上帝，”她叫了起来，“为什么我们要谈论这些事情呢？请您结婚去，让我死了罢！”

用这样苦楚、这样深沉的音调来说这些话，她也就闭塞了我的感情的反动了。

“您在那外边胡桃树下曾经叫唤过；我，我刚在这些榛树下叫唤，如此而已。从此之后，我不再说话了。”

“您的仁慈杀了我。”她说着，仰起眼睛，朝着天空。

我们走到了土台上面，我们在那里发现伯爵坐在一张靠椅中间，晒太阳。这个好容易生出一个轻淡的微笑的衰瘦的脸孔灭熄了从灰烬里燃烧出来的火焰。我靠在砖栏杆上，默默的端详着这个居在他的两个瘦弱的孩子和他那被守夜而变成惨白、被过度的操劳、可怕的两个月的紧张或快乐而变成消瘦的妻子（然而这个景象却过度的润饰了她）之中的垂死的人的图像。看了这个惨痛的家庭，这个在透有阴云的秋光的树叶的包围之下的家庭，我心里不禁感觉到躯壳和精神的联结的解散。第一次我生了人们所谓的最强悍的战士，在最剧烈的争斗时所有的忧郁病，这是一种冷淡的疯狂，可以使最勇敢的人畏怯，可以使没有信仰的人变成虔诚，可以使一切的事物变迁，甚至于最活泼的情绪、光荣和爱情；因为怀疑动摇了我们的自知，使我们厌腻生活。您们的丰富的结构把您们无抵抗的交给我也不知道是哪一个命运的天神，您们这些可怜的富于神经质的人类啊，您们的长官、您们的鉴别人到底在哪里呢？我明白了这已经伸出手去授受法兰西元帅的指挥杖的年青的勇士，这善于外交而又富于勇气的战士是如何的能够变成我所看见的无罪的杀人犯！我的欲望现在是戴上了玫瑰花的冠冕，它们也能够有这个结果吗？受到因果观念的感动，跟反对宗教的人一样的问着上帝到底在哪里，我不能够忍住流下我的两颊的两颗泪珠。

“你怎么啦，好菲力士？”马德莲用她那儿童的声音问我。

然后，小亨利妹就用悬念的眼光来消散这黑色的烟雾，她的眼光照耀了我的灵魂，正如太阳一样。正在这个时刻，老马夫给我从杜尔带来一封信；看见了这封信，我不知道如何惊异的叫了起来，然而，莫尔梭夫夫人却战栗了起来。我看见内宫的玺印，国王召我回去。我给她递过信，她只瞧了一眼。

“他走了！”伯爵说。

“我要变成怎么样呢？”她对我说，第一次看见到她那没有太阳的荒野。

我们都呆呆的沉思着，这思想同样的压迫着我们，因为我们从来就没有这样清楚的感觉过我们是这样的彼此需要。在伯爵夫人和我谈论一切的事物当中，甚至于不相干的事情，她都有一种新的声调，好像是断了许多弦而其他的弦也都变成松弛的乐器一般。她的态度是迟钝的，她的眼色是无光的。我请她告诉我她的思想。

“我还有思想吗？”她对我说。

她拉我到她的房子，请我坐在她的安乐椅上，搜索了她的梳妆台的抽屉，跪在我的面前，对我说：

“这是我一年来所脱落的头发，拿着去罢，它是属于您的，有一天您总会知道这是怎么来的、这是为何而来的。”

我慢慢的倾倒在她的额头之上，她并没有低下头去避免我的嘴唇，我很神圣的靠贴着我她嘴唇，没有犯法的醉狂，没有发痒的情欲，然而却有正当的柔情。她要牺牲一切吗？她要跟我一样

她拉我到她的房子，请我坐在她的安乐椅上，搜索了她的梳妆台的抽屉，跪在我的面前……

一个人走到深渊的边缘吗？如果爱情已经引导她去放肆的话，她绝不会有这种深沉的静默，绝不会有这宗教的眼色，绝不会用纯洁的声音对我说：

“您不再要我的爱情吗？”

正在夜的开幕时，我离开了，她要送我从佛拉柏斯罗的路上走，我们都停留在胡桃树的前面；我指示她这胡桃树，告诉她四年前我是怎样的从这里看着她。

“那时候这山谷是非常美丽的！”我叫着说。

“那末现在呢？”她剧烈的接着说。

“现在您是站在这胡桃树下，”我对她说，“而这山谷也是属于我们的。”

她低下了头，我们也就在这里分别了。她和马德莲登上了她的车，我也一个人登上了我的车。回到巴黎，我很幸运的埋头于紧迫的工作之中，这工作给我一个强烈的消遣，逼着我避开了已经忘记了的社交。我给莫尔梭夫夫人写信，我每星期都给她寄去我的报纸，她也每月给我回复了两次。暗淡而充满的生活就好像是漫草丛生、群花怒放而没有人认识的地方一样，这地方就是最后两星期我还在树林的旁边做着我那咏花的新诗时所羡慕的。

噢，您们这些爱恋的人啊！请您们勉励自己这些美妙的责任，请您们负责来完成这些规律，就好像教会每日给基督徒所拿出的责任和规律一样。罗马教会所创立的严规是伟大的思想，它总是预先在灵魂之中用包含着希望和恐惧的行为来给留下责任的痕迹。情绪总是湍急的在这些挖掘的水道中流动，这些水道可以停积水流、澄清水流，不断的刷新心坎，用隐蔽的信仰所有的丰富的宝藏来肥沃生命，这信仰常常是神圣的，在那里增加着纯一的爱情的纯一的思念。

第三章 两 妇 人

恢复中世纪时代、回返武士道精神的我的情感，我也不知道如何的就被大家所知道了；这也许因为国王和勒农古尔公爵的谈论所生的结果。在这高贵的环境里，虔诚崇拜一位美丽而没有群众、伟大而孤独、忠实而没有责任的女人的这位青年人的浪漫的单纯的故事，真的就传遍了圣日耳曼镇上的朝廷吗？在各权贵的客厅里，我觉得我变成了一个拘束的注意的对象了，因为生活的朴素有一些好处，一旦得到了这些好处，他就可以使常定的幕景的光彩变成不能忍受的。同样的，只习惯于看见温和的苦痛的眼睛就被一个华丽的日光伤刺了；同样的，有一些精神是剧烈的对照所不能愉悦的。那时候，我就是这个样子的；现在您可以奇怪这桩事；但是，请您忍耐一下，目今的王地尼斯的怪癖可以解释一切。我于是就找到了一些表现有恩情的女人和一个在我看来是完全为我而有的世界。柏利公爵结婚之后，朝廷又走了红运，法兰西的节庆又回复了。外国军队的占据已经不存在了，兴旺又出现了，快乐是可能的。地位高贵或财产丰富的人物都从欧洲各角落流溢到这智慧的国都来，这里可以找到比各国都进步的东西，由法兰西的精神而加以磨琢，而扩大了的他们的罪恶。冬天离开克罗慈古尔特之后的五个月，我的好天使给我写了一封失望的信，告诉我她的儿子的重病，虽然她的儿子已经脱了险，但是这病总给她留下许多将来的恐惧；医生说应当小心他的肺，这是一个可怕的字眼，因为科学的说法使一个做母亲的人的一切时间都染上上灰黑的颜色。小亨利妹刚刚能够喘一口气，约克刚刚恢复了健康，他的妹妹又闹得令人不安。马德莲，这个母爱所培植的美丽的草木，她患了一个预料得到的病症，这病症对于这样脆弱的身体是很危险的。伯爵夫人已经受到了约克的久病所生的疲乏的打击，她没有勇气再来忍受新的棒喝，这两位亲爱的生命所给她的景象就使她忘记了她的丈夫的性格倍加在她身上的愁苦。因此，越来越可怕、越来越沉重的风波就以他们的苦浪来拔除了种在她心中的最深刻的希望。她而且是在伯爵的暴虐之前放了手；在这松懈的战争之中，伯爵算是克复了他的失地了。

“当我的全力都包蔽在我的儿女身上的时候，”她给我写信说，“我能够用它来反抗莫尔梭夫先生，我能够在反抗死亡之中来抵御他的侵略吗？现在，当我这孤单而脆弱的女人在伴我的两个年轻的悲愁的孩子之中走路的时候，我就被一种不可征服的对于生活的厌腻所威吓了。当我看见约克一动也不动的站在土台之上，我只能够在他那因为衰瘦而显得圆大、他那深陷和老人一样的两只美丽的眼睛中看出他的生命，看出这不幸的征兆的时候，我能够感觉到哪一种打击呢？我能够用哪一种情感来反应呢？发展了的智慧是他的躯壳的孱弱的对照吗？当我看见我的身边这个可爱的马德莲这样的活泼、这样的悦人、这样的好看，现在却苍白得和死人一样的时候呢？她的头发和她的眼睛在我看来似乎都变成惨白的了，她对我转过她那没有生气的目光，就好像她要跟我说声永别一样；没有什么滋味可以诱惑她，如果她想吃什么东西的话，她总使我惊愕她的嗜欲的特别；这诚实的孩子，虽然她是在我心中长大了的，她却红着脸告诉我她所要吃的味道。虽然我非常的努力，我总不能够开心我的儿女；他们之中的任何一个都对我微笑，但是这个微笑却是因为妩媚我而有的，并不是他们心中自动的产生出来的；他们为着不能够回报我的爱抚而哭泣。痛苦整个的散布在他们的灵魂之中，甚至于散布在联络我们的关节之上。因此，您可以懂得克罗慈古尔特变成怎么样的悲惨了：莫尔梭夫先生在这里统治，没有碰到任何的障碍。——噢，我的朋友，您，您是我的光荣！”她在后面这样写着，“您应当为着继续爱我，为着还爱我这被苦痛而变成无生气、不生产、硬化的女人而好好的爱我！”

我从来没有感觉到比这更强烈的在我的五脏里受到打击，我只生活在我要在上面给紫色的黄昏的希望送去早晨的清明的凉风的灵魂之上。就在这个时刻，我在埃里西—布尔崩的权贵沙龙中遇到了那些“半个君主”的贵妇的一个。她有庞大的财产，生长在一个自从征服岛国以来就没有和贱民通婚的家庭之中，嫁给英吉利世卿中一个最出色的老人，这一切的特点都不过是附属的条件，可以提高这个人的美丽，她的温存、她的举止、她的精神，一种可以在昏迷男人之前幻惑男人的光辉。她是时代的偶像，她也同样的统治着巴黎的社会，她有得到成功的必要的性质，她有柏尔拿铎特所说的天鹅绒手套底下的铁手。您认识英国人的单纯的国民性，隔乎他们和他们所瞧不见的人们中间的这个不可侵犯的骄傲的英吉利海峡，这个冰冷的圣乔治运河！人类似乎是他们脚下所践踏的蚁群；他们只承认他们所允许的人是同类；他们不听其他的人的语言；这确是开动的嘴唇和看视的眼睛，然而无论是这音调也好，是这眼光也好，他都达不到他们的身上；在他们看来，这些人就等于零。英国人就是他们的岛国的图影，在这岛国之上，法律统治一切，一切都在自己的范围中划一齐整的，道德的实施似乎是按时转动的轴轮的必要的动作一样。英国的女人是被黄金的线条缚束在家中的，但是她家里的牲畜的食具和水槽却是非常讲究的，建筑在这种英国女人周围的光泽的钢铁的堡垒可以给她生出一个不可抵抗的情趣。任何的民族都不能够更好的产生出结了婚的女人的虚伪，把她时时刻刻放在死亡和社交的中间；在她看来，耻辱和名誉并没有任何的间隔；不是有完全的错误，就是没有她的存在；这是一切，不然的话，就是空无所有；这就是哈姆雷特的“存在，否则不存在”。这种选择，再加上习惯成自然的常定的瞧不起人就使英国的女人变成这世界的另一部分存在物。这是一个可怜的生物，力量就是她的德性，随时可以败风坏俗，心中埋有不断的谎言，然而她的外观却是非常甘美的，因为这个民族把一切的东西都放在外观之上。就是因为这个道理，这个国家的女人都是特别美观的：这在她看来是生命的必要的总括的柔顺，为着看顾她们自己的过度的细腻，莎士比亚的天才在《罗米欧与朱丽叶》的一幕名剧中这样甜美的描绘出来的她们的爱情的雅致，这可以一笔表现出英国的女人。您这个在许多方面都羡慕她们的女人，我难道要对您说您并不知道这些白色的妖妇表面上看过去是打不进去的，然而却是可以立刻认识的；您并不知道她们相信爱情可以满足爱情，然而却在享乐之中带进忧郁病，并且不改变这享乐；您并不知道她们的灵魂只有一个腔调，她们的声音只有一个音缀，没有在情海中浮游的人总不知道感觉的诗章，好像没有看见过情海的人要减少他的琴弦一样吗？您知道我为什么说了这些话。我和杜德利侯爵夫人的机遇有一个不可避免的名声。在意志整个被感觉所统治的年纪中，在一位意志被压制的年青人身上，这样强烈的照耀着那个在克罗慈古尔特慢慢的忍受殉道者的苦痛的生活的圣女的脸孔使我能够反抗一切的迷惑。这种忠实就是我所以值得阿拉柏尔贵人的注意的功勋。我的反抗刺激了她的情感。正如多数英国女人所欲求的一样，她所要求的就是出色和特别。她要一些胡椒和辣茄来做她的心灵的食料，正如英国人要刺激的香料来提起他们的胃口一样。这是在一切事物中所要求的常定的圆满，在习惯中所有的系统化的规则性，这两者所加在这些女人的存在上面的虚弱就引导着她们去崇拜浪漫和困苦的生活。我不知道如何批评这性格。我越是退缩在我那冷酷的轻蔑的态度中，杜德利贵人就越为感动。她要在这斗争中得到胜利，这争斗曾引起一些客厅的好奇，这是她的第一个幸福，使她觉得有非得到胜利不可的责任。啊！如果有一两个朋友给我反复的说出她所说的关于莫尔梭夫先生和我的这句残酷的语词的话，我一定会得到拯救：

“我讨厌，”她说，“这些野鸽的叹息！”

这里并不是要辩解我的罪恶，我要您知道，拿达里，一个男人并没有您们用来躲避我们的追逐的那样多的力量来反抗女人。我们的习气禁止我们男生去残忍的惩罚女人，然而在你们，这些残忍的惩罚却是诱惑情人的饵物，这而且是您们的适当的礼仪；在我们男子方面，相反的，我不知道是哪一种男性的骄傲的法学却嘲笑着我们的含蓄；我们独占温和而让您们有获得恩爱的特权；但是如果颠倒了这作用的话，男人们就要在谑笑之下失败了。虽然我心中有我的情意，我还没有到达对于骄傲、忠诚、美丽三种迷人的诱惑不生感觉的年龄。当阿拉柏尔贵人在一个跳舞会中（她是这跳舞会中的王后）把她所得到的恭维都放在我的脚边，来侦视我的眼色，看看她的装饰是不是合于我的口味，使我愉快而战栗的表现出她的欲情的时候，我被她的柔情感动了。并且，她是站在一块我没有法子躲避她的地方；我很难拒绝一些外交界的邀请；她的地位使她受到一切的权贵客厅的欢迎，她用了妇人们得以获取她们所喜悦的一切的东西的狡猾，居然能够让家中的主妇请她在棹上坐在我的身边，然后，她就朝着我的耳朵说：

“如果我能够像莫尔梭夫夫人那样的被爱的话，我可以为您而牺牲一切。”

她笑着交给我最谦卑的条件，她答应我一个坚忍不拔的谨慎，或请我为着她的爱而苦痛。有一天，她对我说了这些可以满足懦怯的良心的屈服和一个青年的放荡的欲求的话：——总是您的女朋友，如果您愿意的话，就是您的情妇！最后，她还想出计策利用我的忠实来为难我；她串通了我的仆人，而在一个夜会里当她显得特别漂亮确信已经动了我的情欲之后，我就发现她来到我的家里。这风声传遍了全英吉利，英吉利的贵族也就像上天掉了最美丽的天使一样的惊愕。杜德利贵人离开了她的忧愁，跑到不列颠的安毕礼去，缩小了她的幸运，要用她的牺牲来压倒那位用德性而产生的这种惨剧的牺牲。亚拉柏尔贵人就好像庙宇顶上的魔鬼一样，非常高兴的给我指示出她的王国的最富庶的地方。

我恳求您用宽恕的态度来读这篇忏悔录。这是关于人类生活的最有意思的一个问题，关于多数的男人都屈服在下面的一个危险，我之所以要来解释也不过是要在这暗礁上点起灯塔而已。

这位美丽的贵人，她是这么样修姱的、这么样脆弱的。这位和乳汁一样白皙的贵人，她是这么样的纤脆、这么样的容易破碎、这么样的温软，她的额头是这么样的令人生起怜惜之心，覆盖在这么样褐色而柔细的头发之下；她的光辉就好像是忽起忽灭的一星磷火，然而她却是铁铸成的。无论怎么样强悍的马也抵抗不住她的疯狂的一拳，抵抗不住她这表面上似乎是这样柔软然而却什么也不能够使其松懈的手。她有牝鹿一般的脚，一个枯干而多筋的脚，包裹在难以笔述的风韵之下。她有一种在争斗中什么也不怕的力量；没有一个人能够跟在她后面跑马；她和半人半马的怪物竞赛，曾经得过野外赛马的锦标；她不必停住马而能够射击斑鹿和牝鹿。她的身体并不认识汗液是什么，她向空中吐出火气，活在水中，用死来相恫吓。所以她的情感完全是非洲式的；她的欲望就好像是沙漠之中的旋风；这沙漠是无边的，满充着蓝色和爱情的，它的天空是不变的，夜晚是清凉而多星的。

这和克罗慈古尔特是如何的不同啊！一个是东方，一个是西方：一个是为着自养而吸收了最小的一滴水分；一个是倾吐她的灵魂，而以一种光明的空气来包裹忠实于她的人；后者是活泼的、纤细的，前者是迟慢的、肥胖的。您到底曾经想过英国人的一般的气质没有？英国人的气质不是物质的崇拜吗？不是一个千真万确而经过深究应用的享乐主义吗？无论怎么做、怎么说，英吉利总是唯物主义者，也许它自己还不自知。英国人有宗教和道德的自负，于是他们就有一种神圣不可侵犯的精神，而没有天主教的灵魂，这自负所有的丰富的恩典并不是任何的虚伪所能代替的，不论这虚伪是如何的做得漂亮。英国人有一种对于生存的享受的最高程度的科学。这科学完美了甚至于物质生活的最微小的部分。它可以使您的拖鞋变成世界上最珍妙的拖鞋；它可以给您的衣着一个难以形容的风味；它可以使衣橱加倍的馨香；它可以在指定的时刻里倒出精细烹煮的馥郁的香茶；它可以扫除尘灰，可以在家中的第一个梯阶一直到最后的落角为止铺上地毡，洗刷地窟的墙壁、油漆门上的叩环、润饰马车的机关；它可以用材料来制造富有养素而烂熟光亮的清洁的蔬菜。在这科学的怀抱之中，灵魂就在享乐之下死亡了。这享乐可以使人独占可怕的舒服，可以给人一个没有阻碍没有自发的生活。总而言之，它把您机械化了。我就这样的在英吉利的奢侈之中认识了一个女人。她也许是女性之中的独一无二的。她用她的苦痛和她的放浪所产生的爱情的罗网来包围我；在这爱情之中，我是严守我的贞洁的。这爱情有许多逼人的美丽，一个电感的力量；它可以常常带您从它那半醒半睡的象牙的门户走到九天之中，或是在那里把您抢在它那生翅膀的腰部，骑着回来。这是极端孤恩的爱情，它要在它所杀害的尸体之上笑着；这是没有记忆的爱情，一个和英国的政治一样残忍的爱情；一切的男人都堕落在它的中间。您已经懂得这问题了。人类是物质和精神组合而成的，兽性通达到他的身上，天使的性质也是从他的身上开始。就是因为这个道理才有了我们一切的人都在我们所预觉的将来的命运和我们所还没有完全脱离的以往的本能的记忆之中的争扎；一个肉欲的情爱和一个神圣的情爱。有的人把这两者镕化为一，有的人却自为抑制；前者搜求一切的异性而求满足他的前时的嗜欲，后者则整个的理想化在一位单独的女人身上，把她视为整个的宙宇；前者徘徊于物质的情欲和精神的情欲之中，后者则把肉欲精神化了，请求肉欲供给他肉欲所不会供给的东西。如果想到这些爱情的一般的轮廓，您就可以注意到不同的组织所生的破坏，那些没有经验的人所定立的盟约的拒绝和接受；如果您在那里加上特别生活在精神、心灵、活动之中，有思想、有感觉、有行动，在社会之中没有地位，被人误解而变成两重人格的人的希望所产生出来的错误，您就可以大大的宽恕社会所不同情的不幸了。好，阿拉柏尔贵人可以满足本能，满足器官，满足嗜欲，满足罪意，满足构造我们躯壳的精巧的物质的德性。她是身躯的情妇。莫尔梭夫夫人是灵魂的妻子。满足情妇的爱情是有限的，物质是有限的，它的特性就是可以计算的力量，它受了不可避免的饱和的支配；我常常觉得在巴黎，在杜德利贵人身边有一种说不出来的空虚。心灵的领域是无穷的；在克罗慈古尔特，爱情是无限的。我很热情的爱恋阿拉柏尔贵人，真的，如果她最有兽性的话，她也同样的在智慧方面有她的超人的地方；她那富于戏谑的会话是包罗万象的。然而我却崇拜小亨利妹。夜晚，我为着幸福而流泪；早晨，我却为着后悔而痛哭。

有一部分的女人懂得聪明的把她们的妒忌隐蔽在天使一般的

天真的仁慈之下。这些都是和杜德利贵人一样过了三十岁的女人。这时候她们知道感觉和计算，榨取一切现在所能有的液汁，而想着将来；她们能够吞忍叹息，她们的举动总是正当的，她们有追随即将捕获的猎物后面欢呼而看不见伤痕的猎夫的毅力。阿拉柏尔一句话也没有说到莫尔梭夫夫人，然而她却想方法要把莫尔梭夫夫人杀死在我的灵魂之中；不过她总重新在这里找到莫尔梭夫夫人，她的情热也就跟着这不可磨灭的爱焰而更加炽烈。为着要用她所惯用的比较的方法来得到情场的胜利，她就装着毫无疑虑、毫无不安、毫无惊异的态度，和大部分的少女一样；但是她就像一口衔着一个捕获物带回穴洞咀嚼的母狮一样的防备着，不让任何东西来扰乱她的幸福，把我死死的保守着，就好像没有得到投降的征伐一样。我就在她的眼光之下给小亨利妹写信，她却从来没有念过一行，她却从来没有设法来知道我在信上所写的地址。我有我的自由。她好像对自己说："如果我丢掉了他，我只能够归咎于我自己。"并且她是骄傲的依靠着这么样忠诚的一个爱情，甚至于如果我要她的话，她也可以毫不犹豫的把生命交给我。最后，她还使我相信如果我离开她的话，她马上就要自杀。关于这个问题，我应当懂得赞美印度寡妇在她们的丈夫的火刑场上自焚而殉的风俗。

"虽然在印度这种习惯是贵族阶级所特有的，虽然这种风俗是欧洲人所不大了解的，所猜想不出其伟大的，但是您得承认，"她对我说，"在我们的近代习尚之中，高贵的举动不是只能够用特别的感情来表现吗？我怎么能够让中产阶级知道如果我不是像她们一样的殉情的话，我的血液就不像她们的呢？出身微贱的女人可以有金刚钻，有布料，有马匹，甚至于有本来是特别属于我们的徽章，因为人们可以用钱购买一个名义！但是举起头来反抗法律而爱恋，为着偶像而殉节，自愿在他的床上被单之中做了一块殓尸布，把世界和上天都交给一位男人，取消了全能上帝被人敬奉为神明的权利，不出卖这男人，甚至于有损于自己的德性也不出卖他，因为以责任为借口而拒绝他，这不就是献身于‘他’以外的一件什么东西吗？……不论是人或是观念都要随便的出卖！这就是庸俗的女人所以不能有这些伟大的地方；她们只认识两条公共的路：道德的大道或是满充污泥的娼妓的小径！”

您瞧，她是用骄傲来下手的，她用一切自己加以神化的夸耀来妩媚我；她把我放在这么高的地方，说是她只能够在我的膝下生活；所以，她的精神的一切的诱惑都是用她那奴婢的地位，用她那整个的屈服来表现的。她知道整天的留在我这里，躺卧在我的脚旁，静静的，盯着眼睛瞧我，侦探着快乐的时刻，就好像一位苏丹的妃子一样，她又用聪明的娇媚的举止来促进欢乐，装做完全等待这欢乐的来临的样子。

我得用什么字眼来描绘在这最初六个月之中我是如何的在一个满充欢乐的爱情之下受到了一个使我变成衰弱的享乐的侵略呢？这侵略可以使经验所得的学识发生变化，然而却在强烈的感情之下隐存着它的教导。这些欢乐是性感诗章的突然的显露，是使年青人归附于年纪较大的妇人身上的热烈的联结；但是这个联结却是一个徒刑的铁链；它给灵魂留下一个不可磨灭的痕迹，它用新鲜、诚实、只富有花样的爱情给灵魂预先放下一个厌腻的感觉；这爱情不懂得把酒精倾倒在奇妙雕刻而满充着砂石的那只发出不可熄灭的火光的金杯之中。在玩味着这些我所梦幻而不自知的、这些我在花球之中所表露的、这些因为灵魂的千般的联合而更加热烈的情欲之中，我并不是没有一些似是而非的话来自慰痛饮这美丽的金杯的畅快。常常，当我的灵魂脱离我的身体而遗失在这无穷的懈怠中，飞翔在远离土地的地方时，我就想到这些欢乐是灭除物质、高举精神的一个方法。杜德利贵人也和多数的妇人一样，她也常常利用产生过度快乐的激奋，以盟誓来给合我；并且在欲求突然到来的时候，她就使我发出污渎的话语来侮辱克罗慈古尔特的天使。一旦背了信，我就变成了欺诈的人。我还继续给莫尔梭夫夫人写信，好像我还是她所爱的穿着小蓝色怪衣服的孩子似的；但是，我得承认，当我想到一旦不小心泄漏了消息就可以使我希望中的可爱的别宫发生不幸的惨剧时，她这在我眼中已经变成次要的天姿就使我大为惊惧。在我的欢乐当中，常常有一个伤痛使我突然发冷，我常常听见有一个声音从天上降落下来，给我呼唤小亨利妹的名字，就好像《圣经》所载“卡因，阿柏尔在哪儿?”的声音一样。

我的信得不到回复。我万分的不安，我想要到克罗慈古尔特去。阿拉柏尔一点儿也不反对，并且很自然的对我说她要陪我到杜尔兰去。她那被困难所激动的偏情，她那被毫无希望的幸福所劝慰的预觉，这一切的一切都给她产生出一个真实的爱情，是她所要使其变成专一的。她的女性的天才使她看见在一次的旅行中可以得到一个使我完全脱离莫尔梭夫夫人的方法；另一方面，我因为被恐惧昏迷了，被一种纯正的天真的情感制服了，我看不出自己将要堕落在这个陷阱之中。杜德利贵人提出许多最谦卑的退步，预先防备一切的反对。她答应住在杜尔附近的乡下，不让人知道，隐藏起来，白天不出门，给我定下没有人可以碰见的夜里和她相会。

我从杜尔骑马到克罗慈古尔特去。我所以这样来的原因却有我的理由，因为我在夜间旅行需要一匹马。我的马而且是斯坦霍蒲·埃斯特贵人送给侯爵夫人的，是我用郎布兰特的名画跟她换来的，这画现在正挂在她伦敦的客厅中；我就是这么简单的得到了这匹马。我就走了六年前用脚步行走的那一条路，停留在那棵胡桃树下。从那里，我看见莫尔梭夫夫人穿着白色的袍子，在土台的旁边。我马上就用闪电一般的速度奔着她，而在几分钟之内就一直的穿过这距离，来到墙跟，好像郊外的赛马一样。她在听着沙漠的燕子的奇异的飞跃。当我干干脆脆的在土台的一角上遇见她的时候，她就对我说：

“啊！您来了！”

这一句话吓坏了我。她知道我的邪行。谁告诉她呢？这是她的母亲，因为后来她给我拿出她母亲的一封可恨的信给我看！她的声音从前是满充着生气的，现在却表现出无力而不在乎的样子，音调的衰弱和音色的灰白无光表现出她的成熟的痛苦，吐出了一种我也说不上来的折断了的花朵一般的气味。情变的飓风就好像永远带来砂石埋没土地的罗瓦尔河的潮水一样，吹过她的灵魂，把这从前丛生青绿的草地变成一个沙漠。我从小门牵进我的马；它听了我的命令躺卧在短浅的草地上。伯爵夫人慢步走来，叫着说：

“多么好看的牲畜啊！”

她站着，叉着她的手。我猜想她不愿意让我拉她的手。

“我去告诉莫尔梭夫先生去。”她离开我，一边对我这样说。

我呆呆的站着，精神昏乱，让她走去，默默的看着她总是高尚的、迟慢的、骄傲的，比从前还要白，但是在额头上却留下一个最愁苦的黄色的痕迹；她的头倾斜着，正如支持过多的雨水的百合花一样。

“小亨利妹！”我用自知末日的罪人的疯狂来呼唤。

她并不回头，她并不停步，她轻蔑我，好像要对我说她已经收回了这个名字而不必答应我似的；她还是走着。这个惊人的山谷可以包罗几百万变成灰土的人民，它的灵魂现在可以激动全地球的生气；在这个山谷之中，我可以在这些光耀的广大的荣光照耀下的群众之中觉到自己的渺小，然而我却觉得还没有在这白色的形状之前那样的扁平无物，我就像执拗的洪水在城市的街道中高涨一样的走了上去，用齐整的步伐走上了她的克罗慈古尔特别宫，这个基督徒的迪当的荣耀和苦刑！我咒诅阿拉柏尔，如果她听到我的诅骂的话，只这一声咒骂就可以杀死了她，因为她是这么样的把一切都交给了我，就像人们把一切都交给上帝一样！我沉没在思想的大海之中，从各方面看到痛苦的无穷。然后，我看他们都下来了。约克用他的年纪所有的幼稚的急迫跑来。卡塞尔带着一副垂死的眼睛，马德莲陪着她的母亲。我把约克抱在我的怀中，在他身上倾倒出我的灵魂的涌流和她的母亲所拒绝的眼泪。莫尔梭夫夫人走到我的面前，伸出她的手臂，把我紧拉着，靠在她的身上，抱在她的两颊之间，对我说：

“菲力士，我知道我短了您的命债！”

在这一幕中莫尔梭夫夫人就转过她的背来，借口说要给发傻的马德莲指示那匹马。

“啊，真是魔鬼！这些女人！”伯爵发怒的叫，“她们要研究您的马。”

马德莲转过身来，走回我的面前，我吻着她的手，瞧着脸上发红的伯爵夫人。

“马德莲好多了。”我说。

“可怜的小女儿！”伯爵夫人吻着她的额头，回答说。

“是的，这会儿他们都很好，”伯爵回答说。“就是我一个人，菲力士，就是我一个人毁了，我就好像是将要崩塌的老塔一样。”

“将军似乎总有他的‘黑龙’吗？”我接着说，瞧了莫尔梭夫夫人一眼。

“我们大家都有我们的 blue-devils（凶鬼），”她回答说，“这不就是和‘黑龙’意义相同的英文字吗？”

我们一同走了上去，望着园囿来，大家都觉得有什么严重的事态发生似的。她一点儿也没有单独和我在一起的意思。总之，我变成了她的客人了。

“喂，您的马呢？”当我们出来的时候，伯爵说。

“您要看出，”伯爵夫人说，“无论想他或是不再想他，我都是错了的。”

“可不是吗，”他说，“应当及时把一切都做好。”

“我到那边去，”我碰到这不可忍受的冷淡的欢迎，就这样说，“只有我一个人知道拉它出来，好好的安排它。我的 groom（马夫）坐支农的客车来，他会洗刷它的伤痕。”

“groom 也是从英吉利来的吗？”她说。

“它只能够是从那里来的。”伯爵回答说，他看着妻子的悲哀却反而变成快乐的。

他的妻子的冷淡却给他机会来驳难她，他用特别的友谊加在我的身上。我看出了一个丈夫的热情的重力。您不要相信他们的注意力刺杀高贵的灵魂的时候就是他们的妻子滥用类似从他们那里偷走的情感的时刻。不！绝不！爱情飞逝的那一天，他们都是可恶的、不可容忍的。智慧是这种热情的主要的条件，这时刻智慧就变成了一个工具，它就压迫着，就和一切得不到结果的工具一样的变成可怕的。

“亲爱的菲力士，”伯爵非常多情的紧拉住我的两只手，对我说，“请您宽恕莫尔梭夫夫人；女人们需要变成暴怒，她们的柔弱可以赦宥她们，只有我们给她们灌入特殊的力量时，她们的气质才能够得到平衡。她很爱您，我知道；但是……”

伯爵说这些话的时候，莫尔梭夫夫人就不知不觉的走远了我们，似乎要让我们单独的留在这里似的。

“菲力士，”然后他就轻声的对我说，一边默默的瞧着带了两个孩子走上别宫的他的妻子，“我不知道莫尔梭夫夫人心灵中到底是怎么回事，但是六个星期以来她的脾气大变了。她一向都是这样温和的、这样忠诚的，然而却变得想不到的那样的厌烦！”

后来，小曼奴告诉我伯爵夫人变成非常的颓废，不知不觉的使伯爵大为忧愁。伯爵再也找不到柔软的土地让他插植箭矢，他就变成惊惶不安的，好像不能够再转动经过苦管的昆虫的孩子一样。这时刻，他需要一个知己，正如刽子手需要一个帮手一般。

“请您想法子问问莫尔梭夫夫人，”歇了一会儿，他就对我说。“一位妻子总有一些秘密不让丈夫知道；但是，说不定她可以把她的苦痛告诉您。如果需要我的余生和我的余财来使她快乐的话，我也愿意为她牺牲。我的生命太需要她啦！如果我晚年找不到在我身边有这位天使的话，我就要变成一个最不幸的男人：我宁可要安静的死去。请您告诉她她也没有多少日子来支持我了。我，菲力士，我的可怜的朋友，我不知道我是不久于人世了。我没有告诉任何人这句不幸的真话，为什么我要预先使她愁苦呢？朋友，还是这个胃口幽门！我终于找出了这个病症的原因，我的感觉杀了我了。事实上，我的一切情感都是打击在我的胃口上面的……”

“好像一般有心人，”我微笑的对他说，“都要为胃病而死。”

“不要笑我，菲力士，没有比这更真确的。太剧烈的苦痛会扩大同情心的作用。感情的激发不断的刺激胃液。如果这情形继续存在的话，第一它就要在不知不觉之中扰动消化的机能：分泌的功能变化了，食欲败坏了，消化不随心；然后刺人的苦痛就出现了，越加严重，渐渐的越来越常；最后就到达了最高的解体，好像是慢性的毒药杂在食物的碗中一样；胃液浓厚了，胃口瓣膜就变成坚硬的生痈，因此也就非死不可了。好，我就是到了这个地步，亲爱的朋友！瓣膜继续的变硬，没有法子阻止它。您瞧一瞧我的草黄色的脸孔，我这枯干而发亮的眼睛，我这过度的消瘦！我枯萎着。有什么法子！我在放逐的生活中带回了这个病症的苗菌：我真受了罪了！我的结婚应当可以疗治我的苦痛，然而它不但不能够安静我的忧愁的灵魂，反而重新引起了我的创伤。我在这儿找到的是些什么呢？我的儿女所引起的永远的惊惶，家庭的苦恼，需要重建的财富，产生我给我的妻子所安排下的成千的困难的经济状况，我也就是第一个受这经济状况的苦罪的。最后，我也只能够把这秘密告诉您一个人；然而这却是我最难堪的苦痛的所在：虽然白姑娘是一个天使，但是她却不了解我；她一点儿也不懂得我的苦痛，并且总是跟我捣乱：我宽恕她！请您听，说了真难听，朋友，然而一位不如她的德性的女人说不定还要使我更幸福，如果她能够给我一些白姑娘所想象不到的温情的话；因为白姑娘简直和孩子一样的幼稚！您可以加上一句说是我的仆人使我苦恼，然而这是一些听我说法文还当我说希腊文的傻子。当我们的财产差不多是新建立起来的时候，当我没有那么多麻烦的事的时候，苦痛已经来了，一直到达了食欲败坏的时期；然后大病也来了，让奥里志乱瞧坏了。总而言之，我再也活不了六个月……”

我骇怕的听着伯爵说。当他再看伯爵夫人的时候，他那枯干的眼睛的亮光和他那草黄色的额头刺了我；我拉着伯爵到家里去，装做倾听他那渗杂有医学论调的怨叹，然而我却只想到小亨利妹，而要观察她。

我发现伯爵夫人在客厅里，她在旁听铎米尼教士给约克讲授数学，而给马德莲指示她所织的毛毡上的一个针刺处。前次，当我来的时候，她知道清楚放下工作来整个的陪我；但是我的爱情是这么样真诚的，使我不能不在我的灵魂中再受到过去和现在的对照所给我产生的悲痛的压迫；因为我看见在这天使一般的脸孔之上有一个悲惨的草黄的颜色，好像是意大利的画家在圣女的脸像上所画的神圣的微光的反照一样。于是，我就在我心中感觉到一阵死亡的冷风。然后，当她那缺乏清泉的眼睛的火焰（从前她的眼光就在这清泉中游荡的）射落到我的身上时，我战栗了；我就看出在那里有因悲哀而产生的变化，是我在外面大空中所没有注意到的：前次我来的时候，她脸上的细纹只是轻微的印在额头上面，现在却挖深了；蓝色的鬓角似乎是变成褐色而凹形的；她的眼睛是在动人的穹窿下深陷进去的，容貌变成棕色的；她是和表面的蛀虫使它早熟的变色而开始显露裂痕的果子一样的抑郁。我的一切野心就是想给她的灵魂灌输幸福的长流，然而不就是我自己在原流之中投下苦汁而使她的生活重新鲜艳，而使她磨练她的勇气吗？我就走来坐在她的旁边，就以痛悔的音调对她说：

“您满意您的健康吗?”

“满意。”她回答着，眼睛深刻的射进我的眼睛之中。“我的健康，这就是我的健康。”她给我指着约克和马德莲，接着说。

马德莲得胜的从她和自然的争斗中出来了，她十五岁了，已经是一位妇人了。她长大了。她那班加尔的玫瑰的颜色又在她那灰色的两颊上显露出来了；她已经损失了儿童的无忧无虑的态度，她不再面对面的瞧着我，而开始低下她的眼睛；她的转动变成稀少而笨重的，就像她的母亲一样；她的身躯是细长的，乳部的隆起也已经开始发展了；她的艳装已经使她那分做两边盖住西班牙式的额头上面的伟大的黑头发发亮。她很像中世纪的美丽的小雕刻，轮廓是这么样细致的，形状是这么样精薄的，使人的眼睛看着她只怕要把她看坏了似的，但是她的健康，这千方百计所生的结果，却在她的两颊之上放上了桃绒，在她的颈上放上了纤毛，就好像她的母亲一样，在那里闪灼着光辉。她必得活着！这朵人类的最美丽的花草所生的可爱的嫩芽，上帝已经把它描在你那悠长的睫毛上，你那肩部的曲线上，使你能够和你的母亲一样的发展！这位棕色的年轻的少女是和白杨树一样的身材的，和约克比完全是不同的。约克是一位脆弱的十七岁的少年，他的头长得粗大了，额头的过度的发展显出狼狈的样子，激昂而疲倦的眼睛和深沉的声音正好相调和。口腔发出太多容量的声音，同样的，眼色吐出了太多的思想。这是小亨利妹的智慧、灵魂和心田用它们那快速的火焰来吞噬这个不调和的身体的；因为约克有这种乳白的脸色，富有强烈的色调，是用笞杖标帜出来等着要在一定的时间被人打倒的英吉利的女人们所特有的；这是虚假的健康！当小亨利妹指完马德莲而给我指示在铎米尼教士面前的板上描绘几何学图形和代数的计算的约克时，我顺从了她的记号，战栗的看着这个隐在花朵之下的死人，尊重这位可怜的母亲的恐惧。

“当我看见他们这样的时候，我的快乐就停止了我的苦痛，就好像当我看见他们病了的时候，这些苦痛也停止一样。朋友，”她说着，眼睛发出母爱的快乐的光辉，“如果其他的感情出卖了我们的话，这里所补偿的情绪，完毕而成功的责任可以弥补在别的地方所遭受的失败。约克要和您一样变成国家的光荣，他也许要管治这国家，由您来辅翼，而您也将占有一个极高的位置；但是我总要使他要对他的最初的情感忠诚不变。马德莲这个可爱的孩子，她已经有了高贵的心田，她是和阿尔柏斯最高的山峰上面的积雪一样洁净的，她将来一定可以有女人的忠实，和她的温柔的智慧，她是骄傲的，她可以当勒农古尔的后人而无愧色！以前那么样烦苦过的母亲现在是非常快乐的，有一个无穷的快乐，没有其他的东西渗杂在内；是的，我的生命是充满的，我的生命是丰富的。您瞧，上帝在带有失望的感情之中给我显现了我的快乐，而当我倾向于一个危险的思想时，它就给我渗进了苦楚。”

“好，”教士快乐的叫了起来。“子爵大人也和我一样的会这些……”

做完了他的例题之后，约克轻轻的咳了几声。

“今天的功课做够了，亲爱的教士，”惊动了的伯爵夫人说，“尤其不要再教他化学了。——骑马去罢，约克，”她接着说，用母性的庄严而妩爱的情欲来让她的儿子拥抱她，再转过眼睛来看我，好像要来侮辱我的记忆似的。“去罢，亲爱的，当心些。”

“可是，”当她用一个悠长的眼光随着约克去的时候，我对她说，“您还没有回答我。您觉得一些苦痛吗?”

“是的，有的时候胃痛。如果我是在巴黎的话，说不定我就可以出胃痰病的风头，这是一种时髦病。”

“我妈妈常痛，痛得很利害。”马德莲对我说。

“啊!”她说，“您也关心我的健康吗？……”

马德莲听了这句染有讽刺色彩的话，大为惊愕，她不断的轮流着看我们；我的眼睛在点数着装饰客厅的灰绿的家具的垫褥上面的玫瑰花。

“这情景是受不了的。”我朝着她的耳边说。

“这情景是我造出来的吗?”她问我。“——亲爱的孩子，”她大声的加上说，勉强的装出女人们矫饰仇恨的残忍的快乐的样子，“您不知道近代的历史吗？法兰西和英吉利不是死仇吗？马德莲知道这个，她知道在这两个国家之中有一个茫茫大海，寒冷而多风波的大海分隔着。”

壁炉上的花瓶已经被多枝的烛台所代替了，这目的无疑的是要夺去我在那里插满花枝的快乐；后来我发现这些花瓶是在她的房子里。当我的仆人来的时候，我出去吩咐他一些事儿；他给我带来一些我要放在我房子中的东西。

“菲力士，”伯爵夫人对我说，“不要弄错了！我舅母以前的房子，现在是马德莲的了，您的房子是在伯爵的房子上面。”

虽然我是该死的，但是我还有一颗心，这些话好像是她特别在这心中选好最富有感觉的地方而给我冷酷的打来的拳头。精神上的苦痛并不是绝对的，它是随着心灵的细腻程度而变的，伯爵夫人经过了这一切阶层的苦痛；但是也正是因为这个理由，最好的女人也总会变成非常残忍的，和她的善良是一样程度的残忍。我瞧着她，但是她却低下了头。我走到我的新房子里，这房子是漂亮的、洁白的、鲜绿的。我在那里整个的熔化在眼泪之中，小亨利妹听见我痛哭，就带了一束花到那里来。

“小亨利妹，”我对她说，“您就一点儿也不宽恕最可原宥的错处吗?”

“永远不要再叫我做小亨利妹了，”她回答说，“小亨利妹这位可怜的女人已经不存在了；不过您总可以找到莫尔梭夫夫人，一位还要听您、还要爱您的忠实的女朋友。菲力士，我们以后再谈罢。如果您对我还有一些柔情，请您让我能够习惯成自然的看您罢；等到您的话惯了不会再刺破我的心时，等到我又恢复了一些我的勇气时，好，然后，只要等到这个时候……您看见这个山谷吗?”她说着，给我指着安德河，“这山谷使我苦恼，但是我却永远喜欢它。”

“啊！什么英吉利，什么英吉利的女人，让英吉利和它的一切女人都毁灭了去罢！我要向国王辞职，死在这里，受到您的宽恕。”

“不，请您还是爱那位女人罢！小亨利妹已经不存在了，这不是说笑话，您以后会知道的。”

她退回去了，用这最后一句话来漏泄她的伤痛的广度。我急迫的跑了出去，拉着她，对她说：

“您难道就不再爱我吗?”

“您所给我的痛苦比其他一切的人合在一起所给我的痛苦还要多！现在我比较的没有那么痛苦，所以我就没有那么样的爱您。但是，只有在英吉利，人们才说：‘既不是永远不如此，也不是永远如此！’这里我们说：‘永远如此！’乖一点儿，不要再增加我的痛苦；如果您苦痛的话，您就得想我还活着，我！”

她脱开了我所拉着的她那冰冷僵硬而潮湿的手，她就好像一条箭矢一样的穿着走廊跑去，这是发生一幕真正的悲剧的地方。吃晚饭的时候，伯爵特别给我留下一个穷窘，是我连想也想不到的。

“杜德利侯爵夫人难道不在巴黎吗？”他对我说。

我过度的红着脸回答他说：

“不在。”

“她不是在杜尔吗？”伯爵继续着说。

“她并没有离婚，她能够到英国去。如果她再回到她丈夫那里去的话，她的丈夫一定很高兴。”我有声有色的说。

“她有儿女吗？”莫尔梭夫夫人用变化了的声音问。

“两个男孩子。”我对她说。

“他们都在哪儿呢？”

“都在英国，跟他们的父亲在一块儿。”

“瞧，菲力士，说句老实话——她是不是人家所说的那样的美丽？”

“您怎么能够问他这样的问题！一个男人所爱的女人不总是一切女人中最美丽的一个吗？”伯爵夫人叫起来说。

“是的，总是最美丽的。”我骄傲的说，给她射去一个眼色，是她所受不了的。

“您真有福气，”伯爵接着说，“是的，您是一个有福气的小子。啊！当我年青的时候，我也可以有同样的胜利而发狂……”

“得啦罢。”莫尔梭夫夫人说着，用眼色把马德莲指示给莫尔梭夫先生。

“我不是一个孩子，”伯爵说，“我并不是喜欢返老还童的人。”

离开饭桌的时候，伯爵夫人把我带到土台上面来，当我们走到那里的时候，她就大叫说：

“怎么！还碰着许多女人愿意为一个男人而牺牲她们的儿女？牺牲财产，牺牲地位，是的，我想象得到，牺牲永生，也许做得到！但是牺牲儿女！不要了自己的儿女！”

“是的，这些女人并且还要牺牲更多的东西哩，她们要拿出一切……”

在伯爵夫人看来，世界是推翻了，她的思念是杂乱了。受了这个强烈的激动，疑惑可以用幸福来解释这种牺牲，听到身内的叛逆的肉欲的叫声，她痴呆的面对着她那错过的人生。是的，她有一刻的可怕的疑窦，但是她却终于变成了一个伟大的、神圣的女人，高高的仰起她的头来。

“菲力士，您就好好的爱这个女人罢，”她说着，满眼的泪珠，“她就是我的有福气的妹妹。我宽恕她所给我做下的不幸，如果她可以给您您在这里永远也找不到的东西的话，您所不能够再从我这里持住的东西的话。您对了，我从来就没有说过我爱您，而我也没有像世界上的人那样的爱过您。但是，如果她不是做过了母亲，她怎么会爱呢？”

“亲爱的圣女，”我回答说，“我并不惊异的对您解释您是很胜利的翱翔在她的上面，她只是地上的女人，堕落的种族的女儿，而您却是九天的圣女，被人崇拜的天使，您有我整个的灵魂，而她只有我的肉体；她也知道这个，她也因此失望，就是要她用最残忍的虐待作为代价来跟您对换，她也愿意换。但是一切都是无法补救的。属于您的是灵魂，是思念，是纯粹的爱情，是青春和晚年；属于她的是欲望，是不正当的感觉的快乐；属于您的是我的整个的记忆；属于她的是最完全的遗忘。”

“您说，您说，请您对我说这个罢，噢，我的朋友！”

她走去坐在一张凳子上面，熔化在眼泪之中。

“菲力士，德性，生命的神圣，母性的热爱，所以就不算是错误了！噢！请您给我的伤痕涂上这药膏罢！请您再重复这句可以把我送到九天和您比翼飞翔的话语罢！请您用一道眼神、用一句神圣的话来祝福我罢，我要宽恕您两个月以来所给我受的痛苦。”

“小亨利妹，在我们的生命之中有您所不知道的神秘。我是在感情可以闭塞人类本性所有的欲望的年纪碰着您的；但是许多的幕景，许多我临死时将要重温回忆的景象都证明这个年纪已经结束了，您那恒定的胜利就是来延长这年纪的缄默的快乐。没有占有性的爱情甚至于也得用欲望的激发来支持；然后一切在我们都是痛苦的时刻就到来了，然而我们却一点儿也和您们一样。我们有一个力量，是不会放弃的，除非我们不再是男人以外。如果应当供给心田的粮食被取消了的话，心田就会吞食自己，而感觉到一种枯竭；但是这枯竭并不是死亡，而是在死亡之前的。所以人类的本性是不能够长时期被欺骗的；只要有最微小的事故，它就可以和疯狂一样有力的复发起来。不，我并没有爱过，我只是在沙漠中感到枯竭而已。”

“沙漠！”她苦楚的指着山谷说，“而且，”她又加上说，“照他的推理的办法，到底有多少细微的分别呢？忠实的人也并没有多少的精神。”

“小亨利妹，”我对她说，“我们不要因为几句鲁莽的话来争吵。不，我的灵魂并没有动摇，但是我却管不住我的感觉。这位女人并不是不知道您是唯一被爱的人。她知道她只在我的生命之中扮演一个次要的脚色，她忍耐着；我有权利离开她，就好像离开一位妓女一样……”

“那末，后来呢？……”

“她告诉我她就要自杀。”我回答说，心里想这句决绝的话一定可以使小亨利妹惊愕。

但是，听了我这句话，她却吐出了一个轻蔑的微笑，比她所泄露的思想还要富于表达性的。

“亲爱的心肝，”我接着说，“如果你算到我的反抗和谋害我堕落的诱惑的话，你就懂得这个不可避免的……”

“噢！是的，不可避免的！”她说。“我太相信您了！我相信您不至于没有牧师所有的道德……莫尔梭夫先生所有的道德，”她加上这一句，她的声音就好像是念读讽刺诗时所有的刺人的腔调。“——一切都完了，”她歇了一会儿又接着说。“我欠您不少的债，朋友：您曾熄灭了我的肉体生活的火焰。最难的一段路已经造好了，年纪也到了，于是我就在这里痛苦了，不久也就要病倒了；我不能够做您的光耀的神女，给您降落宠爱的雨露的神女。请您忠实于阿拉柏尔贵人罢。马德莲，我曾好好的养育她，为您而养育她，将来她要属于谁的呢？可怜的马德莲！可怜的马德莲！”她好像念读诗中的叠句一样的重复着说。“如果您听见她对我说：‘妈妈，您对菲力士不好！’啊！这亲爱的孩子啊！”

她就在穿过树叶的落日的弱光之下看着我，不知道是受了哪一个我们的残迹的感触，她又重新沉溺在我们的纯洁的过去之中，徘徊在相互的默想之内。我们重温了我们的回忆，我们的眼睛从山谷起巡阅到园囿，从克罗慈古尔特的窗户起巡阅到佛拉柏斯罗，用我们的馨香的花朵和欲望的浪漫来填满这个梦景。这是她的最后的逸情，而用基督徒的诚实的灵魂来玩味的。这个景象在我们是这样伟大的，它却把我们投进了一个共同的悲哀之中。她相信我的话，而且看出我是把她放在天上的那一个地方。

“朋友，”她对我说，“我服从上帝，因为他的手指是指在这一切上面的。”

这句话的深意我是后来才明白的。我们又慢慢的一层一层的走上了土台。她拉住我的手臂，退缩的靠在那里，苦痛着，然而却在她的伤痕上放下一个止痛的机器。

“人生就是如此。”她对我说。“莫尔梭夫先生何必要显耀他的命运？这给我们证明有一个更好的世界的存在。那些埋怨曾在好路上走过的人是不幸的！”

于是，她就开始这样高越的来估价生命，这样深刻的来考虑生命的各方面，这些冷酷的计算给我显露了她对于这人世的一切事物的厌腻。走到石阶的时候，她放开了我的手臂，说了这最后的一句话：

“如果上帝给了我们这幸福的感觉和滋味的话，他难道不应该负起那些只于人世中找到愁苦的无罪的灵魂的责任吗？如果这类东西存在的话，上帝就不存在了，或则我们的生命不过是一个苦楚的戏谑而已。”

说了这最后的一句话，她就突然的跑进去了，我发现她在安乐椅上，好像受了惊倒圣保罗的声音的恐吓一样的躺卧着。

“你怎么啦？”我对她说。

“我再也不知道什么是叫做德性了，”她说，“我对于我自己的德性也没有信任了！”

我们两个人都愣住了，都在倾听着这句话的声调，好像一块石子投进深渊中所发生的声音一样。

“如果我在我的生命中弄错了的话，‘她’是有道理的，‘她！’”莫尔梭夫夫人接着说。

她的最后的斗争就这样的随着她的最后的逸情而来。当伯爵来的时候，她这位从来没有埋怨过的人却大加埋怨起来了；我请求她告诉我她的正确的苦痛，她却拒绝不解释，而且就走去睡觉去，把我丢下，让先后生灭的悔疚来袭击我。马德莲陪着她的母亲；第二天我听她说伯爵夫人因为白天里所有的强烈的情感的刺激而呕吐了。所以，我这发誓要为她贡献生命的人，这却正是我杀了她。

“亲爱的伯爵，”我对强请我玩骰子戏的莫尔梭夫先生说，“我相信伯爵夫人病得很重；现在还来得及救她：去请奥里志去罢，请她要听从他的意见……”

“奥里志，那个杀了我的奥里志？”他打断了我的话说，“不，绝不，我要请教卡尔邦怒。”

在这一星期之中，特别是头几天，一切在我都是苦痛，心中开始麻木了，虚荣开始损伤了，灵魂开始伤毁了。为着了解空虚的可怕，必得变成一切的东西，眼色和叹息的中心，必得变成生命的根源，每一个人可以抽取光线的灶火。同样的东西都在那儿，但是使他们活泼的精神却和吹灭了的火焰一样的熄止了。我懂得为什么当爱情被抢夺的时候情人们有不再见面的讨厌的必要。前时曾经统治过，现在就在这同一的地方什么也没有了！找到了寂静死亡的冷酷，那儿曾经闪灼过快乐的生命的光芒！这些比较压住了我。我的希望变成深刻的，因此，我相信，伯爵夫人也受了感动了。有一天，晚饭之后，当我们大家都在水边散步的时候，我用了我最后的努力想要求得她的宽恕。我请约克领着他的妹妹在前头，我让伯爵一个人走路，而领着莫尔梭夫夫人朝着曳船走。

“小亨利妹，”我对她说，“一句赦宥的话，不然我就要投进安德河中！我错了，是的，这是真的；但是我难道没有学狗一样的表现出它那最高的忠诚吗？我就像狗一样的回来了，像它一样的带满了耻愧，如果它害了您，它已经被惩罚了，然而它却崇拜打他的手；请您破灭我罢，但是请您还给我您的心……”

“可怜的孩子！”她说，“您不永远是我的儿子吗？”

她拉住我的手臂，静静的追上了约克和马德莲，跟他们一块儿经过园囿，回到克罗慈古尔特，把我丢给伯爵，伯爵正在开始谈论他跟邻居们所要的政治。

“我们进去罢!”我对他说,“您光着头,晚间的露水说不定会使您生病的。”

“您诅我,您,亲爱的菲力士!”他回答说,误会了我的用意。“我的妻子从来不愿意安慰我,也许这是一种手段。”

她从来没有把我一个人丢给她的丈夫,现在我得找出一个借口去会她。她是和她的儿女在一起的,忙着给约克解释骰子戏的规则。

“这就是,”伯爵说,“我所以总是妒忌她用情在两个孩子身上的原因,这就是因为了他们我才被摈弃的。亲爱的菲力士,做丈夫的总是败北的;就是最有德性的妻子也会找出法子来满足她的需要,来偷窃夫妇的恩爱。”

她继续着她的抚摸,而不回答。

“约克,”他说,“来这儿!”

约克有些为难的样子。

“您的父亲要您,去罢,孩子,”这位母亲说着,推着他去。

“他们是服从命令来爱我的。”这位老头儿接着说,有的时候,他也看出他自己的地位。

“先生,”她回答说,来回的用手压在马德莲的头发上,马德莲梳了一个美丽的飞郎妮尔发结,“不要对于可怜的妻子们加上不公道的责骂;她们的生活不是常常容易过的,说不定儿女们就是一位母亲的德性的所在!”

“亲爱的,”伯爵回答说,自以为很合乎逻辑,“您所说的意思就是:没有儿女,妻子们就可以不必有德性,就可以骤然放弃丈夫而去。”

伯爵夫人突然站了起来,带着马德莲到石阶上来。

“这就是结婚,亲爱的朋友,”伯爵说。“——您以为这么样的跑了出去就说我是没有理由吗?”他大叫的说，用手抓住他的儿子，跑到石阶上他的妻子身边，给她射去怒气的眼色。

“相反的，先生，您吓了我了。您的思想给我送来一个可怕的苦痛，”她用哑了的声音说，用罪犯一般的眼色瞧着我。“如果德性不是存在于为儿女、为丈夫而牺牲自己之中的话，那末，德性是什么呢?”

“牺——牲——自——己!”伯爵接着说，每一个字都是打在他的牺牲品心上的一棍。“您到底为您的儿女牺牲了什么？您到底为我牺牲了什么？谁？什么？回答我！您回答吗？这里到底出了什么事？您要说什么?”

“先生，”她回答说，“那末，您要不要为着求得上帝的欢心而满意您是被人所爱的呢？您要不要为着道德的本身而满意去认识您那有德性的妻子呢?”

“太太说得对，”我用感动的声音开口说话，我的声音震动了这两个人的心弦，我在那里投下了永远也丢不了的希望，我用最高的苦痛的表情来平静这两颗心，这种苦痛的狂喊可以熄灭这个纷争，就好像当狮子咆哮的时候一切都寂然无声一样。“是的，我们所以请教理性的最高的特权就是能够用我们的德性来加惠其他的事物，他们的幸福就是我们的工程，而我们所以使他们幸福并不是用计算，也不是用尽责，而是用一种无穷而自愿的情感。”

一颗泪珠在小亨利妹的眼中发亮。

“而且，亲爱的伯爵，如果偶然间一个妻子无意中有了一个社会所强制她的情感之外的奇异的情感的话，您得承认：这个情感越是不可抵抗，她就是越有德性，因为她得努力的抑止它，为她的儿女、为她的丈夫而‘牺牲’自己。不过这个理论却不能够应用在我身上，因为不幸得很，我是一个相反的例子；也不能够应用在您身上，因为她从来就没有关心过您。”

一只潮湿而热烫的手伸放在我的手上，静静的靠在那里。

“您是一个美丽的灵魂，菲力士，”伯爵说，他不是没有温情的伸出手去搂住他的妻子的腰部，轻轻的把她拉近他而对她说：“请您宽恕我，亲爱的，宽恕我这个可怜的病夫，这个希望得到我所配得到的还要多的爱情的人。”

“有的人的心是整个仁慈的。”她回答说，把她的头靠在伯爵的肩上，伯爵认为这句话是为他而说的。

这错误给伯爵夫人产生了我也说不出来的是哪一种的战栗；她的梳子丢下来了，她的头发蓬乱了，她的脸色苍白了；她的丈夫扶住她，觉得她要晕绝下来，就发出一声怒叫，他就好像抱住他的女儿一样的抱着她，把她带到客厅的安乐椅上，我们都在那里围住她。小亨利妹把我的手握在她的手中，似乎是告诉我只有我们才知道这幕表面上看来这样简单而在其灵魂的破碎方面说则是这样惊人的戏的秘密。

“我错了，”当伯爵出去要一杯橘子水而只留下我们两个人的时候，她轻声的对我这样说，“我对您有一千的不是，当我应当感恩而宽待您的时候，我却有意的使您失望。亲爱的，您是一个极可钦佩的好人，只有我能够赏识您。是的，我知道，有些善良是感情所激动的。男人们有好几种做好人的方式！他们用轻蔑、用诱导、用计算、用没有感觉的性格来表现他们的良善；但是您，我的朋友，您刚刚变成一个绝对的良善。”

“如果这是真的话，”我对她说，“您要知道我所以能够有伟大的地方，一切都是从您那里来的。您难道忘记了我是您的工夫制造出来的吗？”

“这句话已经够得使一位女人幸福了，”她回答说，这时候伯爵正好回来。“——我好了些了，”她说着，站了起来，“我需要空气。”

我们大家都走了下来，到土台上面来，还在开花的槐树散出馨香，布满了全土台。她拉住我的右臂，紧紧的把它靠在她的心口，来表现她的愁思；不过，这些忧愁，据她自己说，是她所喜欢的苦痛，无疑的，她希望一个人单独和我在一起；但是她的设想，因为不是女人们的狡猾所特长的，一点儿也不能够给她指示一个遣散她的儿女和她的丈夫的办法；因此，我们只好谈了一些不相干的事情，而她也就在绞尽脑汁，想要安排一个时刻能够把她的心整个的放在我的心上。

“好久以来我都是坐车出来游憩的。”她看见黄昏的美丽终于这样说，“先生，请您发下命令，让我能够去绕一个圈罢。”

她知道在祈祷之前一切的解释都是不可能的，又怕伯爵要玩骰子。当她的丈夫睡了的时候，她很可以和我一块儿在这香气袭人的土台上散步；但是她也许又怕停留在这些透有欲光的树影之下，又怕沿着我们的眼睛可以怀抱的夹在草地中间的安德河流的那个砖栏杆散步。正如大教堂的阴沉而肃静的穹隆会使人想起祈祷一样，月光所照耀的，袭人的香气所薰陶的，微弱的春声所唤生的树叶可以动摇纤维而使意志衰弱。使老年人的情思平静的野景却可以激动青年人的情思；我们知道这一切！两下钟声宣告了祈祷时刻的来临，伯爵夫人战抖了。

“亲爱的小亨利妹，您怎么啦?”

“小亨利妹已经不存在了。”她回答说。“不要叫她复活，她是强求的，她是私逞意气的；现在，您有一位和平的女朋友，您的德性刚刚由上天所给您默授的话语中给确定了。我们将来可以谈到这一切。我们应当严肃的去祈祷。今天是轮到我来祈祷的。”

当伯爵夫人说出祷文请求上帝帮助她抵抗生命的穷困时，她的声调不只是打击了我一个人；她似乎是用了她的慧眼来预先看出一个可怕的情绪，我对于阿拉柏尔的约会的笨拙的忘却要使她在这情绪之下屈服了。

“在驾好马之前，我们还有时间打三对。”伯爵说着，拉我到客厅里来。“您可以跟我妻子一块儿去游憩，我，我要睡去。”

和每一次的出门一样，这一次也是多风波的。伯爵夫人从她的房子里或马德莲的房子里居然听到了她的丈夫的声音。

“您太妄用了您款待客人的殷勤。”当她回来到客厅的时候，她对伯爵说。

我痴呆的看着她，我一点儿也不惯于忍受她的酷薄无情，前时她确是曾经巧妙的避免过，把我从伯爵的暴虐中逃脱出来；以前的时候，她喜欢看着我分担她的痛苦，看着我为着爱她而忍耐的忍受这些痛苦。

“我要献出我的生命，”我朝着她的耳边说，“只要能够还听得见您的太息：‘可怜的心肝！可怜的心肝！’”

她低下眼睛去回想我所提到说这句话时的情景；她的眼光向我流盼，但是却是偷着来看我的，这眼光表现出女人看见心中因为倾向于另外的深刻的情趣而生的最短促的声调时所有的快乐。然后，就好像每一次我受同样的侮辱时一样，我觉得她了解了我，就宽恕了她的侮辱。伯爵走了，他说他累了，借了这个口来离开我们，我们就在园中的草地绕圈散步，等着车；伯爵一走开，我的脸上就显出强烈的快乐，使伯爵夫人不得不以奇异而惊愕的眼色来诘问我。

“小亨利妹还存在着，”我对她说，“我永远是被爱的，您显然是有意的要破碎我的心坎；然而我还能够快乐！”

“这位女人只剩下一块破碎的肉，”她激动的说，“而在这一时刻您就连这一块肉也搬走了去。谢谢上帝！他给我勇气来忍受我这默想的痛苦。是的，我还是过分的爱您，我要毁灭了，这位英国女郎给我指示了一个地狱。”

正在这个时候，我们登上了车，车夫请我们下命令。

“从大路走到支农大道去，您再带我们从查礼曼野地和沙妻大道回来。”

“我们今天是什么日子?”我过分急切的说。

“星期六。”

“不要从那边去，太太；星期六傍晚，这条路是满充着到杜尔去的鸡贩的，我们要碰着他们的小车。”

“我告诉您怎么做就怎么做。”她看着车夫接着说。

我们认识彼此的声调太清楚了，不论它是如何的变化无穷，我们都不能够隐蔽我们的最微小的感情。小亨利妹明白了一切。

“当您抽选这一夜的时候，您并没有想到鸡贩。”她和轻微的讽刺的音调说。“杜德利贵人在杜尔。您别撒谎，她在这附近等着您。‘我们今天是什么日子?’‘鸡贩!’‘小车!’”她接着说，“以前我们出去玩的时候，您也曾同样的考虑过这些问题吗?”

“这些考虑证明我在克罗慈古尔特什么也都忘记了。”我简单的回答。

“她在等候吗?”她接着说。

“是的。”

“几点钟?”

“夜里十一点和十二点之间。”

“在哪儿?”

“在野地里。”

“别骗我，不是要在胡桃树的下面吗?”

“在野地里。”

“我们去罢，”她说，“我要看看她去。”

听了这些话，我觉得我的生命是确定的停止了。这时候，我决定要用和杜德利贵人的完全的结婚来结束这威吓而消磨我的感觉的苦痛的斗争，我决定要用重复的碰钉子来脱除这些类似果树的花朵的柔情。我的野蛮的寂寞伤刺了伯爵夫人，她的整个的伟大是我所没有认识的。

“不必对我生气，”她用黄金一般的声音说，“亲爱的，这就是我所得到的责罚。您永远也不会比现在更被人爱的。”她接着说，用手压住她的心口。“我不是对您承认过这个吗？杜德利侯爵夫人救了我了。她所有的是卑污的行为，我一点儿也不羡慕她。我所有的是天使的光荣的爱情！自从您来了之后，我曾跑遍了庞大的田野。我已经断定了我的生命。您得培植灵魂，您将它扯碎了；您越走得高，您就越找不到同情；您不在这山谷中痛苦，然而您却在空中苦痛，就好像是在空中飞翔而中了牧人所射的箭矢的鹰鸟一样。今天我明白了上天和地下不是不相容的。是的，在那些能够在天上生活的人看来，只有上帝是可能的。所以我们的灵魂应当排脱了一切人世间的东西。应当像爱儿女一样的爱朋友，为他们而爱他们，不是为自己而爱他们。‘自我’是许多不幸和悲痛的原因。我的心要比鹰鸟走得更高，那里是一个再也不能欺骗我的爱情。至于地上的生活，它太使我们跌价了，因为它使感觉的自私主义统治我们所有的天使的精神。感情所产生的享乐是非常多风波的，是以破碎灵魂源泉的痿痹的不安做代价来偿还的。我是来到激动着这些狂风的海边了，我看这些狂风看得太近切了；它们常常用烟云来包围我，波浪并不是都在我脚下破碎，我觉到它的粗暴的紧张寒冷了我的心坎；我应当退缩到高地去，我将要消灭在这个茫茫的海边。正如其他使我悲痛的人一样，我觉得您和它们都是我的德性的守卫。我的生命是渗杂着和我的力量相比例的忧虑，而在恶劣的情感之中保持其纯洁的本质，没有魔鬼的休止处，总是预备着给上帝的。我们的接近‘是’一种狂悖的念头，我们这两位诚实的孩子的努力是要尝试来满足我们的心，满足人类和上帝的。……这是发疯，菲力士！——啊！”她歇了一会儿说，“那位女人叫您做什么?”

“爱美娣，”我回答说，“菲力士是在另外一边的，它只能是属于您的。”

“小亨利妹苦楚得要死，”她说着，发出一个敬虔的微笑。“但是，”她接着说，“她要在谦卑的基督徒、骄傲的母亲、昨日动摇而今日坚定的有德性的妻子的第一个努力之中死去。我要对您说什么呢？好罢，是的，我的生命无论是在大事或小事之中都是符合于它本身的。我应当把我最初的柔性归附在上面的心坎，我母亲的心坎是在我的面前关闭着的，虽然我曾坚决的在那里寻觅一个可以让我滑溜的角落。我生而为一个女孩子，我是在三位男孩子死了之后出世的，然而我却空空的努力想要在我父母的情爱之中占有他们的地位；我一点儿也不能够疗治为着家庭的光荣而有的创伤。当我在这黯淡的童年之后认识了我的舅母的时候，死亡又立刻给我把她抢去了。我许给了莫尔梭夫先生，然而他却不断的打击我，没有放松，连自己都不知道，这位可怜的男人！他的爱情有一种幼稚的自私主义，和我们的孩子们所给我们的一样。他从来不知道他是怎么样的使我苦痛，我也总是宽恕他！我的儿女，这两个可爱的孩子，他们的一切病痛都是由于我的肉体而来的，他们的一切性格都是由于我的灵魂而来的，他们的一切天真的快乐都是由于我的天性而来的。这些孩子难道不是生来给我们指示在母亲们的怀抱里有多少的力量和忍耐吗？噢！是的，我的儿女就是我的德性的所在，您知道我是不是被他们、为他们、冒着他们而受到鞭挞。在我看来，做母亲就是购得永远受苦的权利。当阿加尔在沙漠中呼救的时候，一位天使就为这个太可爱的奴隶使一个清泉喷出泉水；但是我呢？当您要引导我去找它的那个清泉（您记得这回事吗?）来流溢在克罗慈古尔特的周围的时候，它却给我流出一些苦水。是的，您是用闻所未闻的痛苦来科罚我的。无疑的上帝要宽恕只用苦痛来认识情感的人。但是，如果我最剧烈的苦楚是您给我强加上的，也许这些苦楚也曾给我一些好处。上帝绝不是不公道的。啊！是的，菲力士，偷偷的在额头上接了一个吻，这也许就是罪恶！当人家黄昏时节在儿女和丈夫之前散步，想要独自一个人和他们所不知道的回忆跟思念相结联，而在这样的散步之中灵魂上和另外一个灵魂相结缡的时候，她也许应当忏悔，应当请求赎罪！当内我的存在集中而缩小只要占据让人们拥抱的地方的时候，这也许就是最坏的罪恶！当一位妻子低下身子去接受她的丈夫在头发上所接的吻因而能够保留一个中立的额头时，这是有罪的！依靠死亡而虚构将来是有罪的，自以为在将来是一个无忧无虑的母性，有几个美丽的孩子黄昏时节和全家所敬爱的父亲在一起，在快乐的母亲的温柔的眼睛之下嬉戏，这是有罪的。是的，我犯过罪，我大大的犯过罪！我对于教会所科罚的惩戒觉得很有兴趣，那些责罚一点儿也不够得去赎回这些错处，牧师对于这些错处实在是太宽大了。无疑的，上帝是把责罚放置在这一切错误的心中，咐托做了这些错误的对象的人来复仇。把我的头发送出去了，这不就是许了我的身吗？我为什么一定要穿白色的袍衫呢？我以为这样的话就更可以变成您的百合花。您第一次在这里不是看见我穿白袍子吗？嗳哟！我爱我的儿女还不够，因为一切的强烈的感情都是产生在欠债的感情之中。您看得很清楚，菲力士！一切的苦痛都有它的意义。请您打我罢，比莫尔梭夫先生和我的儿女还要用力的打我。这位女人是上帝的发怒的工具，我去接近她，一点儿也没有恨她，我要给她微笑去；除非我不想做基督徒、做妻子、做母亲，我都得爱她。如果，和您所说的一样，我能够保全您的心而使她凋落的话，这位英国女郎也不能够怨恨我。一位女人应当敬爱她所爱的人的母亲，我就是您的母亲。我要在您心中得些什么呢？王地尼斯夫人所留下的空隙的地方。噢！是的，您总是怨叹我的冷淡！是的，我的确只是您的母亲。所以请您宽恕我当您来的时候我所对您的说的那些无意义的残忍的话，因为一个母亲知道她所疼爱的儿子时应当是快乐的。”

她把她的头靠在我的怀中，而继续的说：

“对不起！对不起！”

所以，我是听到了一种我所不认识的声调。这既不是她的少女时代的声音和她的快乐的腔调，也不是她的中年妇人时代的声音和她的专横的肯定，也不是苦痛的母亲的太息；这是一种破碎的新的声音，为新的苦痛而发出的声音。

“至于您，菲力士，”她兴奋的接着说，“您是一位不会做坏事的朋友。啊！您一点儿也没有丢掉您在我心中的地位，不要责骂，不要做任何的轻微的悔疚。请您为一个不可能的将来而牺牲最大的快乐，因为一位女人应当摈弃儿子，放弃贵位，取消永生而来尝味这些快乐，这不是极端的自私自利吗？多少次了我不是觉得您是在我之上的！您是伟大而高贵的；我呢，我是渺小而罪恶的！算了罢，话是说过了，我只能做您的一线高远、闪灼而冰冷的微光，但却是不变的。菲力士，不要紧，请您努力不要使我一个人单独来爱我所选择的弟兄。姑息我罢！一位姐姐的爱不至于有恶劣的明日，也不至于有危难的时刻。这个宽仁的灵魂要生活在您的生命之中，要永远不至于不为您的痛苦而忧愁，要为您的快乐而快乐，要敬爱使您快乐的女人，要怒恨欺骗您的人；您也用不着来欺瞒这个灵魂。我，我并没有让我这样爱的弟兄。希望您有相当伟大的精神，能够用这个温和而神圣的感情来免除一切的自爱，来解决一直到现在为止都是这样疑虑而多风波的我们的关系。我还能够这样的活着。我要第一个来拉杜德利贵人的手。”

在说这些满充苦味的话语时，她并没有哭泣，她！这些话揭开了遮蔽她的灵魂和她的苦痛的布幕，她用这些话给我证明了她是如何的和我结联在一起，我是折断了多少坚固的铁链啊！我们都发了疯了，甚至于都看不见和洪水一般的大雨。

“伯爵夫人不要进去一会儿吗?”车夫指着巴兰的大旅馆说。

她做出同意的记号，我们就在旅馆入口的穹隆下逗留了差不多半个钟头。旅馆的人大为惊动，大家都问着为什么莫尔梭夫夫人夜里十一点钟在路上。她是到杜尔去吗?她是从杜尔回来吗?暴风停止了，雨变成杜尔人所谓的“毛雨”，并不妨碍月色去照耀被上面的风快速的吹去的高雾。正在这个时候，车夫出去了，他又回转了他的脚步，使我大为快乐。

“听我的命令。”伯爵夫人轻轻的叫他。

于是，我们就取了查礼曼野地的路，在那里雨又开始降落了。在野地的半路上，我听见阿拉柏尔的爱狗的吠声，一匹马忽然从橡树丛底下跳了出来，横闯路上，跃过地主们为着标记他们在这些荒地中认为还可以耕种的土地而挖掘的沟洞。杜德利贵人跑到野地中来看这四轮轻车的运行。

“如果能够不犯罪的话，这样的等候她的孩子是多么的快乐啊!”小亨利妹说。

狗的吠声告诉杜德利贵人我是在这轻车之中；她一定相信我是因为恶雨才这样来找她的；当我们走到侯爵夫人所在的地方的时候，她用她特有的骑士的敏捷飞跑到路旁来，这种敏捷使小亨利妹大为惊讶，以为是神迹。阿拉柏尔用疼爱儿童的口气只叫了我的名字的最后一个字，用英语的口调说，这种叫法在她的口唇之间说出实在有仙女的韵致。她知道只有我才懂得她的叫唤：

“My dee（我的娣!）”

“是她，太太。”伯爵夫人说着，默默的在月色之下端详着这个带有急躁脸孔和散乱长发卷的妖物。

您知道这两位女人是如何快速的互相细察着。英国女郎认识了她的情敌，骄傲的显出她那英国女郎的态度；她用满充着英国人的轻蔑的眼色来包围我们，和箭矢一样快的在灌木之中失踪了。

“快快回克罗慈古尔特去!”伯爵夫人叫着说，这个苦涩的目击在她觉来简直就和斧子斫在心坎一样。

车夫回转车子，走支农大道，这条路比沙妻大道好。当四轮轻车重新沿着野地走的时候，我们听见阿拉柏尔的马的可怕的急跑的声音和她的爱狗的步调。他们三个都在灌木丛那一边压断树木而去。

“她走了，您要永远丢失了她。”小亨利妹对我说。

“好罢，”我回答她，“让她走罢！她并不会后悔的。”

“噢！这些可怜的女人!”伯爵夫人叫了起来，表现出一种怜悯的嫌怨。“但是，她到哪儿去呢?”

“到圣锡尔附近葛勒那地尔一间小房子去。”我说。

“她一个人走。”小亨利妹接着说，她的音调给我证明了女人们都自以为在爱情里孤单的，永远不放弃自己。

当我们回到克罗慈古尔特大路上的时候，阿拉柏尔的狗很高兴的吠着，在四轮轻车前面跑了过去。

“她还比我们先到!”伯爵夫人叫了起来。

然后，歇了一会儿，她又接着说：

“我从来没有看见过这样美丽的女人。多好看的手，多好看的腰！她的脸色压倒百合花，她的眼睛有金刚钻一般的亮光！但是她骑马骑得太好了，她应当是喜欢施展权力的，我相信她是活泼而强暴的；还有，我觉得她似乎有点太大胆的越过礼仪：不承认有律则的女人大体都只听从她自己的私意。那些喜欢出风头，喜欢活动的女人们并没有贞操的天性。依据我的意见，爱情是更需

一匹马忽然从树丛底下跳了出来……杜德利贵人跑到野地中来看这四轮轻车的运行。

要沉静的：我看它是一个茫茫的大海，在那里测水锤也找不到它的深底，在那里风雨可以是狂暴的，但是却不多见，而且只限于一些不能穿行的范围之内；在那里两个人生活在一个满开花朵的岛上，远离世界，因为世界的奢华和光彩会损害他们。但是爱情得有一些特性的痕迹，也许我是错了。如果自然界都会因为气候而改变它的形状，为什么个人的情感不会这样呢？无疑的，属于群众的一般的法律的情感只是在表达的方式方面才有相反的地方。每一个灵魂都有它的样子。侯爵夫人是一位能够穿行远路而用男人的力量来行动的强壮的女人；她能够把她的情人从捕获他的人手中解放出来，她能够杀死狱卒，杀死守卫和刽子手；然而一部分的女人只知道用她们的整个灵魂来爱恋；危险的时候，她们就跪在地下，祈求而死去。这两种女人之中您喜欢哪一种呢？整个的问题就在这儿。可不是吗，侯爵夫人爱您，她曾为您做下许多的牺牲！也许当您不再爱她的时候，还是她要永远爱您哩！”

“亲爱的天使，让我重复的说一句您以前有一天对我所说的话：‘您怎么知道这些事儿呢？’”

“每一个痛苦都是一种教训，我在各点上都曾痛苦过，所以我的知识是广大的。”

我的仆人听从我的命令，他相信我们要从土台上面回来，就拉着我的马，预备好在大路的中间等着。阿拉柏尔的狗嗅到这匹马，它的女主人被一种合法的好奇心的引诱就跟着它穿过树林，无疑的藏在那里。

“跟她求和去罢，”小亨利妹微笑的对我说，没有表露出她的悲哀。“告诉她她是怎么样的误会了我的意向，我要给她启示一切她所偶然得到的宝藏；我的心只是保存着对她好的情感，特别没有怒气，也没有轻蔑；请您解释给她听我是她的姐姐，不是她的情敌。”

“我不去!”我叫了起来。

“您难道没有试过有的慎重会走到令人侮辱的地步吗?”她用殉道者的发亮的骄傲的态度说，“去，去!”

我跳上我的马，跑去找杜德利贵人去，想要知道她到底是怎么样。

“如果她生气，离开我!”我想着，“我就再回到克罗慈古尔特来。”

狗带我到一棵橡树底下，侯爵夫人就从那里挺身而出，对我叫着：

“Away! Away!（去，去!)”

我们能做到的就是跟着她到圣锡尔去，我们夜里十二点钟才走到那里。

“这个夫人是十分健康的。”当阿拉柏尔下马的时候，她对我说。

只有认识她的人才能够想象到这句干脆说出而带有“我，我要死!”的神色的话所包含的讽刺。

“我不许你给莫尔梭夫夫人冒昧的投去你那带有三叉枪的嘲笑。”我回答她。

“给您提示您那宝贝的心坎所有的亲爱的人物所享受的健康，难道就是使阁下不快乐吗?人家都说法兰西的女人喜欢怨恨，甚至于恨到她们的情人的狗；在英吉利，我们却爱一切我们的主子大人所爱的东西，我们恨他们所恨的东西，因为我们是生活在我们的主子大人的皮肤之中。所以，请您让我和您自己一样的爱这位夫人罢。不过，亲爱的孩子，如果您出卖了我的话，我却不是站立，不是躺卧，也不是坐在仆人的防守的四轮轻车之中，也不是游憩在查礼曼野地之内，也不是在任何世界、任何国家的野地之中，也不是在我的床中，也不是在我父亲的屋瓦之下!我就不再存在了，我。我是在女人们为爱情而死的国度兰卡柴尔生长的。认识您而放弃您！不，我绝不放弃您，无论是在什么力量之前，甚至于死，因为我要跟您一块儿去。”

她领我到她的房子，在那里，舒服的家具已经夸示出她的享受。

“你得爱她，亲爱的，”我热情的说，“她爱你，她，不是开玩笑的，而是诚恳的。”

“诚恳的，小东西？”她说着，脱下了她的骑马的裙子。

因为要为情人夸耀，我想给这骄傲的妖物揭露小亨利妹的高尚的性格。当一句法文也不懂的女仆给她梳头的时候，我就试为描写莫尔梭夫夫人，叙述她的生活的轮廓，我重复的说一切的女人在危迫的时候都要变成渺小而恶劣的，然而莫尔梭夫夫人却有许多伟大的思想。虽然阿拉柏尔似乎对我并没有表现出任何的注意，但是她却一句话也没有漏掉过。

“我很愉快能够认识您对于这一类基督徒的谈话有这么样的兴味，”当我们单独留下的时候，她就这样说：“在我的土地中，有一个地方有一个主教的私人助理，他懂得说教，我们的农夫都懂得这些说教，因为这种散文很适合听者的口胃。我明天要给我父亲写信，请他把这位好好先生由邮船给我送来，你也就可以在巴黎找到他了；一旦你听了他说了一次教，你就只想听他的话，而且他的健康也是一样好的；他的德性一点儿也不会损害你，使你哭泣，然而却是无风无浪的流着，好像清晰的泉水一样，可以使你甜蜜的安睡。每天晚上，如果你高兴的话，你就可以在消化你的晚饭时用这些说教来满足你的情欲。亲爱的孩子，英吉利的道德也是比杜尔兰的道德高尚的，正如我们的刀类制造物、我们的银器、我们的马匹要比你们的刀子和牲畜好一样。请你赏我一个面子来听听我的主教助理，允许我这个！我只是一位女人，我的爱，我知道爱，我能够为你而死，如果你愿意我死的话；但是我却没有在伊顿、在牛津、在爱丁堡念过书；我既不是博士，也不是高等教士；所以我没有法子来教你道德，我是完全不清洁的，如果我要尝试的话，我可以做出最笨的事。我并不责备你的嗜好，你还可以有比这些更腐败的嗜好，我要想法子来适应它，因为我要使你在我身边找到你所爱的一切，爱情的快乐、桌上的快乐、教堂的快乐、美酒和基督徒的德性。你要我今天晚上穿忏悔衣吗？这位女人真幸福能够用道德来伺候你！法兰西的女人们到底是在哪一个大学里得到她们的学位呢？我这可怜虫！我只能够献出我的身，我只是你的奴隶……”

“那末，为什么当我要一块儿看你们的时候，你却逃了去呢？”

“你发疯了吗，My Dee？我可以假装一个仆人从巴黎走到罗马去，我可以为你而做下最无道理的事；但是我怎么能够和一位素未谋面的女人在半路上谈话，而这位女人正要开始说教呢？我可以跟农夫们谈话，我可以向一位工人要求分给我一点儿面包，如果我饿的话，我可以给他几个钱，这一切而且都是很合式的；但是和英吉利的 gentlemen of the road（路上君子）一样的截止了四轮轻车，这并不是我的法典所应许的。你，可怜的孩子！你难道只懂得爱恋，不懂得生活吗？并且，我还没有完全像你，我的天使！我不喜欢道德，但是，为着使你高兴起见，我也能够大卖力气。算了罢，别说啦，我就到那一方面去罢！我要想法子变成一位女牧师。在我身边，约礼米不久也只是一个滑稽的人。我再也不让我有任何妩媚的动作，不用《圣经》的经语来涂油。”

她应用她的力量。当她看见我在她开始用巫术之后马上就在我的眼睛中画出这个热烈的表情的时候，她就滥用了她的力量了。她一切都胜利了，我也就把这位行将灭亡、放弃将来而全诚恋爱的女人放在天主教的法术之上了。

“她难道爱她自己还在爱你之上吗?”她对我说。“她难道喜欢你的什么东西还在你的本身之上吗？怎么能够敬爱在我们看来是比你们所敬仰的重要的东西更为重要的其他的东西呢？任何女人，不论她是怎么样的讲道德，都比不上一个男人。你们就残踏我们罢，你们就杀死我们罢，绝不要因为我们而妨碍你们的生存。属于我们的是死亡，属于你们的是伟大而骄傲的生存。由你们到我们，这其中是一个拳头；由我们到你们，这其中是爱情和宽恕。太阳难道还要忧虑生活在它的光热之下的小苍蝇吗？它们可以尽力的活着，但是一旦太阳没有了，它们就活不了……”

“或者它们就飞去了。”我打断她的话说。

“或者它们就飞去了，”她用一种不在乎的态度接着说，这态度可以刺激一位下了最大决心去应用她所给他的力量的男人。“你相信一位女人应当叫一个男人去吞食德性的黄油所搽的面包片而对他说宗教和爱情不相容吗？我难道就是一个宗教的叛徒吗？献身或者拒绝；但是拒绝而要保持道德，这有双重的苦痛，这是违反一切国家的法律的。这里，你只有你的女仆阿拉柏尔亲手给你预备的特等 Sandwichs（火腿面包)，这位女仆认为一切的道德就是去发明没有一个男人所感觉过的爱抚，天使所给我提示的柔情。”

我不知道有什么东西能够比一位英国女郎所说的讥笑还要使人软化，她在这讥笑之中放下了严肃的雄辩、艳丽的词藻，是英国人拿来遮盖他们的荒谬生活的高度的怪诞的。法国人的讥笑是一个花边，是女人们知道拿来修饰她们所保证的快乐和她们所发明的争吵的；这是一个道德的项链，和她们的装饰是一样幽美的。但是英国人的讥笑是一种酸，能够这么样的腐蚀落在它中间的生物，使它们变成洗刷了的骨骼。一位富于精神的英国女郎的舌头是和老虎的舌头一样的，老虎玩着，扯破肉块一直到骨头为止。

讥笑是冷笑的说‘这不就是这个吗?’的魔鬼的强力的武器，这讥笑就在他所破开来嬉戏的伤痕中放下一个致命的毒液。这一夜，阿拉柏尔要显示她的力量，就和要证明他的手段而杀死无罪的人来开心的苏丹一样。

“我的天使，”当她把我弄得胡里胡涂什么都记不得的时候，她对我这样说，“除幸福外，我也要做些有道德的事，我！我问过我自己到底爱你是不是犯了一个罪，是不是破坏了神圣的规律，然而我却发现没有东西比爱你更为敬虔、更为自然。如果不是要指示我们去崇拜他们的话，为什么上帝要创造比别人美丽的人呢?不爱你才是罪过哩，你不是一个天使吗?这位女人把你和其他的人混在一起看，她是侮辱了你，道德的律则不能应用在你身上，因为上帝把你放在一切的人上面。爱你不就是接近上帝吗?他能够对于责备一位可怜的女人嗜好神圣的事物吗?你那广大而光明的心田就好像整个的天一样，我错落在那里就好像飞上喜烛的火焰而自焚的小苍蝇一样！人们难道要责罚这些苍蝇做了错事吗?而且，这真的是一桩错事吗?这不是对于火光的最高的崇拜吗?如果人们认为跳上所爱的东西的颈项上是灭亡的话，他们就是因为太敬虔而灭亡了。我爱你，这是我的弱点，这位女人能够保留在她的天主教的祈祷室里，这是她的强处。你不要皱眉头！你以为我羡慕她吗?不，小乖乖！我崇拜她的道德，因为它劝导她让你自由，因此使我能够擒获你，永远的保守着你；因为你是永远属于我的，不是吗?”

“是的。”

“永远的?”

“是的。”

“那末，你要给我一个恩典吗，苏丹?只有我一个人算是猜透了你的价值！你说她懂得垦植土地，是不是?我，我要把这个学科让给佃农们去干，我更喜欢恳植你的心。”

我给您报告这些醉人的闲谈，目的是在于能够好好的给您描绘这位女人，能够解释为什么我做了我给您所说的这些事，同时要使您知道这个结局的一切的秘密。但是，我要怎么样的给您描写陪着这些妖媚言语的伴调呢？这是一些和我们的梦景中所有的最过火的幻觉相似的疯狂；有的时候是一些和我在我的花朵中所有的创造一样的发明：温存和力量相联结，柔情和迟软是跟激奋的火山的喷溢相反的；有的时候一些应用在我们的逸情的合奏中的最细微的音调的高低；还有的是和蛇群纠合在一起所演的一样的把戏；最后则有用最能令人喜笑的意思和精神所能加在快感上面的诗章来装饰的最悦人的演讲。

她要用她的急切的爱情的电击来肃清小亨利妹的贞洁而深思的灵魂在我心中所留下的印象。侯爵夫人很清楚的看见过伯爵夫人，好像莫尔梭夫夫人很清楚的看见过她一样：她们两个人都很正确的互相的判断。阿拉柏尔所加在我身上的打击的重大给我指明她的恐惧是如何的广大，她是如何的暗地里饮佩她的情敌。早晨的时候，我发现她的眼睛尽是眼泪，她一夜未曾睡觉。

“你怎么啦？”我对她说。

“我怕我的极端的爱情要毁了我，”她回答说，“我拿出我的一切了。这位女人比我更巧妙，她有一些能够使你欲求的东西。如果你选择她的话，你就不要再想到我了：我绝不用我的苦楚、我的悔疚、我的忧愁来麻烦你；不，我要到远离你的地方去死去，好像一棵没有使它向荣的太阳的植物一样。”

她知道使我说出让她满充快乐的爱情的抗议。事实上要对这位清早哭泣的女人说什么呢？残酷的话似乎是不应当的。如果前一夜我们没有反抗过这残酷，第二天我们也不是非撒谎不可的；因为《人权法典》教我们在风流韵事中有撒谎的责任。

“好罢，我是宽大的，”她拭着眼泪说，“回到她的身边去罢，我不愿意用我的爱情来强迫你，而是顺从你自己的意志的。如果你再回来到这里的话，我就相信你爱我是和我爱你一样的，但这在我看来总是不可能的。”

她知道游说我回到克罗慈古尔特去。我将要进去的地位的困难是满享幸福的人所猜想不到的。如果拒绝到克罗慈古尔特去的话，我就是袒护杜德利贵人而轻视小亨利妹。这样一来，阿拉柏尔也就要把我带到巴黎去了。但是到巴黎去，这不是侮辱莫尔梭夫夫人吗？在这种情形之下，我更是非归附于阿拉柏尔不可了。一位女人曾经宽恕过同样的情变的罪状吗？除非是天上降落的天使，而不是到天上去的洁净过的精神，一位堕在情网里的女人宁可看见她的情人受苦，而不愿意看见他因为另一位女人而快乐：她越爱他，她就越伤心。这样的看了我的地位的两方面，一旦离开克罗慈古尔特到葛勒那地尔去，这对于我的选择的爱情的致命伤就和他对于我的瞎碰的爱情的有利有同样的程度。侯爵夫人是用深刻的研究来计算这一切的。她后来告诉我，如果莫尔梭夫夫人没有在野地中遇到她的话，她还想约我到克罗慈古尔特去兜一个圈儿哩。

当我走近伯爵夫人的时候，我看见她脸色惨白，好像患强烈的失眠症的人那样的衰颓，我忽然运用了一种“嗅觉”，而不是触觉，这嗅觉能够使仍旧年青、仍旧仁慈的心感觉到那些群众所忽视而伟大的灵魂法学认为是罪恶的行为的范围。我立刻就好像一个在游戏在采花时坠下深坑，忧愁爬不出来，只于越不过去的距离中看到人间的土地，觉得只有一个人，夜里听见荒野的悲鸣的孩子一样，懂得我们是由一个整个的世界给隔断了。在我们两个灵魂之中都发生了一个紧烈的喊叫，就好像是殉难节救主赎罪的时刻教堂里所唱的“末日到来了！”的悲歌的回响一样，这唱悲歌的情况是一个可以使那些认为宗教是第一爱情的年青人心中觉得寒冷的可怕的幕景。小亨利妹的一切幻想都顿时消灭了，她的心忍受着一个感情上的痛苦。她是欢乐所尊敬的，然而欢乐却向来没有用它那使人麻木的襞襀来紧抱她，今天她难道是猜透了幸福爱情的逸趣而拒绝不给我投来她的眼色吗？因为她从我的身上收回了六年来照耀我的生命的光辉。她难道知道我们的眼睛所吐露的光芒的源泉是在我们的灵魂之中，而这些光芒就是一条路使我们的灵魂彼此渗透，混合为一，彼此分离，就好像两位互不猜忌而彼此说了一切的话的女人一样的相处吗？我苦痛的感觉到在这个不相识的屋瓦之下带来一个妩媚的脸孔的错误，快乐的翅膀是在这脸孔上种下无数的五花十色的尘灰。如果前一夜我让杜德利贵人一个人走了；如果我前一夜回到了克罗慈古尔特，说不定小亨利妹还在等候我；说不定……哎，说不定莫尔梭夫人也不至于这样残忍的提议要做我的姐姐。她在她的一切殷勤之中放下了一个过分的力量的幸福，她激烈的来扮演这把戏，希望不要再从这把戏里跑出去。在早饭的时候，她给我成千的关照，谦虚的关照，好像看顾一个她所怜悯的病人那样的看护我。

“您一清早就走路，”伯爵对我说：“您一定胃口挺好，您这个没有把胃弄坏的人！”

这句话并没有在伯爵夫人的口唇上引起一个狡猾的姐姐的微笑，然而却能够给我证明我的地位的滑稽。白天在克罗慈古尔特，夜里在圣锡尔，这是不可能的。阿拉柏尔算到我的细心和莫尔梭夫夫人的伟大。在这悠长的整天之中，我觉得我是如何不容易变成久恋的女人的朋友。这种变迁是这样简单的经过岁月的酿成，然而却是青春时代的一个病症。我很惭愧，我咒诅快乐，我愿望莫尔梭夫夫人要求我的流血。我不能够用我的美牙来为她咬碎她的情敌，她也避免来谈论这情敌，而阿拉柏尔使我轻蔑小亨利妹的诽谤是一个无耻的举动，其实小亨利妹一直在她心中的最后的角落里都是伟大而高尚的。有了五年的亲密的关系，我们现在却不知道要谈些什么；我们的言语一点儿也不符合我们的思想；我们大家都彼此隐蔽着我们那毁人的痛苦，痛苦永远是我们的忠实的代表。小亨利妹装做为她和为我而高兴的样子，然而她却的确是悲伤的。虽然她自认为是我的姐姐，是有夫之妇，然而她却找不出任何的意思来和我谈话，大部分的时间我们都是保持着一个强制的缄默。她装做自信是这位贵人的唯一的牺牲品的样子，这却增加了我的内心的悲痛。

“我比您还要痛苦。”当这位姐姐发出一个完全女性的讥讽的时候，我对她这样说。

“这怎么讲呢?”她用人们要克服女人的感觉时女人所有的高音调来回答。

“我有一切的错处。”

有一个时刻伯爵夫人是用一种可以粉碎我的冷淡而漠不在乎的神气来对待我；我决定走了。那天晚上，我在土台之上和全家的人告别。他们跟我到园中的草地来，我的马就在那里用前脚打击土地，他们都回避了它。当我擒住马络头的时候，她就走到我的身边。

“我们单独在大路上步行罢。”她对我说。

我给她伸过我的手臂，我们就从院子里慢步出去，好像是玩味着我们的混乱的动作一样；我们就这样的走到了外圈的一个角落里。

“别了，朋友!”她停住脚说，把她的头投在我的心口，她的手臂投在我的颈上。“别了，我们永远也不再见面了！上帝给我悲痛的力量来前瞻我的将来。您记不记得有一天当您这样漂亮、这样年青的回来，我看见您和今天您离开克罗慈古尔特到葛勒那地尔去一样的转过您的身背时，我是怎么样的被恐惧所袭击吗？好罢，今天夜里，我又第二次的瞥眼来看我们的命运。我的朋友，这是我们的最后一次的谈话。我已经很勉强的对您再说了这些话，因为和您说话的已经不是整个的我了。死亡已经打击在我的身上了。您就算是从我的儿女手中夺去了他们的母亲了，请您在他们身边给他们补上一个罢！您做得到！约克和马德莲都爱您，好像您常常使他们痛苦一样。”

“死亡！”我惊惶的说，看着她，又看见在她发亮的眼睛中所有的烈火，这是那些没有看见过患了这种可怕的病症的爱人而把他的眼睛和棕色的银珠相比较的人们所能想象得到的。“死亡！……小亨利妹，我命令你活着。以前，你曾要我给你发誓过，好，今天我要恳求您给我发一个誓：请奥里志来看病，听从他的一切……”

“您难道要反对上帝的仁慈吗？”她用被人误解而失望的喊叫来打断我的话。

“您难道还没有爱我到盲从我的一切的程度，和这位悲惨的贵人一样吗？……”

“是的，您要怎么就怎么。”一个妒忌的情绪迫着她，使她在这个时刻越过了一向还尊重着的界限，她就这样的说。

“我要留在这里。”我对她说，在她的眼睛上接了一个吻。

她被我的承诺惊吓了，就从我的手臂中逃脱了出来，跑去靠在一棵树上；然后她就急速的走回家去，一个头也不回转；但是我却跟着她来，她一边哭，一边祈祷。走到了园中的草地，我拉着她的手，恭敬的吻着它。这种意外的屈服使她大受感动。

“无论如何，总是属于你的！”我对她说，“因为我爱你就和你的舅母爱你一样。”

她战栗着，就紧紧的握着我的手。

“不给一个眼色吗?”我对她说,“再给我和以前一样的眼色!——给我献出一切的那位女人,”我觉得我的灵魂被她给我投来的一瞥眼照耀了,我就这样说,“她所给我的生命和灵魂还没有刚才我所得到的那么多。小亨利妹,你是我最爱的,你是我唯一所爱的。”

“我还要活着!”她对我说,“但是您也应当疗治您自己。”

这一个眼色抹杀了阿拉柏尔的讥讽的印象。所以,我就变成了两个不相调和的情感的玩具,这两个情感是我所给您描写过的,是我来回的受到它们的影响的。我爱一个天使和一个魔鬼:两位同样美丽的女人;一个装饰有一切的德性,这德性是我们的不完全的性格因为怨恨而加以杀害的;另外一个是装饰有一切罪恶的,是我们的自私自利所冒犯的。沿着这条大路走的时候,我不时不时的回过头来看着靠在树下被她那两个招展手帕的儿女围绕着的莫尔梭夫夫人,我很惊异在我的心中有一个骄傲的动作,知道我是这两个这样美丽的命运的司令官,我是这两个这样高超而不相同的女人的光荣,我是受了这样强烈的情感的激动,甚至于只要丢了她们,死亡就要降临到她们之中的无论哪一方面。这种暂时的自负是有双重的责罚的,您得相信这句话!我不知道是哪一个魔鬼告诉我,叫我在阿拉柏尔身边等待着失望的时候,或伯爵的死亡会给我把小亨利妹送来的时刻,因为小亨利妹总是永远爱我的:她的冷酷,她的眼泪,她的悔疚,她的基督徒的谦让,都是一些深刻感触的痕迹,这感触不能够在我的心中消灭,更不能够在我的心里灭迹。当我走到这条美丽的大路的脚根而做了这些思考的时候,我只有二十五岁,然而却好像是有了五十岁似的。年青的男人不是比年青的女人更容易在顷刻之间自三十岁变成六十岁吗?虽然我把这些恶念一口气吹走了,但是这些恶念总是纠缠着我,我得承认!也许它们的原理是在杜伊勒利王宫御书房的花板之下找出来的。谁能够反抗路易十八的腐败的精神呢？这位国王曾经说过人类只能够在成熟的年龄中才有他的真正的感情，因为只有当感情渗杂有不健全的力量，只有当人们觉得每一个快乐都好像赌徒于最后一注中所有的快乐的时候，感情才是美丽而狂暴的。当我走到大路的尽头时，我回过头来，瞥眼沿着大路看去，我看见小亨利妹还在那里，一个人单独的在那里！我就跑来给她说了一声最后的告别，我满脸流湿着悔罪的眼泪，这原因是她所不知道的。这眼泪是诚恳的，是在不知不觉之中为着这些永远不会遗失的美丽的爱情，为着这些贞洁的情感，为着这些永远不会再生的生命之花而流的；因为等到后来，成年了的男人不会再贡献，他只会接受；他在他的情妇身上只是为着爱他自己，而在年青的时候，他是在他的身上爱他的情妇；等到后来，我们却在我们所爱的女人身上移植我们的嗜好，甚至于移植我们的恶行，而在生命的初期则是我们所爱的女人来给我们强制的安排她的德性、她的柔情；她用一个微笑来劝告我们为善，我们也是以她的榜样来学忠诚。没有他的小亨利妹的人是不幸的！没有认识一两位杜德利贵人的人是不幸的！如果他结婚的话，前一类的人不会保守他的妻子，后一类的人也许要被他的情妇所摈弃；但是能够在一个女人之中找到这两种成分的人是幸福的；拿达里，您所爱的人是幸福的！

回到巴黎之后，阿拉柏尔和我，我们变得比以往还要亲密。不久，我们就在不知不觉之中彼此废除了社会上的仪礼，这些仪礼是强制放上的，严格的遵守可以使社会宽恕杜德利贵人所有的地位的错误。喜欢深入表面的范围以外的这个社会，当他认识表面的范围所包含的秘密的时候，他也就认为他们是合法的了。那些被迫而生活在大社会中的情人们总有错误来推破权贵客厅的法律所要求他们遵守的界限，总有错误不来谨慎的服从风俗习惯所安排的一切的礼仪；他们不大管别人，只顾自己。要穿行的距离，要保存的外表的恭敬，要戏弄的喜剧，要隐蔽的神秘，这一切幸福爱情的战略都占住生活，都唤起新的欲望，都保护心田去反抗习惯的松懈。但是，初期的情热，就和年青人一样，本质上是浪费性的，他要整个的把他的树林斫得光光的，而不爱惜他。阿拉柏尔并不赞同这些中产阶级的思想，她完全是为使我高兴而退让。好像预先指定牺牲品而占据它的刽子手一样，她要我和整个的巴黎社会合流，使我变成她的丈夫。所以，她就利用她的妩媚来把我留守在她的家里，因为她并不满意她的风流丑行没有证据，只做了人们的耳语的材料。看见她这样高兴，这样不小心的坦白的表现出她的地位，我怎么能够不相信她的爱情呢？

一旦坠入了不合法的婚姻的温柔乡里，我又被失望给抓住了，因为我看见我的生活违反了我从小亨利妹处接受来的思想和她的指导。于是，我就用类似肺痨病者的癫狂来生活。当他预觉末日的时候，这肺痨病者却不愿意人们问到他的呼吸的声音。在我的心坎中有一个角落，我不能够退隐到这角落里而不感觉痛苦；一个报复的精神不断的给我投来这些我不敢在上面加重的意思。我给小亨利妹的信就描绘出这种道德上的病症，给她产生了无穷的苦恼。“用我所损失的一切的宝库来做代价，她至少要希望我快乐吗？”这是她在她给我回复的唯一的一封信中对我说的。并且我也并不幸福！亲爱的拿达里，幸福是绝对的，它不怕比较。我的第一阵狂热过去了，我就自然而然的来比较这两位女人，她们的不同的对照我还没有能够研究。事实上，整个的大感情是这么样强有力的压在我们的性格之上，最初驱逐了性格的粗糙的部分，填满了结成我们的弱点和强处的习惯的痕迹；但是后来，在两位熟识的情人之中，道德的本相又重现了；于是两人之间又彼此批评了，常常在这性格向感情反动的时期中产生了许多的仇恨，促进了许多肤浅的年青人拿来责骂人心无常的离异。这个时期开始了。没有以前那么样的盲目的昏迷，细细的切碎我的快乐，我就开始（也许并不是我所愿意的）来细究杜德利贵人，这细究却毁了她了。

第一，我发现她并没有那位法兰西女郎所特有的那么多的精神，我之所以认她为最值得爱慕的原因就是一般人所承认的偶然的生活可以使人去尝试各国的爱情的方式。当一位法兰西的女人恋爱的时候，她就变形了；她的媚态是这样妖艳的，她就拿它来装饰她的爱情；她的虚荣是这样危险的，她就灭除了它，把她的一切野心都放在爱情上面。她分担了情人的兴味、情人的怨恨、情人的友谊；她只在一天之内学会了事业家的经验所得到的精明，她研究法典，她懂得票据的作用，笼络银行家的钱库；尽管她是轻浮而放荡的，她却一点错处也不会做出，一个子儿也不会浪费；她同时变成一个母亲，一个保姆，一个医生；她给她的一切变态带去一个幸福的恩典，能够在最细微的地方显露出一个无穷的爱情；她集合了许多的特殊的性格，可以作为各国的女人的模范，给这种由精神的联合而生的混合加上一种法兰西的种子；这种子能够吹生、允许、解释、变迁一切，毁灭依靠第一句话而产生的情感的独占。法兰西的女人总是恒定的爱恋；她不懈怠，她不疲倦，无论在什么时候，无论在群众中或是在私下里；在群众中，她的声调只在一个耳朵里鸣响，她甚至于用寂寞来说话，知道用低下的眼睛来看您；如果环境不许她说话，不许她看人，她就用印有她的足迹的沙土来书写她的思想；一个人私下里的时候，她甚至于在梦寐里都在表达着她的情思，总之，她要使世界来服从她的爱情。

相反的，英吉利的女人却要她的爱情来服从世界。她的教育给她养成保守冰冷的态度，这个我所给您说过的这样自私自利的不列颠的风度，她可以用英吉利的机械的便捷来展开或关闭她的心。她有一个她所戴上和她所无情脱去的不可揭破的面具；没有任何的眼睛看见她的时候，她是和意大利的女人一样的热情，但是一旦在社会之上，她就马上变成冷淡而庄严的样子。就是最被她热爱的人看见英吉利女郎从化妆室里出来那样深沉不动的脸孔、那样平稳的声音、那样自由的举止时，也要疑惑她的深奥。

这时刻，虚伪甚至于走到漠不相关的地步，英吉利女郎已经忘记了一切。当然，一位懂得和脱衣服一样的丢掉爱情的女人一定要使人相信她能够改换爱情。当自尊的情调看见一位女人好像用手来刺绣一样的拿起、放下，又重新拿起爱情而爱到伤痛的时候，心中的波浪是如何的被狂风所激荡啊！这些女人太懂得统治自己了，她们不能够好好的属于我们；她们太会给社会加上她们的影响，使我们不能够完全的统治。当法兰西的女人用眼色来慰问她的病人，用几句调皮话来向探病人发怒的时候，英吉利女郎的缄默却是绝对的，她激怒灵魂而戏弄精神。这些女人在一切的环境中都要常定的这样的自诩不凡，甚至于她们之中的一部分还认为 fashion（时髦）应当伸展它的全能到欢乐的上面去。夸大贞洁的人在爱情方面也是要夸大的，英吉利的女人就是这个样子；她们要把一切形式化，所以她们的形式爱情产生不出艺术的情趣：不论她们能够怎么说，新教和天主教可以解释法兰西的女人所以胜过思考而计算过的英吉利女人的爱情的不同的地方。新教怀疑信仰、研究信仰、杀戳信仰，所以它是艺术和爱情的死神。

当社会统驭的时候，社会上的人们应当服从；但是情热中的人们却要马上逃避开，因为这是他们所不能忍受的。您就可以明白当我发现杜德利贵人一点儿也不能够跳出社会而惯于不列颠的变化无常的时候，我的自尊心是如何的受打击；这不是社会强加在她身上的牺牲；不，她很自然的表现出两不相容的敌对的形式；

当她爱恋的时候，她就和醉了酒一样的热恋；任何国家的任何女人都比不上她，她就等于整个的教坊；但是一旦布幕垂在这出仙女戏的舞台之前时，它就把它驱逐得无影无踪了，甚至于连记忆也记不起来。她对人家的一视一笑都不加以回答；她既不是女主人，也不是奴隶，而是像一位被迫而编制言辞、放大酒量的钦差夫人一样，她用她的静默使人不能忍受，她用她的礼节来凌辱别人的心；她就这么样的到了必要之时就重新吞下她的爱情，不是用同情心来把爱情提高到理想的地步。她既不表示恐惧，也不表示歉悔，也不表示欲望；但是，到了一定的时间，她的柔情就和火焰一样的迸发出来，好像要侮辱这柔情的隐蔽似的。这两个女人之中我应当相信哪一位呢？

于是，我就千针万刺般的感觉到分别小亨利妹和阿拉柏尔的无穷的不同。当莫尔梭夫夫人暂时离开我的时候。她似乎是在空中给我留下，让我谈到她的忧虑；她一走开，她的袍衫的褶皱就竖立在我的眼前，好像她一回来她那波浪式的声音就来到我的耳边一般；当她展开睫毛低下眼睛看着地下的时候，她的动作有无穷的柔情，她的声音，这个富于音乐性的声音，是一种继续不断的爱抚；她的言论表现出她有一种恒定不变的思想；她总是像她自己；她并没有把她的灵魂剖割为两半，热烈的一半、冷淡的一半，还有，莫尔梭夫夫人总保存着她的精神和她的思想来表达她的情意，她是因为对于儿女和我的思念而修饰的。但是阿拉柏尔的精神却不能够使她的生活变成可爱，她一点儿也并不为着我的利益而行动，她的精神只是由于社会、为着社会而存在的，她非常的调皮，她喜欢破坏，喜欢咬伤，这并不是为着给我开心，而是为着满足她的癖嗜。莫尔梭夫夫人把她的幸福隐秘在一切的眼色之下；阿拉柏尔却要给全巴黎显示出她的快乐，并且用一种可怕的脸部表情十分镇静的跟我一块儿到林园去游玩。这夸张和庄严的混合、这热爱和冷酷的杂凑常常伤刺我那贞洁而热情的灵魂；并且，因为我一点儿也不知道改换风向，我的气质也蒙受了影响。当她又排出习惯的贞洁的样子的时候，我就为爱情而心悸了。

我并不是不加慎重的埋怨自己，这时候她就转动了她的三叉舌来反对我，在我所给您说过的英吉利的讥笑中渗杂着傲慢情趣的语调。一旦跟我不和睦，她就要出把戏来寒冷我的心，来卑屈我的精神，她就把我当做面酱来作弄。对于一般人所应当遵守的社会礼仪的意见，她就用我的思想所构成的讽刺画来回答，而加以放大。当我责备她的态度时，她就问我到底是不是要她在全巴黎和意大利的人面前接吻我；她说得那样的严厉，使我这知道她要我谈到她的人战栗的看着她履行她的许诺。虽然她有真实的感情，我从来就没有觉得她有小亨利妹那样的深思、神圣和深刻：她和一块沙土一样的无法饱和。莫尔梭夫夫人总是满意的，总是在我的声调和我的眼色中觉得我的灵魂，然而侯爵夫人却从不受一瞥眼、一握手、一温语的动摇。还有哩！前夜的欢乐到第二天就等于零；任何的爱情证据都不能惊动她；她努力于追求这么大的激动、声响和光辉、结果这一类的理想无法到达，因此就有了那些她的可怕的爱情的活动；不过在她那过于夸大的幻想之中，她都是为自己设想，而不是关心我。莫尔梭夫夫人所给我的信是一道光线，它还在我的生命上照耀着，它证明这位最有德性的女人如何的知道遵守法兰西女人的天才来显露一个永久的审慎，继续不断的和我的一切幸运相调和；这信可以使您懂得小亨利妹是用哪一种的注意来关心我的物质利益、我的政治关系、我的道德功迹，她是用哪一种的热情来接吻我生命中那些特许的地方。在这些地方上，杜德利贵人却只是一个交情简单的人。她从来没有打听过我的事业、我的幸运、我的工作，我的生活的困难、我的仇恨、我对于他人的友谊。她只为自己而放荡，她没有宽仁的心肠，她把利益和爱情分开太远了，然而我却在无意之中知道小亨利妹能够为避免我的悲伤而为我找到她不会为自己去寻觅的东西。在这样一个能够打击受过最高教养、有最大财富的人的不幸当中，历史可以给我们相当的证据！我可以请教小亨利妹，然而我却只好一声不响的让杜德利贵人来把我监禁起来。

到此为止，我所说的对照只是限于感情方面，然而在事物方面也是如此。在法兰西，奢侈品是人性的表现、人们的思想、人们的特殊的诗意的产物；它描绘人们的性格，以最低的准备给情人们一些价值，使我们的身边光照着一种强力的思想，对于被爱的人的思念；但是英吉利的奢侈品虽然能够用它的精巧来迷诱我，却是同样机械的！杜德利贵人一点儿也没有在那里放上她的力量，这些奢侈品是由别人制造出来的，是买来的。在阿拉柏尔的眼中，克罗慈古尔特的成千的爱抚的注视只是家庭的琐事；每一件事都有它的责任，都有它的特性。选择好仆人是管家的事儿，好像选择马匹一样。这位女人一点儿也不关心她的仆人，他们之中最可珍重的人的死亡一点儿也不会感动她，因为她可以用钱来补充一个同样能干的。至于她的邻人，我从来没有惊异过在她的眼睛之中曾为他人的不幸而流过一滴泪，她甚至于有一种非常可笑的自私的幼稚病。这位贵妇人的红色被单所盖的原来是这个铜一般的人性。甜蜜的埃及的舞妓每天晚上在她的毛毡上打滚，发出她那热情狂的响音，就立刻使这位年青的人和这位无感觉而残忍的英吉利女郎相和解；所以我只能够一步一步的发现我在上面损失我所散播的种子的白土，这白土一点儿也不会产生什么收获。莫尔梭夫夫人在她迅速的遇见阿拉柏尔时早就看到这个本性的深处；我记起了她的预言。总之，小亨利妹是有道理的，阿拉柏尔的爱情给我变成不能忍受的。从此，我记得清楚大部分会骑马的女人都是没有多大柔情的，正如古代的娘子军一样，她们缺乏乳部，她们的心在某一地方是硬化了的，只是我不知道这某一地方是哪里而已。

我开始觉得这束缚的重量。我的身体和我的灵魂都觉得疲倦；我懂得清楚一切真实的感情所给爱情的神圣的贡献；我回忆克罗慈古尔特，虽然是在远处我却仍然呼吸着它的一切玫瑰花的香味，它土台的热气，听着它的黄莺的歌声，在这可怕的季节里看见浅水中露出它那多石的河床；这时候我就受到一个打击。这打击到现在为止还震荡在我的生命之上，因为每个时刻都有一个回音。我在国王的御书房中工作，国王要于四点钟出门，勒农古尔公爵正来办公；国王看见他进来，就问到伯爵夫人的消息；我很富有特殊意义的突然仰起我的头来；受了这个举动的惊愕，国王就给我投来一个眼色，继之就说了这么几句他真会说的难堪的话。

“陛下，我的女儿快要死了。”公爵回答说。

“幸求国王准我请假!”我满眼流泪的说，冒着将要发作的怒气的险。

“快跑去罢，先生。”他微笑的回答我，每一个字都是一首讽刺诗，趁着它的精神而谴责我。

公爵更像是一个忠臣，不像是一个慈父；他并不请假，就登上了国王的御车，陪着国王去。我没有给杜德利贵人告辞就走了，侥幸得很，她刚刚出了门，我就给她写了几个字，说是受了国王的命令而外出的。在克罗瓦德柏尔尼地方，我遇着从维利尔回来的国王陛下。当他拿起落在他脚边的一束花朵的时候，他给我投来一个满充着深重的讽刺的眼色，似乎对我说：“如果你要在政治上有一点儿成就的话，你就回来罢！不要太高兴跟死人开谈判!”公爵用他的两手给我做出一个悲哀的记号。两个八匹马拉着的壮丽的四轮车、盛装的武官、卫队，和它的尘沙都非常快速的在“国王万岁!”的呼声中过去了。我觉得朝廷是践踏了莫尔梭夫夫人的躯体，就好像大自然对于我们的惨剧的漠不在乎一样。虽然公爵是个超卓的人，无疑的在国王睡了之后，他就跑去玩亲王的魏斯特牌去了。至于公爵夫人呢，她好早以前就在谈论杜德利贵人时给她的女儿送去第一个打击了。

我的快速的旅行好像是一块梦一样，但却是一个赌场败将的梦；我很失望的得不到任何的消息。忏悔师是不是严格的禁止她，甚至于不许我到克罗慈古尔特来呢？我责备马德莲、约克、铎米尼教士，一切的人，甚至于莫尔梭夫夫人本人。过了杜尔，从圣苏维尔桥出了溢口，走下引至彭妻的那条两旁有白杨树的大道，就是我前时奔走去寻求我那不知名的女郎时所特别崇拜的大道；在这里我遇到了奥里志先生；他猜想我是到克罗慈古尔特去的，我猜想他是从那里回来的；我们大家都停止了我们的车，大家都下了车，我是为着要问他消息，他是为着要给我消息。

“哎，莫尔梭夫夫人怎么样了呢？”我对他说。

“我怀疑您还能够看见她活着，”他回答说。“她的死很离奇。她患了隔食症，快要死。上月，六月，她叫人请我去，那时候，她的病就已经没有什么医学的力量能够克服的了；她有离奇的症候，我想莫尔梭夫先生一定给您描写过，因为他相信他有这经验。伯爵夫人并不是因为医学所能挽救的内脏的挣扎而起的暂时的不舒服，也不是刚开始恶化的病痛；不，她的病已经走到医术没有用处的地步了；这是悲愁的不可救药的结果，好像致命的伤痕是一个拳击的结果一样。这种病是和心脏有同样必要的内脏的停滞所产生的结果。悲愁当了拳击。您别看错了！莫尔梭夫夫人因为某种没有人知道的苦痛而快要病死。”

“没有人知道的！”我说。“她的儿女一点儿也没有病吗？”

“没有，”他用一个富有意义的神气看着我，对我说，“并且，她的病一严重，莫尔梭夫先生也已经不再给她麻烦了。我没有什么用了，阿沙伊的德斯兰特先生就够了；但是一个疗治的办法也没有，病痛很可怕。她是富有的、年青的、美丽的，然而却消瘦而死、饥饿而老，因为她是患了吃不下东西的病而要死的！四十天以来，她的胃就好像关了门似的，人家拿什么样子的东西给她吃，胃口就把什么样子的东西吐出来。”

奥里志先生紧握着我给他伸过的手。他差不多是用尊敬的神色来问我要这手的。

“勇敢一点儿，先生！”他说着，仰起眼睛，看着天空。

他的话表现出他对于这些苦痛的哀怜，他相信他同情这些苦痛；他没有想到他这些话的毒刺是和箭矢一样的伤了我的心。我急急的又登上了我的车，允许驿夫如果能够应时到达的话就给他一笔大赏钱。

虽然我是焦躁的，我相信我在路上只有几分钟，我整个的堕在压迫心田的苦楚的思念之中。她要因为悲愁而死，然而她的儿女却是十分健康的！这证明她是为我而死！我那逼人的良心就给我提起公诉，这公诉回响在我的整个生命之中，有的时候甚至于超出了生命之外。人类的公理是如何的柔弱、如何的无力啊！它只报复明显的行动。为什么一拳打杀您，仁慈的使您从梦中惊醒，使您永远的睡眠或是出乎您的不意突然给您一个打击，免得您有临终的痛苦的杀人犯就得宣判死刑、就得令人唾骂呢？为什么在人家的灵魂中一滴一滴的灌下苦汁，使人家的身体渐渐的憔悴毁灭的杀人犯却得到幸福的生活、高贵的名誉呢？有多少没有受刑罚的杀人犯啊！漂亮的罪恶是如何的得到人们的了解啊！因为道德的窘迫而起的杀害又是如何的得到人们的赦免啊！

我不知道是哪一只复仇的手忽然揭开了这遮盖社会的帘幕。我看见了好几个您我都认识的牺牲者：在我动身之前几天，包西恩夫人垂死的到诺曼地去！兰齐公爵夫人被陷害！勃兰顿贵人到杜尔兰来，要到杜德利贵人所住过两星期的小房子里来寻死，而被杀，这是因为哪一种的结局呢？您知道！我们的时代富于这一类的事态。谁没有认识过这位受了要杀害莫尔梭夫夫人的妒忌心的克服而亲自毒杀的女人呢？谁没有看见过这位和牛蝇所针刺的花朵一样，两年的结婚生活就把她衰萎了，做了她的贞洁的无知的牺牲品，做了郎革勒尔、孟特里物、马尔赛为着政治的目的而伸手救援的惨剧的牺牲品的少女的命运而战栗呢？谁没有听见过人家叙述这位任何的祈求都不能够感动，永远不愿意再看见她曾经还过重债的丈夫的女人的最后的日子而心跳呢？戴格曼夫人不是看准了坟墓吗？没有她的兄弟的看护，她还要活下去吗？

社会和科学是这些没有法庭的大罪的帮凶。似乎没有人会因悲愁，会因失望，会因爱情，会因隐蔽的惨剧，会因培植而不生果，不断的移植而去根的希望而死的。新的字典有许多巧妙的名词可以解释一切：胃痪，心胞痪，和其他耳边所熟听的成千的妇人病都是法律公证人的手立刻就拭干的虚伪的眼泪所护送的棺材的过路照书。在这些不幸的深底上有没有我们所不知道的法律呢？百岁老人是不是应当无情的把死人撒在地下，在他身边晒干，来使他自己高立，就好像百万富翁用小工业所加在一起的努力来成功自己的地位一样呢？是不是有一个强悍的毒物是以甜蜜和温柔的生物来饲养的呢？我的上帝！我难道是属于老虎的种类吗？

悔疚用它那烈火一般的手紧束着我的心；一个潮湿的十月的清晨使小亨利妹所指导种植的白杨树的枯叶脱落，我就在这时刻走进了小亨利妹前时在那里招着手帕好像要叫我回去一般的那条克罗慈古尔特大路，我的两颊满充着泪痕！她还活着吗？我能够在我那伏在地下的头上感觉到她那两个洁白的手吗？顷刻之间，我把阿拉柏尔所给我的一切的快乐都付出去了，而且太便宜的出卖它了！我发誓不再看她，我痛恨英吉利。虽然杜德利贵人只是种族中的一个异类，我却把一切的英国女人都包括在我的判断书里头。

走进克罗慈古尔特的时候，我又受到了一个新的打击。我发现约克、马德莲和铎米尼教士三个人都跪在一个木制十字架的脚旁，这十字架竖立在建筑栏杆的时候划在圈地范围之内的一块地的一个角落上，这块地是伯爵和伯爵夫人都不愿意铲平的。我跳下了车，满脸流泪的走近他们，我一看见这两位孩子和这个恳求上帝的严肃的人物，我的心就破碎了。老马夫也在那里几步之外，光着头。

“怎么啦，先生？”我对铎米尼教士说，一面吻着约克和马德莲的额头，约克和马德莲却给我投来一个冷淡的眼色，没有停止他们的祷告。

教士站了起来，我拉着他的手臂来支持我，对他说：

“她还活着吗？”

他用一个悲哀而温和的动作低下了头。

“用我们的救主的名义，我请求您说话！您们为什么在这十字架下面祈祷呢？您们为什么在这儿而不在她的身边呢？为什么她的儿女这么冷的早晨跑到外面来呢？请您告诉我这一切，使我不至于因为无知而闯下大祸。”

“好几天以来，伯爵夫人只能够在一定的时刻之内看见她的儿女。——先生，”他歇了一会儿又说，“也许您得等些时候才能够看见莫尔梭夫夫人，她完全改变了！但是应当让她有些准备来会见；因为您说不定会使她加重痛苦……至于死，这是一桩好事。”

我握着这位圣人的手，他的眼色和他的声音可以抚摸别人的伤痕，而不使其复炽。

“我们都在这里为她祈祷，”他接着说，“因为她，她这位这样神圣、这样谦让、这样便着等死的女人，几天以来，她对于死有一个秘密的惧怖，她第一次用黯淡而羡慕的眼光来看那些富有生命的人。我相信，她的昏迷大部分还不是死亡的恐吓，而是一种内心的沉醉，一种因为发酵凋谢的痿痹了的青春的年华而激动起来的。是的，恶劣的天使在天上争取这个美丽的灵魂。太太所有的正是耶稣在橄榄山上所有的争斗，她用她的清泪陪伴着一滴一滴而降落在她那结了婚的耶夫特一般的头上的白露。等等罢，您不要就露面，您可以给她带来一些宫廷的华彩，她可以在您的脸上找到世上的喜庆的回光，而您也可以给她的埋怨加上一些拯拔的力量。请您对于上帝自己都宽恕他的降世的儿子所有的那些弱点加以怜悯罢。并且，没有敌人而得胜，我们还有什么功劳呢？请您允许她的忏悔师和我这两个老头儿（我们的毁灭一点儿也不会触犯她的视线），让我们替她预备这个想象不到的会见，让我们替她预备毕骆都教士所请求她放弃的情感。但是在世事之中总有一个宗教家的眼睛看得见的上天的意向，如果您来这里的话，也许您是被一颗天星给您带来的，这天星照耀在道德的世界之中，它引导人到坟墓里去，就和引导他到摇篮里来一样。”

然后他就用好像露珠落在心上一样的油滑的辩才来告诉我伯爵夫人六个月以来一天比一天的加重病痛，奥里志先生的医治也无功效。这位医生整整两个月每天晚上都来克罗慈古尔特，希望要拔除这死亡的抢掠，因为伯爵夫人曾经说过：“请您救救我罢！”

“但是，如果在疗治身病的话，就得铲除心病！有一天老医生这样的大声叫喊。”

“跟着病痛的进步，这位女人这样温和的语言却变成苦楚的了，”铎米尼教士对我说，“她向地下狂叫请求保留她，不向上帝叫喊请求召回她；然后她又懊悔不该呻吟违反上天的命令。这种心境的一来一往破碎了她的心，使身心的斗争变得非常的可怕。常常是身体得到胜利！有一天她把约克和马德莲从她的床上推了下来，对他们说：‘你们太苦了我了！’但是，在这个时刻，她又看到上帝，就用天使一般的语言对马德莲小姐说：别人的幸福是从那些不能再幸福的人的地方来的。’她的声调而且是这么样破碎的，使我觉得我的眼皮潮湿了。她跌倒了，这是真的，但是每一次当她走错了步伐的时候，她都爬了起来，离地更高，更近于天上。”

这些偶尔间断断续续送给我的消息就在这广大的不幸的音乐中用着悲痛的音调的变迁来预备这哀歌，这消灭的爱情的狂叫。我受到了这些消息的打击，就大叫起来：

“您相信这朵折断了的百合花还能够在天上繁盛吗？”

“您还把她当做一朵花遗弃了，”他回答我：“但是您要发现她是在苦痛的火焰中消灭了，炼净了，好像还埋在灰烬之中的金刚钻一样的光洁。是的，这个光焕的精神，这个天使的星光，要壮丽的从她的暗云中跳出，走到光明的国度里去。”

当我带着一颗感恩的心握着这位信徒的手的时候，伯爵从他家里探出他那雪白的头，而用表现惊愕的动作奔着我来。

“她说对了！他果然在这儿。莫尔梭夫夫人叫说：‘菲力士，菲力士，菲力士来了！’朋友，”他接着说，对我投来因为恐惧而失神的眼光。“死就在这儿。为什么她不抓住一个和我一样被她损伤的老疯子呢？……”

我鼓起我的勇气，向别宫走来；但是当我跨进接连园中草地到石阶上面的那个横断金屋的长厅的门限时，毕骆都教士就阻止了我。

“伯爵夫人请您不要就进去。”他对我说。

我瞥眼一看，看见许多的仆人走来走去，大家都挺忙，都因为痛苦而昏醉，并且无疑的都因为小曼拿所给他们传来的命令而惊愕。

“什么事?”伯爵说。他被这些动作恫吓了，一半因为他恐惧有可怕的事件发生，一半因为他那忧愁不安的本性。

“病人的异想天开，”教士回答说。“伯爵夫人不愿意在她现在的状态之下接见子爵先生；她说要梳妆，为什么要逆忤她的意思呢?”

小曼拿走去寻找马德莲，我们看见马德莲走进她母亲的房里，一会儿又走了出来。然后，我们五个人，约克和他的父亲，两位教士和我，我们都寂然无声的沿着朝向园中草地的屋子的正面散步，走过了屋子。我轮流的默视着芒巴桑和阿沙伊，看着灰黄的山谷，这山谷的悲哀也就整个的回应烦扰我的情绪。忽然的，我看见这可爱的小姑娘在寻求着秋天的花朵，无疑的，她是采集花朵来插花瓶的。回想到我以前应用这个传情的方法的一切意义，在我心中就发生了我也不知道是哪一种的情动，我蹒跚着，我的眼睛发黑了，在我两边的两位教士就把我扶到土台的栏圈上，我在那里有一个时刻就像破碎了似的，不过并没有完全失去知觉而已。

“可怜的菲力士，”伯爵对我说，“她禁止我给您写信，她知道您是如何爱她的!”

虽然我是便着要痛苦的，然而我却觉得没有力量来反抗一种概括我的幸福的回忆的注意力。

“就是这个地方，”我想着，“这样干枯得像一架骨骼，被一个阴天所光照，其中只长着一棵有花的荆刺的野地，这就是前时我在我的奔跑中不是没有战栗的崇拜过的地方，这就是这悲惨的时刻的象征!”

这个小别宫，当年是这么样的活泼、这么样的有生气，现在却一切都是悲哀的了！一切都哭泣，一切都表现出失望和摈弃。这些一半斫削过的花径，是刚开始而又放弃了的工程，这些是站着瞻望别宫的工人。虽然人们正在收获园囿中的葡萄，人们却听不见声音，也听不到空谈。葡萄园好像是没有人的地方，到处都是深刻的寂寞。我们走着，好像好些因为苦痛而回吞语言的人们一样，我们都听着伯爵说话，他是我们之中唯一说话的人。伯爵为着他的妻子所感觉的机械的爱情默述了这些话；然后，他的癖好又引他去埋怨伯爵夫人了。当他好好劝告她的时候，他的妻子从来不想看顾自己，也不想听人家的话；他是第一个看到这病象的人；因为他曾在自己身上研究过这病症、克服过这病症：不必用其他的方法，只是忌食一些东西，避免强烈的感情，就自然而然的好了。他也能够同样的疗治伯爵夫人；但是一个丈夫不能够接受这么样的责任，特别是当他看见在整桩的事情中被人轻视他的经验而感得苦恼的时候。无论他如何的谏止，伯爵夫人总是找奥里志来当医生。奥里志当时曾医坏了他，就是他杀害了他的妻子。如果这病因是过分的悲痛的话，那末，无论如何总得有悲痛，但是他的妻子能够有什么悲痛呢？伯爵夫夫人一向很快乐，她既没有苦痛，也没有什么逆意的事。他们的财产都是她的管理和她的主意的功劳，都是在很圆满的状况之下；他让莫尔梭夫夫人统治克罗慈古尔特；她的儿女养育得很好，身体健壮，一点儿也不至于让她躁心；那末，苦痛能够从哪里来的呢？他一边讨论，一边又把他的失望的表情渗上了无稽的责难。然后，忽然被回忆引到这位高贵的生命所应得到的崇拜，眼泪就立刻涌出他那久已干涸的眼睛。

马德莲走来告诉我她的母亲等着我。毕骆都教士跟着我来。忧沉的少女留在她的父亲的旁边，说是伯爵夫人要一个人看我，说是人多会使她疲倦。这时刻的仪式就在我身上产生了一种内热外冷的印象，这些印象是在我们的生命的大事故中来破碎我们的。毕骆都教士是上帝认为是自己的子民而给他装上和蔼、简朴，加上忍耐、慈悲的人之中的一个，他把我拉到一边。

“先生，”他对我说，“您得知道我是尽了我的力量用人类所能够做到的方法来阻止这个会见的。这位圣女的拯救也同样的希望着。我只看到她，不是看见您。现在您要去看天使禁止您去看的这位圣女，您得明白我要留在你们旁边，因而去保卫她，来抵抗您自己，也许来抵抗她自己！请您尊重她的柔弱。我并不是以牧师的资格来为她请求您的恩泽，我是以朋友的资格来请求您的，这是您所得不到而要免除您的懊悔的朋友。我们的可爱的病人完全是因为饥饿和口渴而要死的。清早以来，她受了死前的发烧的侵略，我不能够瞒着您她是如何的惜死。她的反动的肉体的叫声已经在我的心中灭熄了，这些叫声在那里伤害了仍然是柔和的回音；但是铎米尼先生和我，我们已经接受了这个宗教的责任，来给这个高贵的家庭免除这含有道德性的苦痛的景色，因为他们已经认不得他们的晚星和晨星了，因为丈夫、儿女、仆人等等一切的人看见她大变了都问道：‘她在那里?’看到您的脸孔，怨诉又要复生。请您离开世界上的人类的思想，请您忘记心中的虚荣，请您在她身边当一位上天的助手，别当一个地下的帮凶。别让这位圣女在一点钟的怀疑之中死去，发出一些失望的话。”

我一句话也不回答。我的寂寞使忏悔师茫然失措。我看见，我听见，我走路，但是我已经不是在地上。“到底是怎么一回事呢？我应当在哪种情形之下找到她，使每一个人都这样谨慎的防备我呢?”这种思想产生了许多残忍而无限的恐怖：它把一切的痛苦都包含在一起。

我们走到了不安的忏悔师所给我开的房门了。我就看见穿着白色袍子的小亨利妹坐在饰有我们那满插着花朵的两个花瓶的壁炉前边她的安乐椅上；十字窗前面的独脚圆桌上也有许多花。毕骆都教士看到这预想不到的节景，这忽然恢复前时原状的房子，不禁发起傻来，他的脸孔使我猜想这临死的女人曾经撤除了围绕病人床前的可恶的器具。她是费了濒死的热度而生的最后的力量来装饰这混乱的房子的，来尊重的接见这时候比其他一切的东西都被她爱慕的人。在花边的饰物之下，她那消瘦的脸孔就好像刚开的木兰花那样的青白，似乎是在黄布上所画的人像上用铅笔描绘的人头的最初几笔的轮廓一样；但是，为着感觉鸷鸟的脚爪如何深刻的插在我的心中，您可以想象这个轮廓所有的这两个画好而富有生气的眼睛只是深陷的生在一个熄灭的脸孔上而发出不常见的光辉。她已经没有常常克服痛苦的平静的庄严的态度了。她的额头是脸上保持美丽的唯一的部分，表现出欲望和被压制的迫人的大胆。虽然在她的长脸上有腊油一般的色调，内心的热火则用类似蒸烘在夏天田园上面的流质的热火一般的迸发出来。她那凹陷的双鬓，她那回包的双颊显示着脸部的内形，她那白色唇皮所构成的微笑有点像冷笑死亡的神气。褶屈在她胸襟上面的袍子证明她那美丽的胸部是如何的消瘦。头部的表情可以告诉我们就连她自己也知道自己的改变，告诉我们她的失望。这已经不是我那甜美的小亨利妹了，也不是我那高尚神圣的莫尔梭夫夫人了，这是类似包胥埃那说不出名字的东西，她和灭亡挣扎，饥饿和错误的欲望推着她对死亡作下一个自私的战争。

我走来坐在她的身边，拿着她的手想要吻它，我觉得这个手是热烫而干枯的。她就在我极力隐蔽我的惊愕中猜透了我的苦痛的惊讶。她那没有颜色的嘴唇就在她那饥饿的牙齿上伸展出来，想法子强勉的微笑，我们就是在这些微笑之下同样的隐蔽着我们的仇恨、我们的欢乐、灵魂的沉醉、受骗的疯狂。

“啊！这就是死，可怜的菲力士，”她对我说，“并且您不喜欢死！令人怀恨的死，一切的人，甚至于最大胆的情人都骇害的死。这里爱情算是结束了，我知道很清楚。杜德利贵人永远不会看见您因为她的改变而惊愕。啊！为什么我这样的想您呢，菲力士？您终于来了；我用这可怕的景象来补偿您的忠实，这景象曾经使郎西伯爵变成一位练心会的修士。我希望在您的记忆中保留着我的美丽和伟大，像是一朵永远的百合花一样的生活在那里，我这个人却夺去了您的幻想。真正的爱情一点儿也不计算。但是您不要跑了，您要留在这儿。奥里志先生觉得我今天早上好得多了，我要回到我的生命来，我要在您的眼光之下复生。然后，当我恢复了一些力量的时候，当我能够吃一点儿东西的时候，我就要重新变成美丽的。我刚刚三十五岁，我还能够有几个好年华。幸福可以使人恢复青春，我也要认识幸福。我做了许多美妙的计划；我们可以把‘它们’留在克罗慈古尔特，我们可以一块儿到意大利去。”

清泪润湿了我的眼睛，我转过头来朝着窗户，装着看花的样子；毕骆都教士急迫的跑到我身边，朝着花朵俯首：

“不要流泪!”他在我的耳边对我说。

“小亨利妹，您难道不再爱您那可爱的山谷吗?”我这样的回答她，来遮掩我的突然的动作。

“我爱它，”她说着，用一种谄谀的动作把她的额头带到我的嘴唇下面：“但是，没有您，这山谷在我看来是悲惨的。……‘没有你，’”她接着说，用她的热唇擦着我的耳朵，给我投过这三个叹气一般的音缀。

这种狂热的抚摸使我大为惊讶，因为她更放肆了两位教士所说的可怕的话。这个时刻，我的第一个惊异消散了；但是如果我能够运用我的理性的话，我的意志却不够强壮来压制这景况下激动我的神经的动作。我听着而不回答，或说得更对一点，我只用固定的微笑和赞同的点头来应对，免得违反她的意思，就好像一位母亲对待她的孩子一样。受了她的人体的变态的打击之后，我只看见这位当年这样高贵的女人在她的态度、声调、举止、眼色和意思中所有的儿童的天真，质朴的温雅，动作的贪婪，对于他人的欲望、他人的东西的极端不在乎的态度和儿童要人来保护的弱姿。一切临死的人都是这样的吗？他们是不是排脱了一切的社会蔽障，正如是没有穿上这蔽障的儿童一样呢？或者，站在永生的边上，只接受爱情而不接受其他人世的食粮的伯爵夫人是不是用瞿洛爱的方式来表现爱情的甘美的天真呢？

“好像以前一样，您要使我恢复健康，菲力士，”她说，“而我的山谷也要变成慈善的。我怎么能够不吃您所给我端来的东西呢？您是这么好的一个病人的守卫！而且您是这么强壮、这么健康，在您旁边，生命会受到传染。朋友，请您给我证明我不会死，不会错误的死去！他们以为我的最大的苦痛就是干渴。噢！是的，我的确干渴，我的朋友。安德河的水的确使我看了生痛，但是我的心还有一个更强烈的干渴。我渴望着您，”她用一种闭塞了的声音对我说，拿着我的手，放在她那热烫的手中，把我拉近她的身边，朝着我的耳朵对我说这些话。“我的痛苦就是看不见你！你不是对我说过叫我要活着吗？我要活。我也要骑马，我！我要认识一切，巴黎、宴会、欢乐。”

啊！拿达里，这个错误的感觉的唯物主义所冰冻的可怕的叫喊使老牧师和我两个人的耳朵都发响，这灿烂的声调描绘着整个生命的斗争：一个真正的失败的爱情的忧愁。伯爵夫人用一种不能忍耐的动作站了起来，好像要玩具的儿童一样。当忏悔师看见他的忏悔人这个样子的时候，他忽然的跪下去，叉着手，背诵着祈祷文。

“是的，活着！”她说着，使我也站了起来，她就靠在我的身上。“活在真实之中，而不是活在欺骗之内。我的生命的一切都是欺骗；这几天以来，我曾经计算过这些骗术的回数！我这个没有真正的生活过、我这个从来没有到野地找过什么人的女人，我能够这样的死去吗?”

她停止了，似乎从隔墙听见而闻到我也不知道是哪一种的香味似的。

“菲力士！收获葡萄的女工人去吃饭了，然而我，我，”她用儿童一般的声音说，“我是家中的女主人，我却饥饿。在爱情方面也是一样的；她们都是幸福的，她们!”

“天主怜悯!”可怜的教士说，他叉着双手，眼睛朝天，背诵祷文。

她听见这句话，就瞅了瞅忏悔师，发笑了。

“没有人怜悯我!”她回答他说。“您老是跟我说天堂！菲力士将来也要到天堂去吗?”

她伸出她的双臂，围住我的颈项，强烈的吻着我，紧抱着我，说：

“您不要再跑开我了！我要让您爱我，我要做杜德利贵人所做的疯狂，我要学英文，因而能够好好的说声：My Dee。我要到宫里去，住在培尔公爵夫人家里；我要穿上非常悦人的服装，您也将要为我而骄傲。我的母亲曾经给我提议过这种荣华富贵的生活；如果我听了她的话，我一定已经守住您，我也不至于悲伤，我也不至于因为成千的空望而死去。当人们喜欢生命的时候，死却到来了!”

“不，不。”我对她说。

她给我做了一个头势，好像以前她离开我的时候所给我做下来告诉我她马上就要回来一样。

“我们要一块儿吃饭，”她对我说，“我要通知小曼拿……”

她被突如其来的衰弱停住了，我就把她和衣躺卧在床上。

“您已经把我这样的抱过一次。”她睁开眼睛对我说。

她是非常轻薄的，但是她却特别的热烈；抱着她的时候，我觉得她的身体整个的发烧。德斯兰特先生进来，奇怪房子是这样的装饰；但是一看见了我，他似乎就明白了一切。

“我病得要死，先生。”她用变化了的声音说。

他坐了下来，诊察了病人的脉搏，急迫的站了起来，走来轻声的对牧师说了一些话，就出去了；我跟着他来。

“您要做什么呢?”我问他。

“要给她解除一个大痛苦。”他对我说。“谁能够相信这么样的气力？想到她的生活的方式，我们不懂得她怎么能够还活着。伯爵夫人没有喝、没有吃、没有睡已经四十二天了。”

德斯兰特先生叫小曼拿，毕骆都教士把我带到花园里来。

“我们让医生干他的去罢，”他对我说。“小曼拿帮他忙，他要给她熏些鸦片。好，您知道，”他对我说，“她到底是不是有意的做了这些疯狂的动作！……”

“不，”我说，“因为这已经不是她了。”

我被苦痛愣住了。我越走，这幕惨剧的每一个节目的范围就越扩大起来。我忽然从土台下面的小门走了出去，来坐在曳船中间。我就躲在那里，让我一个人来自制我的思想。我努力从这个使我生活的力量中解脱我自己。鞑靼人刑罚奸夫淫妇就把他的一只手足夹在木头里头，如果他不愿意饿死的话，就给他一把刀，让他自己斫断自己的手足。我的刑罚就和这相类似，这是我的灵魂所受到的一种可怕的惩戒，依据这惩戒，我应当把我自己切成两段。我也没有生命了！失望给我提示最离奇的思想。有的时候，我想要和她一块儿死去；有的时候，我想到练心会修士所居住的麦叶雷去把我自己关在里头。我默默的端详着小亨利妹在里边受苦的房子的窗户，以为在那里看见到我当年和她相结合的那一夜曾经照耀这些窗户的光亮。我不是应当服从她所给我创造的简单的生活而在事业中把我保留给她吗？贞洁不是一个我所不能保守的高贵的性质吗？阿拉柏尔所了解的爱情忽然的使我觉得乏味。

当我重新仰起我那沉重的头，问着我自己从此之后光明和希望要从哪里来，我到底有什么生活的兴趣的时候，空气中忽然激动着一个轻微的声音。我转过脸来看着土台，我看见马德莲一个人在那里慢步的踱来踱去。当我回来走上土台想要问她为什么她这可爱的小姑娘在十字架底下给我投过冷淡的眼色的时候，她正坐在凳子上；当她看见我走上半路的时候，她就站了起来走开，装做没有看见我的样子，不愿意一个人和我在一起；她的步伐是急促的，含有意义。她恨我，她避开杀害她的母亲的凶手。我从石阶上走回克罗慈古尔特，我看见马德莲好像一个塑像一样的一动也不动的站着听我的脚声。约克坐在一个层级上，丝毫没有感觉，这态度就和当年我们大家在一起散步，他给我打击、给我感应留在心中等着将来的空闲来重温挖掘的意思时所有的态度一样。我发现身上附有死神的年青人对于丧事都是没有感觉的。我想询问这个黯淡的灵魂。马德莲是不是保守她的思想给她自己一个人呢？她有没有把她的仇恨传授给约克呢？

“你知道，”我对他说，“跟我说话，你就可以在我身上找到一个最忠实的哥哥。”

“您的友谊对我毫无用处，我要随着我的母亲去！”他回答说，给我投来一个痛的怒眼。

“约克，”我叫了起来，“你也这样吗？”

他咳嗽着，远离开我；然后，再回到我的身边时，他就很快的把他那满充着涕泪的手帕指示给我看。

“您懂得吗？”他说。

所以，他们每一个人都有一个不可避免的秘密。正如我从那时候起所见到的一样，哥哥和妹妹都彼此互相躲避。小亨利妹一旦病倒了，克罗慈古尔特的一切都是毁坏了的。

“太太睡了。”小曼拿跑来告诉我们，她很高兴知道伯爵夫人觉不到苦痛。

在这些可怕的时刻中，虽然每一个人都知道这不可避免的结局，真实的感情都变成疯狂的，倾向于微末的幸福。每一分钟就好像是人们所要使其变成慈善的世纪一样。大家都希望病人休息在玫瑰花上面，大家都希望分担病人的苦痛，大家都希望最后的一息要出乎意外的到来。

“德斯兰特先生叫人拿走了花，因为这花太刺激太太的神经了。”小曼拿对我说。

所以，就是这些花朵引起了她的热狂，她并不是有意这样的。地上的爱情、繁华的享乐、花草的艳媚，这一切的一切都用它们的馨香来迷醉她，无疑的也唤醒了青春以来昏睡在她身中的幸福的情思。

“您来罢，菲力士先生，”她对我说，“您来瞧太太来，她和天使一样的美丽。”

当太阳西沉而照饰阿沙伊别宫的屋瓦时，我又回到这位临死的女人的房里来了。一切都是平静的、清洁的，一道温和的光彩照耀着浸浴在鸦片烟中的小亨利妹所躺卧的床上。这时刻，肉体可以说是已经灭亡了，只有灵魂笼罩着这个脸孔，清爽得和狂风之后的美丽的天空一样的脸孔。白姑娘和小亨利妹，这个同一女人的两个高贵的面目又重新显得更美，因为有我的记忆，我的思想，我那帮助自然的幻象在补救每个脸纹的变化；就在脸纹上面，胜利的灵魂配合着呼吸的波动，发出了它的光辉。两位教士都坐在床边。伯爵惊惶的站着，他认出飘荡在这令人崇拜的人物上面的死亡的旗帜。我就坐在她所坐过的安乐椅上。然后，我们四个人都互相的交换了我们的眼色，这眼色表现着我们对于这个天仙的崇拜，渗杂着惋惜的眼泪。思想的光辉宣告了上帝的回转，回转到他的一个最美丽的圣体龛子中来。铎米尼教士和我，我们都用姿势来谈话，来交换我们的思想。是的，天使们正在看顾小亨利妹！是的，他们的利剑正在这高贵的额头上发亮。在这额头上面又重现了德性的伟大的表情，这些表情从前好像是一个使她的圈内的精神互相交通的看得见的灵魂。她的脸纹净化了，在她身上一切都高大了，都在保守她的大天使的看不见的炼炉之下变成伟大的了。表现身体苦痛的青绿的脸色已经被纯白的色调，将死的黯淡而冰冷的苍白的色调代替了。

约克和马德莲进来，马德莲急速的走到床前，拉着她的手，吐出这样高贵的喊声："我的母亲终于这样了！"她这种崇拜母亲的举动使我们大家都发抖。

约克微微的一笑，他似乎保得住能够跟随他的母亲到她所要去的地方。

"她已经走到目的地了。"毕骆都教士说。

铎米尼教士瞧着我，似乎对我说："我不是说过天星要光耀的起来吗?"

马德莲的眼睛呆钉在她的母亲身上，她跟着她的母亲呼吸，仿效她母亲的轻微的吐气，维持她的生命的最后的一息，我们也惊骇的跟着这气息，每一次都只怕看见它断绝。好像是在修道院门口的天使一样，这位少女是贪婪的、平静的、强壮的、伏地的。正在这个时刻，镇上的钟楼打了祈祷的钟声。温和的空气一波一波的投来钟声的音浪，告诉我们基督教正在这时刻整个的重复着天使对这位给女性赎罪的女人所说的话。那天晚上，礼拜圣母的仪式好像是天上降落的拯救。预兆是这样清楚的，时候是这样接近的，使我们大家都沉埋在眼泪之中。黄昏的微声，树叶丛中悦耳的轻风，小鸟的最后的鸣啭，昆虫的重复的叫声和嗡嗡的作响，流水的清音，雨蛙的哀鸣：整个的山野和这山谷的最美丽的百合花告辞了，和它那简朴而富有田野风味的生命告辞了。这宗教诗章和自然诗章的结合正好表现出离别的场景，我们的呜咽又马上开始重复了。虽然房门是开着的，我们都这样的沉埋在这些可怕默想之中，好像要在我们的灵魂里永远的铭刻下它的记忆似的，我们甚至于没有看见家中的仆人整群的跪在地下，热心的祈祷。这些可怜的仆人都是惯于希望的，他们还相信能够保全他们的主妇，然而这确定的揣测却压倒他们了。

跟着毕骆都教士所做的手势，老马夫就出门去寻找沙妻的教堂的教士。站在床边的医生和科学一样的冷静的拉着熟睡的病人的手。他给忏悔师做了记号，意思要告诉他这睡眠是这位被召归天的天使的最后的没有苦痛的时刻。时候到来了，忏悔师要执行教会的最后的圣礼。九点钟的时候，她轻轻的醒了过来，用一个惊异然而却是温和的眼光来看我们，我们大家又在她的以往的美丽中看到我们的偶像了。

“妈妈，您太美了，您不能死，生命和健康都要回到您的身上来!”马德莲叫着说。

“亲爱的女孩子，我还要活，但是要活在你的身中。”她微笑的说。

继之就是断肠的接吻，母亲给儿女的接吻，儿女给母亲的接吻。莫尔梭夫先生敬虔的吻了他的妻子的额头。伯爵夫人看见我就红了脸。

“亲爱的菲力士，”她说，“我相信这是我给您的唯一的悲愁，我！但是请您忘记了我所给您说过的一切的话，我是一个可怜的妄谬的女人。”

她给我伸出她的手，我接过她的手而吻着，然后她就用富有德性的微笑温和的对我说：

“和以往一样吗，菲力士？……”

我们大家都出来了，在病人最后的忏悔所需要的整个时间中，我们都走到客厅里来。我坐在马德莲的旁边。在大家面前，她不能够无礼的躲开我；但是，她却学着她的母亲，什么人也不看，保持着她的寂寞，连一次也没有对我投来她的眼光。

“亲爱的马德莲，”我轻声对她说，“您为什么不理我？丧事临门的时候，大家都得互相和解；为什么您却有这些对我这样冷淡的情绪呢？”

“我相信听见我的母亲这时候所说的话。”她回答说。恩格勒为他的《圣母图》所找到的是这个已经受过人世的苦痛而还要保护这将要毁灭圣子的世界的圣母；马德莲的头部表情就是这个神气。

“如果我真的有罪的话，当您母亲赦免我的时候，你就判决我的罪状吗？”

“您说‘您’，还是‘您！’”

她的声调表露出一个科西嘉所有的同样的怨恨，和那些没有研究过生命而不减轻任何违反心律的罪恶的人所有的判断是一样的不可和解。一个钟头的时光就在深长的寂寞中逝去了。

毕骆都教士接受莫尔梭夫伯爵夫人的一般的忏悔之后，又出来了；小亨利妹心中产生了有心的修女们所有的思念，穿上了作为她的寿衣的长袍，我们就在这个时候走了进去，看见她在床褥中坐起，因为赎了罪，因为有了希望而显得非常的美丽。我看见在壁炉里头有刚烧过的我给她写的信的灰烬。她的忏悔师告诉我这是她只愿意于临死的时刻来执行的牺牲。她用当年的微笑对我们一切的人微笑。她那润湿的眼睛表示出一种超越的慧目，她已经看到了圣地的上天的快乐了。

“亲爱的菲力士，”她一边对我说，一边给我伸出她的手，握

她给我伸出她的手，用富有德性的微笑温和的对我说："和以往一样吗，菲力士?"

着我的手。“请您留在这里罢。您应当参加我的生命的一个最后的幕景。这是我的生命中所有的一切的幕景中最难堪的一个，然而您却是大原因。”

她做了一个姿势，门就关上了。在她的邀请之下，伯爵坐下了；毕骆都教士和我，我们还是站着。小曼拿扶着她，伯爵夫人就起了床，跑在伯爵面前，不愿意再起来。然而，当小曼拿退回去之后，她就仰起了她那靠在惊愕的伯爵膝上的头。

“虽然我总是一个忠实的妻子，”她用变化了的声音对他说，“有的时候，先生，我也居然没有尽我的本分；我刚刚恳求过上帝赐我力量来请求您赦免我的罪过。我居然能够在家庭之外保持有一个友谊，而我对他的关照比我所应当对您的关照还要多情。您能够把这些关照、这些思念和我所给您的来比较，这也许可以使您对我生怒。我有一个强烈的友谊，”她轻轻的说，“是一切的人，甚至于做了我的友谊的对象的人，都没有完全认识清楚的。虽然依据人类的法典来说，我还是有德性的，我是您的一个无可责备的妻子，然而在有意或无意之中，我常常有一些思想穿过我的心田，我现在也只怕对于这些思想太为欢迎。但是，因为我曾柔情的爱过您，我总是您的服从的妻子，在青天底下横飞的浮云并没有变动过我的贞洁，您看见我固请您来祝福我这纯净的额头。如果我能够从您的嘴上听见您为您的白姑娘、您的儿女的母亲，说了一句温和的话，如果您能够赦免她那些她只能够于世界末日的大审判时来宽恕自己的事情，我就可以死而无憾了。”

“白姑娘！白姑娘!”老年人叫了起来，忽然在他妻子的头上流下眼泪，“你要使我死吗?”

他用了没有用过的力量把她扶得和他一样的高，神圣的吻着她的额头，这样的守着她：

“我难道没有事情请求你的赦免吗？……”他接着说，“我不是常常太冷酷了吗，我？你不是太认真的注意我那小孩子一般的狐疑吗？”

“也许，”她接着说，“但是，朋友，请您宽恕临死的人的弱点，请您让我安静。当您也有这一天的时候，您应当想到我离开您时曾经给您祝福过。您允许我给我们的这个朋友留下这个深情的保证吗？”她说着，一边指着留在壁炉上面的一封信。“他现在是我的养子，没有别的。亲爱的伯爵，心有遗嘱！我的最后的愿望就是要给这位亲爱的菲力士安上神圣的工程，让他来完成，我相信我并不会误信他，请您使我不至于误信您，允许我给他留下一些思念。我总是您的妻子，”她用一个温和的悲哀垂下她的头：“请求您的赦免之后，我要请求你的恩典。——请您念这封信，但是要等到我死了之后。”她对我说，给我递过这神秘的文件。

伯爵看见他的妻子发白，他就抱着她，把她扶在床上，我们就围绕在床边。

“菲力士，”她对我说，“我对您应当有一些错误。我常常引起您的苦痛，给您一些快乐的希望，而我自己却又退缩了。但是，不是做妻子、做母亲的勇气使我能够在临死的时候和一切的人都没有怨恨吗？所以也请您赦宥我，您这个常常责骂我、常常用委屈来使我快乐的人！”

毕骆都教士用一个手指压在她的嘴唇之上。于是，临死的人就垂下了头，弱乏忽然跟着而来，她摇着手，意思是叫教士们、她的儿女、她的仆人们进来；然后她就用急迫的姿势给我指示着疲惫了的伯爵和猝然而至的她的儿女。看到这位变成她的儿女的保护者的父亲（只有我们认识他的秘密的疯狂），她就不禁默默的祈祷，这祈祷就好像圣火一般的堕落在我的灵魂之中。在接受终传圣事之前，她请求她的仆人们宽恕她有的时候对于他们太为暴躁；她恳求他们的祈祷，把他们一个一个的介绍给伯爵；她承认在这最后的几个月之中她曾用了些不大合于基督教教义的怨语，可以引坏她的仆人们；她曾推出她的儿女，她曾怀有不恰当的情绪；但是她把这些违反上帝意旨的罪过都归咎在她那不可容忍的苦痛上面。最后，她就用动人的衷情公开的致谢毕骆都教士，因为他给她指示了世事的毁灭。

当她停止说话的时候，祈祷就开始了；然后，沙妻教堂的教士也就给她举行了临终圣礼。一会儿之后，她的呼吸困难了，一道暗云笼罩着她的眼睛，不久她的眼睛又重开了起来：她给我投来一道最后的眼色，而在大家的眼睛之下死去，也许还听得见我的呜咽。当她发出最后的一息，这长恨的生命的最后的苦痛的时候，我觉得在我身上有一个打击打在我的一切的机能上。

伯爵和我，我们整夜的留在丧床旁边，跟两个教士和沙妻的教士在一起，守着躺卧在床褥上面的女人。现在，她是平安的躺卧在她曾大大的苦痛过的地方了。

这是我第一次和死亡相交通。我整夜的睁着眼睛钉在小亨利妹身上，受着一切风波之后的纯洁的表情和这脸孔的白色的幻惑，我对这脸孔还生有无数的热情，然而它却不能再回报我的爱情了。这寂寞和冰冷是多么的庄严啊！它们不能够表达多少的思想呢，这绝对的安息是多么的美丽啊！这静止不动是多么的高贵啊！一切的过去都存在在那里，将来也从那里开始啊！我爱死了的她正如我爱活着的她一样。

清早的时候，伯爵去睡去了；三位牧师也疲倦了，他们也在那些守夜的人所知道的这个笨重的时刻昏昏的睡去了。我于是也就在人不知鬼不觉之中用她从来所不允许我表达的整个的爱情偷偷的吻着她的额头。

第二天，一个秋天的清凉的早晨，我们陪着伯爵夫人到她的最后的归宿。老马夫，马丁奴弟兄和小曼拿的丈夫抬着她去。我们走下了那天我重找她的时候非常快乐走上来的道路；我们穿过了安德河旁岸的山谷，要到沙妻的小墓园里去；这是乡村的小墓园，坐落在教堂的背面一个山丘上。因为她的基督徒的谦卑，她说，她愿意简简单单的只用一个木制木字架葬在那里，好像一位乡下的女人一样。在山谷的中间，当我看到镇上的教堂和这墓园的场所时，我受到了一个痉挛的战栗的袭击。啊！我们在我们的生命之中都有一个他，在那里我们放弃了我们的最初的三十三年的生命，而在心上受到了一个枪击，而在头上觉到了一个代替玫瑰花冠的刺冠：这个山丘在我方面应当是赎罪的山岭。

跟着我们的有一大群，他们跑来说这山谷是如何的遗憾，因为她曾暗地里在这山谷中埋藏有许多的善行。她的知心仆人小曼拿告诉我们，伯爵夫人曾经因为救济穷苦的人们，开销不足，就从她的装饰品上来节省。这些是没有衣服穿的儿童，送去的襁褓，被救济的母亲，从磨粉工人手中买来去救济残废老年人的一袋一袋的麦子，赠送给一对穷夫妇的一只牛，总之是一位基督徒、一位母亲、一位诸侯夫人的工作；还有，为着结合相爱的情人而赠送的嫁妆，付给不幸的青年人的款项，说‘他人的幸福是那些再也不能够幸福的人的安慰’的这位女人的动情的赐予。这些三天以来彻夜被人传诵的事情就使这些人成群的来。

我和约克跟两位教士在棺材的后面走。依照习惯，马德莲和伯爵都没有跟我们一块儿来，只有他们留在克罗慈古尔特。小曼拿则是必须来的。

“可怜的太太！可怜的太太！现在她是幸福的了！……”我从她的呜咽声中听见她说过好几次这句话。

仪杖离开磨坊的堤岸，大家都共同的号哭，似乎要使人相信这个山谷正在哭泣它的灵魂似的。

教堂满充着人。行过宗教典礼之后，我们就走到她要在那里埋葬在十字架旁边的墓园来。当我听见地上的沙石滚堆在棺材上面的声音的时候，我的勇气就抛弃了我，我也就请求马丁奴弟兄来扶持我了。他们就像抬死人一般的把我抬到沙妻的别宫里来。主人们很客气的给我让出避难的所在，是我所接受的。我告诉您我一点儿也不愿意再回到克罗慈古尔特去，回到佛拉柏斯罗去也是逆意的，因为我可以从那里看见小亨利妹的小别宫，因为那里是近于她的。我在这间房子里住了几天，这房子的窗户正朝着我告诉过您的这个安静而孤单的小山谷。这是周围有二百年的榛树的一块隐蔽的土地，在那里下起大雨来就有洪水横流。这个景象很适合于我要解脱自己的严厉而肃静的默思。跟着那个悲惨的夜间而来的第二天整天，我认识了我的出现要给克罗慈古尔特如何的不幸。伯爵对于小亨利妹的死觉到强烈的感情，但是他等待着这个可怕的事变，在他的思想中他已经决定取了类似漠不在乎的态度。我看见好几次当跪伏在地下的伯爵夫人给我交来这封我不敢开的信的时候，当她讲到她对于我的情爱的时候，这位黯淡的人并没有给我投来我所等待的愤怒的眼光。他把小亨利妹的语言看做是这样纯洁的良心的过度的柔和。这种自私主义的漠不在乎是自然的现象。这两位生物的灵魂并不比他们的肉体还要结合，他们从来没有过可以使他们的情感活跃的恒定的交通；他们从来没有交换过苦痛和快乐，这些苦痛和快乐是这里强烈的联结我们，当它们脱松的时候，它们就在成千的地方破碎了我们，因为它们是附结在我们心中的褶痕里，同时又抚摸制裁这些附结的灵魂。马德莲对我的敌对态度给我关闭了克罗慈古尔特。这位冷酷的少女不会在她母亲的棺材上面跟她的怨恨和解，我也要在将要谈论他的妻子的伯爵和对我表示不可克服的仇忾的家庭主妇之间觉得非常的拘束。当年这个地方的花草都是媚人的，石阶的层级都是流利的，我的一切记忆都是用诗意来笼罩阳台、井栏圈、栏杆和土台、树木和风景的，现在我却是这样的；当年这里的一切都爱我，现在我却被人怀恨：我受不了这个思想。所以，自第一刻起，我就下了决心了。啊！这就是曾经侵进一位男子心中的最为热烈的爱情的结局。在局外人看来，我的行为是不可恕的，然而它却是对于我的良心的制裁。青春的最美的情绪和最大的戏剧就是这么样的结束了。我们差不多都是早晨动身的，好像我从杜尔到克罗慈古尔特去一样，侵占了世界，带着一颗贪婪爱情的心；然后，当我们的幸运进了试验瓶，当我们在人世中、在世事里鬼混的时候，一切都在不知不觉之中缩小了，我们就在极多的灰烬中找到极少的黄金。这就是人生！生命就是这个样子：愿望是大的，现实是小的。我长久的默想着我自己，问我自己在我的花朵全被击折之后到底要做些什么。我决定要在野心的曲径之中献身于政治和科学，要在我的生活中撇开女人，要做一个冷酷而没有情感的政治家，要永远的忠实于我所爱的人。我的默想走到看不见的地方去，虽然我的眼睛是钉住黄金色的榛树所构成的伟大的毛毡上，钉住严肃的山峰上，钉住大炮的脚旁。我问我自己到底小亨利妹的德性是不是无知，到底我是不是她的死的真正的罪人。我就在我的悔疚当中自己争论着。

最后，在一个在杜尔兰是这样美丽而是上天的最后的微笑的一个温美的秋天的中午，我就读着她劝告我只能够在她死后才可以念的这封她给我的信。您可以猜想一下我念这一封信的时候有什么印象。

莫尔梭夫夫人给王地尼斯·菲力士子爵的遗书

菲力士，我太爱的朋友，现在我应当给您打开我的心，这并不是完全要指示您我是如何的爱您，大部分却是要让您知道在揭破您于我心中所留下的创痕的严重性中您的责任是如何的重大。当我因为人生旅程的疲劳而倦怠，因为在战斗之中所受的打击而衰萎的时候，侥幸得很，我的“女人”的部分死去了，只留下我的“母亲”的部分。您要看得出来，亲爱的，您是如何的做了我的苦痛的第一个原因。如果后来我是和悦的开怀来接受您的拳击，现在我却受到您的最后的创痕而死去了；但是觉得受到所爱的人的损伤是有过分的逸趣的。当苦痛夺去了我的力量时，我马上就利用我的智慧的最后的微光来请求您还要在我的儿女旁边替补您给他们夺去了的心。如果我没有那样爱您的话，我就可以把这责任强制的加在您身上；但是我却宁可让您自己来受神圣的悔疚而拿起它，同时也就像是您的爱情的继续：爱情不是在我们身上不断的渗杂着悔疚的默思和赎罪的恐惧吗？并且我知道，我们永远互相爱慕。您的错误所给我的致命伤没有我在我的心中对于它的反响来得厉害。我不是对您说过我是嫉妒的，而且要嫉妒到死吗？好，我现在死了。然而您总可以安慰您自己：我们并没有违反人类的律法。教会曾以最纯洁的声音对我说过上帝对于那些听他的话而灭除了自然的邪思的人是宽大的。所以，朋友，您得知道这一切，因为我不愿意您不明白我的任何的思想。我在最后的时刻所咐托给上帝的，您也应当知道，因为您是我的心灵的国王，就好像天上的国王一样。

一直到我唯一所参加的欢迎安古莲公爵的跳舞会为止，婚姻使我不知道少女们所有的天使的美丽。我是人家的母亲，对的；但是爱情却没有以它所允许的快乐围绕我。我怎么会这样呢？我一点儿也不知道；我更不知道为什么顷刻之间我整个的改变了。您现在还记得您的狂吻吗？这些狂吻统治了我的生命，耕垦了我的灵魂；您的热血唤醒了我的热血；您的青春深入了我的青春，您的欲望打进了我的心坎。当我这样骄傲的站了起来走开的时候，我是感到了无论哪一种语言都找不到一个字眼来形容的感觉，因为儿童们还没有找到语言来表达光线和他们的眼睛的结合。在他们的嘴唇上所接的生命的吻。

是的，这的确是回响而来的声音，投进暗地的光芒，发生在宇宙之中的运动；这是这些事物中最慢的，但是却比较的美得多，因为这是灵魂的生命！

我懂得在这世界之中为我存在有一个不知名的力量，比较思想更为美丽，这些是一个平分的感情的一切的思想、一切的力量、整个的将来。我觉得我只是一半的母亲。这个闪电落在我的心上之后，就在那里燃烧了不知不觉的睡在我心中的我的欲火；我忽然猜出了当我的舅母在我的额头吻着我而对我说“可怜的小亨利妹！”时，她是什么意思。回到了克罗慈古尔特，那时候正是春天，新生的嫩叶、花草的香气、白色的美云、安德河、天空、一切的一切都用我一向所不了解的语言来跟我说话，给我的灵魂引起了一些您在我的感觉上所印留下的动作。

如果您忘记了这可怕的狂吻的话，我，我却永远不能够把它从我的记忆中擦去：我是为它而死的！是的，从此之后，当我每次看见您的时候，您都重新的唤起了这个痕迹；我一看到您，一揣测到您的来临，就从头到脚全身的动了。无论是气候也好，是我那坚定不拔的意志也好，都不能够抑止这种不可抵抗的逸情。我不能自制的问我自己：欢乐应当是什么样子的呢？我们所交换的眼色、您在我手上所接的庄严的吻、放在您的手臂上的我的手臂、您那温柔的声调，甚至于最小的事物都这样剧烈的摇动了我，使我觉得在我的眼前总有一道云彩在幻化着；于是，叛逆的感觉的声音就满塞着我的耳朵。哪！如果当我加重的装出冷淡的时候，您就把我抱在臂中的话，我一定要为幸福而死去了。有的时候，我也居然希望从您那里得到您的越礼的举动，但是祈祷立刻就把这个恶念驱走了。我的儿女嘴中所说出的您的名字使我的心中满充着热血，马上的使我脸上发红，而我也用尽圈套来使我的可怜的马德莲说您的名字，因为我非常的喜欢这个沸腾的感觉。我要对您说些什么呢？您的字迹是一个蛊惑，我看着您的信就好像人家欣赏肖像一样。

如果在这第一天之后您就已经在我的身中克服了我那说不出的不可避免的力量的话，朋友，您就知道当这力量要我来读念您的灵魂的时候，它是变成无限的了。当我发现您是这样的纯洁，这样完全的真诚，赋有这样的美德，能够做这样的大事而且已经表现过您的才能的时候，我觉得有多少的快愉在浸没着我！啊！您既是大人又是孩子，既是怯懦又是勇敢！当我发现我们两个人都是被共同的苦痛所圣化的时候，我是如何的快乐啊！自从我们彼此互相信托的那个夜会之后，失丢了您在我就是要我的命：所以我是以自私自利的情感把您留在我的身边的。柏尔志先生确信如果您离开了我，我一定要死，这非常的感动了他，因为他念读过我的灵魂。他断定我是我的儿女和伯爵所需要的：他一点儿也没有命令我不许您进我的家，因为我答应他我在行为和思想方面都要保持我的贞洁。“思想是不能自制的，”他对我说。“但是它可以在祈祷之中保住。”“如果我想，”我回答他说，“一切都要丢掉了；请您把我从我自己身中拯救出来罢。请您使他能够留在我的身边，使我能够保持我的贞洁罢！”这位善良的老年人虽然是严厉的，后来却变成非常好意的宽大。“您可以和爱您的儿子一样的爱他，把您的女儿预备给他。”他对我说。我勇敢的接受了一个苦痛的生活，希望不要失掉了您；并且，当我看见我们驾在同一轭下的时候，我就用爱情来苦恼。我的天哪！我对于我的丈夫始终是中立的、忠实的，不让您，菲力士，在您自己的国度里越出一步。我的感情力量反应在我的机能之上，我把莫尔梭夫先生所给我受的苦楚来赎罪。而且我是骄傲的忍受着这些苦楚，用它们来侮慢我的罪恶的倾向。以前我是容易叹息的；但是当您住在我的身边之后，我又找到一些快乐了，莫尔梭夫先生也这样的觉得。没有您给我这个力量，我所告诉您的我这内心的生命早就要死去了。如果您是我的错过的大原因，您也是我所以能够尽责的大力量。我的儿女也是这样的。我相信曾从他们手中夺去一些东西，我骇怕我从来没有给他们做得够。从那时候起，我的生活是一种继续不断而为我所喜欢的苦痛。觉得我做母亲还做得不够，做妻子还做得不够忠厚，悔疚就走到我的心中来了，并且，因为怕没有尽我的责任，我总是常定的希望超过了它。

为着不至于失贞，我就把马德莲放在您我之间，并且给你们两个人拉拢，想要这样的在我们两个人之间建立了一个障碍物。这是没有多大用处的障碍物！什么东西也不能够阻止您所给我产生的战栗。无论在或不在，您都有同样的力量。我抽选马德莲，而不抽选约克，因为马德莲应当是属于您的。但是我并不是把您让给我的女儿而没有争斗。我告诉过您当我遇着您的时候，我只有二十八岁，您也差不多有二十二岁。其实我是把这距离缩短了的，我有许多错误的希望。噢，我的天哪，菲力士，我对您招认了这些口供，目的是要免除您的悔疚，也许同时也可以让您明白我并不是不知道我们的爱情的苦恼是同样的，阿拉柏尔一点儿也不在我之上。我也是男人们所极端爱慕的堕落的种族的一个女子。有的时候，我的斗争是非常可怕的，甚至于我整夜的哭泣；我的头发掉落了。这些头发，您已经有了它们了！

您记得莫尔梭夫先生的病。那时候您的灵魂的伟大，不但没有提高了我，反而缩小了我。嗨！自从那一天起，我只愿把我献身给您，作为报酬英雄行为的补偿；不过这个疯狂是短时期的。就在您拒绝参加的那个弥撒当中，我把这疯狂交放在上帝的脚旁了。约克的病和马德莲的苦痛在我看来似乎都是上帝的恫吓，他要用力的拉回迷路的羔羊。然后您对于这位英国女郎的这样自然的爱情给我揭破了我自己还不知道的秘密。我爱您是比我自己所想象的还要厉害。马德莲这个防碍物算是失踪了。我那多风波的生活的常定的情感，我之唯有用宗教来克制我自己的努力，这一切都给我种下了使我死亡的病症的种子。这个可怕的打击却给我结束了我保守缄默的危期。我觉得死是这个不知名的惨剧的唯一的可能的结局。从我的母亲告诉我您和杜德利贵人的结合的消息起到您来这里为止，这两个月的时间之内，我有一个完全激动、妒忌、愤怒的生活。我想到巴黎去，我有杀人的渴望，我愿这位女人的死，我的儿女所给我的妩媚在我是无知觉的。到那个时候为止，祈祷，总是我的一种药膏，但是这一次它对于我的灵魂却是没有作用的。妒忌建筑了一个洞穴，让死亡从那里进去。不过，我还是保持着我那平静的额头。是的，这个季节的斗争是上帝和我之间的一个秘密。

当我知道清楚我的被爱是和我自己爱您那样的热烈，我只是被自然所背负而不是被您的思想所背负的时候，我真希望活着；然而时间已经来不及了。上帝把我安放在他的保护之下，无疑的这是因为他加在一个对于自己真实、对他真实、她的苦痛常常引她到修道院门口的人的身上的怜悯。我的爱，上帝判断了我，莫尔梭夫先生无疑的要宽恕我；但是您，您是不是仁慈的呢？您要不要听见这时候从我坟墓中透了出来的声音呢？您要不要修补我们两个人负有同样罪责的（也许您的罪比我轻些）不幸呢？您知道我所要请求您的是什么。请您留在莫尔梭夫先生身边，就好像一位仁爱会的修女留在一个病人的身边一样，请您听他的话，请您爱他，因为没有别人会爱他的。请您调处他的儿女和他，就好像我所做的一样。

您的工作不会时间太长：约克不久就要离开这里到巴黎去找他的外祖父去，您只要允许我引导他走过人世的暗礁。至于马德莲呢，她得结婚；您能够有一天让她快乐吗？她就是我自己，而且她还比我刚强，她有我所没有的意志，她有帮助男人在政治风涛中建下功业的必要的毅力，她是正直的、深入的。如果你们两个人的命运结缡了起来，她一定会比她的母亲还要幸福。这样的得到了继续我在克罗慈古尔特的工程的权利，您就可以擦去了您的错误，虽然上天和地下曾宽恕了您的错误，因为“他”是宽大的，他能够宽恕我，但是您的这些错误并没有充足的赎过罪。您知道我总是自私自利的，但是这不就是专制的爱情的证明吗？我要在我的亲人中间受到您的爱慕。我不能够属于您，我只把我的思想和我的责任遗托给您！如果您太爱我而不听我的话，如果您不想娶马德莲的话，您至少得使我的灵魂休息，尽量的使莫尔梭夫先生快乐。

别了，我的心爱的孩子！这是一个完全理智而还满充着生命的离别，你曾在那里铺张了太大的快乐而能够对于它所产生的惨剧有最小的悔疚的灵魂的离别；我是在想象您爱我的时候说这句话的，因为我，我走到了安息的所在，为着责任而毁灭，这使我战栗，而且并不是没有遗憾的！上帝比我知道得更清楚到底我有没有依据神圣的律法而实践过。无疑的，我常常的踌躇过，但是我一点儿也并没有堕落，而对于我的错处的最有力的原宥就是包围我身边的诱惑的重大。天主要看见我好像陷入诱惑之中一样的战抖。

再给您说一声“别了”，这是一个好像我昨天对我们的美丽的山谷所说的一样的离别，我不久就要在这山谷的怀抱中安息，您也要常常回到这山谷里，不是吗？

小亨利妹

第四章　故事的结局

我堕落在一个沉思的地窟里，看到那时候被这最后的火焰所光照的生命的无名的深渊。我的自私自利的黑云消散了。她原来和我一样的苦痛，比我还要苦痛，因为她是死去了。她相信其他的人对于她的朋友是非常要好的；她是这么样的被她的爱情迷住了，甚至于她都没有想到她的女儿对于我的嫌怨。她的柔情的这个最后的证据使我大大的苦恼。可怜的小亨利妹，她要把克罗慈古尔特和她的女儿都送给我！

拿达里，自从我第一次走进墓园，伴着这个现在您已经认识的小亨利妹的遗骸的那个永远也不会忘记的可怕的日子起，太阳比较的更为寒冷而无光，夜晚更为漆黑，我的动作更为迟笨，我的思想更为沉重。我们所埋葬在地下的人很多，但是那些以我们的心田做寿衣的人是特别可爱的，而对她们的回忆也每天的渗杂在我们的心悸里头；我们对于她们的想念就好像我们的呼吸一样，她们以爱情所特有的轮回的慈法存在于我们的身中。在我的灵魂之内存在有另外一个灵魂。当我做了一件什么好事的时候，当我说出一句什么好话的时候，这个灵魂就说话了，这个灵魂就行动了；一切我所能有的善性都是由这个坟墓里流溢出来的，好像一朵百合花放出香气来馨熏大气一样。一切的讥讽，一切的恶劣，一切您所责骂我的都是由我自己身中出来的。现在，当我的眼睛长时间的默望地下而被一道乌云所迷黑的时候，当我对于您的话语、对于您的关照一语不发的时候，请您不要再问我：“您想些什么呢?”

亲爱的拿达里，我有一些时候停止没有写了；我的回忆太使我感动了。现在我应当告诉您这个惨剧以后的事情，这些事情用不着很多的话来说明。如果生命只是行为和举动所组成的话，那末，一切的事情都可以一下子就说清楚了；但是，因为它走到了灵魂的最高峰，它的历史却是混乱的。

小亨利妹的故事给我的眼睛照耀了一个希望。失落在这大海之中，我看见有一个可以靠岸的小岛。住在克罗慈古尔特，生活在马德莲身边，给她奉献我的生命，这是可以满足激动我的心田的那些思念的一个命运；但是我应当认识马德莲的真实的思想。我应当给伯爵说声再见；所以我就到克罗慈古尔特来看他，我在土台上碰着他。我们大家散步了好久。最初，他以认识伯爵夫人的死对于他的损失和她给他的内心所产生的一切的伤害的男人的资格来谈论伯爵夫人。但是在第一个苦痛的叫声发出了之后，他就表现出注意将来比较现在还要费神的样子。他忧虑他的女儿，他对我说他的女儿并没有她的母亲的温存。马德莲的刚强而带有我也说不出是哪一种英雄的气质的性格再渗杂着她的母亲的温雅的性质，使这位老年人大大的惊惧；他习惯于小亨利妹的温存，他预先感觉到一种什么东西也不能够使其退缩的意志。但是能够安慰他这个不可补救的损失的就是他确信不久就可以和他的妻子相会；这最后几天的刺激和悲哀加重了他的病态，引起了他的旧疾；在他和他那变成家庭的主妇的女儿之间的争权，他最后就在苦楚之中结束了他的日子，因为在他能够和他的妻子的争斗的地方，他却只好在他的女儿面前退让了。并且，他的儿子将来就要走了，他的女儿将来也要出嫁，他要谁做女婿呢？虽然他说他立刻就要死去，然而他却觉得他还有相当的时间要孤单而得不到人们的同情。

他只说到他自己，而以他的妻子的名义来要求我的友谊。正在他说这些话的时候，他给我描绘了被流放的人的伟大的面目，这些被流放的人是我们这时代中最威严的一种人。他在表面上是虚弱的、破毁的，但是他的生命似乎要坚持的存在于他的身中，这正是因为他的质朴的习尚和他的田野的工作的结果。当我写这篇忏悔录的时候，他还活着哩。虽然马德莲看得见我们沿着土台散步，她并不走下来；她几次向前走上了石阶，回到家里去，来给我表现她的轻蔑。我抓住她走到石阶上的时刻，我请求伯爵走上别宫；我有话对马德莲说，我借口说伯爵夫人曾托过我她的遗嘱，我只有这个方法来看她；伯爵走去找她，让我们两个人单独的留在土台之上。

“亲爱的马德莲，”我对她说，“如果我得跟您说话的话，这里不就是当您母亲埋怨她的命运比埋怨我还要厉害的时候听我说话的地方吗？我知道您的思想，但是您不是不认识事实而判我的罪吗？您知道我的生命和我的幸福都是结联在这些地方上面的，您也用您的冷淡来把我从这里驱逐出去，您的冷淡而且是继续结合我们的兄妹的情谊，您母亲的死是用同样的苦痛的连结来把这情谊拉紧的。亲爱的马德莲，我可以随时为您献出我的生命，没有任何的报酬的希望，也不必要您知道我们是如何的敬爱保护过我们的女人的儿女，您，您不知道这七年来您那可敬的母亲对于您所有的爱抚的计划，这计划也许可以改变您的情绪；但是我一点儿也不要这些好处。我所要求您的只是让我有权利到土台上来呼吸这里的空气，来等候改变您对于社会生活的意见的时刻；在这个时刻，我要当心着不要碰到这些意见的上面；我尊重使您迷惑的苦痛，因为这苦痛也取消了我来健全的判断我所在的环境的机能。这时候在我们上面看守着的圣女会赞同我只要求您在您的情绪和我之间保持中立的态度。虽然您讨厌我，我却太爱您了，我不能够对伯爵说他要狂热接吻的计划。请您自由罢。然后，请您想一想您在这世界之中认不到任何比您认识我更清楚的人，没有一个能够在心田之中有比这更忠实的情绪……”

到此为止，马德莲都是眼睛瞧着地下听我说话的，但是，她用一个姿势来阻止我。

“先生，”她以感情的战抖的声音说，“我也懂得您的一切思想；但是我对您的情绪一点儿也不会改变，我宁可跳进安德河，而不愿意和您结合。我不是用我自己的资格来给您说话的；但是，如果我母亲的名字对您还有一些力量的话，我就是用她的名义来恳求您只要我在这里请您永远不要再到克罗慈古尔特来。一瞧着您，我就生出一种我也不知道如何表达的苦恼，是我永远不能克服的。”

她用一个满充着庄严的动作给我行一个敬礼，就走上克罗慈古尔特去，一个头也不回转，和有一天她的母亲一样的不可侵犯，然而却是无情的。这个少女的明眼虽然晚一点，却猜出她母亲心中的一切，也许她对于这天真的阴谋就给她对这位似乎不祥的男人的仇恨加上了一些怨愤。那里，一切都是地狱。马德莲怀恨我，不愿意告诉我到底我是这些不幸的原因或是牺牲品：也许她要同样恨她的母亲和我的，如果我们是幸福的话。于是，在我的幸福的大厦里，一切都是毁坏了的。只有我一个人能够整个的认识这个没有人知道的伟大的女人的生命，只有我一个人存在于她的情绪之中，只有我一个人走遍了她的灵魂的整个的领域；无论是她的母亲也好，她的父亲也好，她的丈夫也好，她的儿女也好，他们都不认识她。这真是怪事！我搜求这一堆灰烬，高兴的把它们陈列在您的面前；我们大家都可以在那里找出一切最宝贝的东西。多少的家庭也都有他们的小亨利妹！多少高贵的人物离开了人世却没有一个测衡过他们的心、度量过这心的深度和范围的智慧的历史学家给他们作传！这是人类生活的整个的真实：常常的，做母亲的并不见得会比做孩子的认识母亲更清楚的认识孩子，做夫妇的、做情人的、做弟兄的也是这样！我，我知道绝不会有一天要在我父亲的棺材上面和我曾帮他忙向上的我的哥哥王地尼斯·查礼争讼吗？我的天哪，在这最简单的故事之中，是有多少的教训啊！

当马德莲从石阶上的门失踪走了的时候，我就带着破碎的心回来给我的主人们告别，然后就取了我第一次来到这山谷的路，沿着安德河的右岸走，到巴黎去。我很悲惨的穿过可爱的彭德虑安村。然而我是富有的，我的政治生活对我微笑，我已经不是一八一八年的疲倦的步行人了。那个时候，我的心满充着欲求；现在，我的眼睛却满充着泪珠。以前，我有一个生活让我来填满；现在，我觉得我的心是荒凉的。我很年青，我只有二十九岁，但是我的心却已经衰萎了。几年的工夫就够得剥夺这山景的最初的伟大，使我厌倦人生。您现在可以懂得当我转过头来看见马德莲在土台上的时候，我的心中有哪一个的情感。

被这不可抵抗的悲哀的统治，我连想也没有想到我的旅行的目的。杜德利贵人远离了我的思想，甚至于我走进了她的院子还不知道。傻事已经做下了，就得一不做二不休。在她家里，我有夫妇生活的习惯，我想到绝交的一切的麻烦，未免觉得伤心。如果您懂得清楚杜德利贵人的性格和她的举止的话，您就可以想象到当她的管家不等我脱下行装就带我到客厅里来，在那里我发现她华服丽装的被五个人物所包围的时候，我是如何的不幸。杜德利爵士是英吉利最有权势的一位老政治家，他就站在壁炉前面，骄傲的、妄自尊大的、冷淡的，好像他在议会中所应当有的讥讽的神气似的；他听了我的名字，微微的一笑。阿拉柏尔的两个孩子就坐在侯爵夫人的长椅上，在他们的母亲的旁边；他们非常奇怪的很像马尔赛；马尔赛是老爵士的私生子中的一个，他也在那里。看见了我，阿拉柏尔马上就板出倨傲的神气，钉着眼睛看我的旅行的帽子，好像她随时都要问我来到她家里有什么事似的。她憎视着我，就好像她对人家给她介绍的乡下的绅士所加的憎视一样。至于我们的亲热，这个永远的情感，如果我不爱她她就要死去的誓言，这个阿尔米德的幻灯术，这一切的一切都好像是一场梦一样的消灭了。我并没有握她的手，我是一位陌生的人，她并不认识我。虽然我有我刚开始习惯的外交家的冷静，我却惊愕了，而其他有我同样地位的人也不至于没有这样的惊异。马尔赛对着他的靴子微笑，他用特殊的兴趣来察视这靴子。我立刻下了决心。从另外一位女人方面，我很谦卑的接受了我的失败；但是，愤懑的看着一位要为爱情而死、拿死亡来开玩笑的女英雄，我就决定用无礼来对答无礼。她知道勃兰顿贵人的惨剧：对她提起这桩事就是给她的心坎打上一拳，虽然这武器得在那里消磨。

“太太，”我对她说，“如果您知道我是从杜尔兰来，勃兰顿贵人托我给您带一个刻不容缓的消息的话，您就可以宽恕我这样武士道的跑进您的家里来。我怕您回到兰卡柴尔去；但是，因为您留在巴黎，我要等待您的命令和您给我赏脸来接待我的时刻。”

她低下了头，我也就走了。自从这一天起，我只在交际场中遇到她，我们也在那里彼此交换友谊的敬礼，有的时候甚至于说了几句讽刺的话。我对她说到兰卡柴尔的不可安慰的女人，她就对我说到法兰西女人之以胃病的不可救药而得到的光荣。感谢她的照应，我在马尔赛身上找到一位死仇，是她所非常爱慕的。至于我，我就说她是嫁给同一家庭的两代人。

所以，我的惨剧是整个的。我追随了我在沙妻退居时所定下的计划。我献身于工作，醉心于科学、文艺和政治；我参加拥戴查礼十世登极的外交活动，就是他取消了我在先王治下所有的职位。从这一时刻起，我决定永远不注意任何的女人，不论她是如何的美丽、如何的有精神、如何的可爱。这决心使我大大的成功：我有一种想象不到的安静的精神，一个努力于工作的大力量，我懂得这些女人是怎么样的消费我们的生命的一切，她们如何的自以为用几句甜蜜的话语就算是付了代价。但是我的整个的决心却失败了；您懂得这是怎么来的，这是为什么的。

亲爱的拿达里，在我坦白无嫌的好像对我自己说的一样告诉您我的生活中，在我对您说了这些和您没有相干的情绪中，也许我压伤了一些您那嫉妒而细腻的心；但是我确信那些使庸俗的女人发怒的事情一定是使您爱我的一个新的理由。在苦痛和病态的灵魂旁边，勇敢的女人有一个超高的权力来施展，她有仁慈会修女的权力来敷抚伤痕，她有母亲的权力来宽恕儿女。艺术家和诗人并不是唯一有苦恼的人：为国家、为民族的将来而生存的人，在扩张他们的情感和他们的思想之中，常常忍受着一个残酷的孤独。他们需要在他们的身边感觉到一种纯粹而忠实的爱情；您得相信他们懂得这爱情的伟大和它的价值。明天我就可以知道我在爱您之中是不是做错了事。

复王地尼斯·菲力士伯爵先生的信

亲爱的伯爵，您说您曾收到莫尔梭夫夫人的一封信，这封信对于您的入世并不是没有用处的，您所以能够得到高贵的地位也就是这一封信的功劳。请您让我来完成您的教育。厚意的说，请您解除您那讨人厌的习惯，请您不要效法那些总是在第二个丈夫面前说到死去的第一个丈夫的德性而常常说到他的寡妇们。我是一位法兰西的女郎，亲爱的伯爵；我要袒护我所爱的男人，但是我却真的不知道如何去偏袒莫尔梭夫夫人。用心的读了您的故事之后（它是值得用心读的），您知道我是怎么样的关心您，我觉得您在夸耀莫尔梭夫夫人的完美中相当的苦扰了杜德利贵人，而用英吉利的爱情来压迫伯爵夫人，您又给伯爵夫人做下很多的苦痛。您对我太不会用手段了，可怜的人，我没有别的功劳，就是使您快乐；您却使我听出来我并没有像小亨利妹那样的爱您，也没有像阿拉柏尔那样的爱您。我承认我是不完全的，我知道；但是为什么这样鲁莽的让我感觉出我的不完全呢？您知道为什么我有怜悯之情吗？我是为您将来所要爱恋的第四个女人而怜悯的。这位女人不能不跟三位女人斗争；所以，我应当为着您的利益和她的利益叫您预防您的记忆的危险。我放弃了爱您的殷勤的光荣，因为我得有太多的天主教和圣公会的德性，而我也一点儿不想和女鬼战争。克罗慈古尔特的圣女的德性使最有自信的女人都会失望，而您那娘子军一般的勇敢会使幸福的最大胆的欲求馁志。无论她怎么做，一位女人都不能够希望从您处得到和她的志愿相符的快乐。不论是心也好，是肉体的感觉也好，都不能够从您的记忆中得到胜利。您忘记了我们常常骑马。我没有方法来重新温暖被您的神圣的小亨利妹的死所冰凉的太阳，您要在我的身边寒栗。我的朋友——因为您将来总还永远是我的朋友——请您小心不要再对人说这些知心的话，这一点儿也不会解除您的幻惑，这要使爱情气馁，逼着一位女人对自己发生疑问。亲爱的伯爵，爱情只生活在信任之上。当一位女人在说话之前、在骑马之前先问自己到底小亨利妹是不是说得更好，到底一位和阿拉柏尔一样的女骑士是不是会施展出更多的温存，这位女人，您得相信，一定要两腿发抖、舌头战栗。您曾让我高兴的接受您那醉人的花束，但是您已经不再编集这些花束了。同样的，还有很多的事情是您所不敢再做的，许多的思念和享乐也不会为您而重生。您得知道清楚没有一位女人能够在您的心中用肘推开您所留在那里的死去的女人。您请求我用基督徒的慈善的心肠来爱您。我告诉您我能够用慈善的心肠来做无量数的事情，但是爱情却是例外的。

有的时候您是扰人的，有的时候您是被人所扰的，您把您的苦痛叫做悲哀；尚幸如此；但是您是不能容忍的，您对于您所爱的人有许多残忍的疑惑。我在我们两个人之间太常碰到这位圣女的坟墓了：我自己揣度过，我知道我自己，我不愿意像她那样的死去。如果您厌倦这位这样出色的女人杜德利贵人的话，我，我这位并没有暴烈的欲望的女人，我怕我要比她还要快速的心冷。我们就取消了我们之间的爱情罢，因为您只能够和死人再尝到爱情的幸福。我们就保留着我们的朋友关系罢，我要这样。亲爱的伯爵，您一开头就有一位可敬的女人、一位完全的情妇，她为您的幸运设想，她给您封爵，她醉狂的爱您，她只要求您忠实，您怎么能够得到这位女人，您怎么能够使她悲愁而死了呢？但是，我是我也不知道还有什么比这个还奇怪的东西。那些在巴黎街上游荡而消磨雄心的最热情而最不幸的年青人，他们之中，谁在十年的时光之内不会学乖来获取您所不认识的宠幸的一半呢？当人们这样被爱的时候，人们还要问什么呢？

可怜的女人！她相当的苦痛过，当您说几句富于感情的话之后，您就以为您对得起她的棺材了。这无疑的就是等着我为您所有的柔情的代价。谢谢，亲爱的伯爵，我不愿意有墓外或墓内的情敌。当人们在良心上有这一类的罪恶的时候，至少不应该把它说了出来。我算是对您做过一个不小心的要求；我是以女人的动作，以人类第一个女人爱薇（或译夏娃）的女儿的动作来要求的；您的动作却在于计算如何的回答我。您得骗我；然后，我还要感谢您。您难道没有懂得有好运气的人的德性吗？您难道没有觉得他们对我们发誓从来没有恋爱过，只是第一次的恋爱是怎么样的宽厚吗？您的计划是无法实行的。同时是莫尔梭夫夫人，又是杜德利贵人，然而，我的朋友，这不是要连合水火吗？您难道不认识女人吗？她们就是她们，她们应当有她们的本性所有的弱点。您太早遇见杜德利贵人，您不能够欣赏她，您对她所加的谤语，在我看来，似乎是您的受伤的骄傲的报复；您太晚了解莫尔梭夫夫人，您责罚她们中的一个，因为她不是另外的一个；我既不是其中的这一个，又不是其中的那一个，我要弄到什么地步呢？

我对于您的爱慕够得让我来深刻的为您的将来设想，因为我实在非常的爱您。您那愁面骑士的神气总使我感到极大的兴趣。我相信悲哀者的贞操；但是我不知道您曾在入世的时候杀死女人中最美丽最有德性的一个。好，我问我自己您到底还有什么可做的：我常常想到这个问题。我想，我的朋友，您应当和那一个什么山迪夫人结婚，她对于爱情、对于情感一点儿也不懂得，她不会忧愁杜德利贵人，也不会不放心莫尔梭夫夫人，她对于您所谓的悲哀的烦扰的时刻漠不关心（您在这时刻中是和雨一样的好玩的），她一定会变成您所要的这个超等的仁慈会修女。至于恋爱，至于战抖的说话，至于等候幸福、赐人幸福、接受幸福，至于感觉成千的情感的风波，至于偏袒一个被爱的女人的小娇气，我的伯爵，您还是算了罢。您太听从您的天使劝告您对待年青女郎的办法；

您这样巧妙的避免，使您对她们一点儿也不识认。莫尔梭夫夫人一下子就把您捧得高高的，她有道理：一切的女人都要反对您，而您一点儿也得不到成功。现在您是太晚来开始您的研究了，来学习对我们说些我们所喜欢听的话了，来变成恰当的伟大的人物了，来崇拜我们的渺小了，当我们高兴渺小的时候。我们并不是您所想象的那样的傻；当我们恋爱的时候，我们把我们所爱的人放在一切之上。在我们的特点之中动摇我们的信仰的就是要动摇我们的爱情的。当您恭维我们的时候，事实上您是恭维您自己。如果您还要继续在这个世界中鬼混，还要和女人们谈情的话，您得小小心心的隐存您所对我说过的一切的话；她们不喜欢把她们的爱花种植在岩石上面，也不要浪费她们的抚爱来敷扎病态的心创。一切的女人都在您的心中看到枯旱的状态，您也总要变成不幸的。她们之中很少的人能够像我这样坦白的告诉您这些话，她们之中也没有那么多的好人能够没有怨恨的离开您，还给您留下她们的友谊，好像今天自称是您的忠实的女朋友所做的一样。

孟乃维尔·拿达里

一八三五于巴黎